河岳英灵集

[唐]殷璠——编选

沈相辉——评注

岳麓書社·长沙

本书为武汉大学自主科研项目（人文社会科学）研究成果，

得到“中央高校基本科研业务费专项资金”资助

前言

中国是诗歌的国度，唐朝是诗歌的王朝。从某种程度上来说，品读唐诗，就是品大唐、读中国。

清康熙年间成书的《全唐诗》，多达九百卷，收录了二千八百多位诗人近五万首诗歌。而事实上，留存至今的唐诗数量远不止此。陈尚君先生辑校的《全唐诗补编》，便在《全唐诗》的基础上又新增佚诗六千三百二十七首，新增诗人九百余位。因此，我们现在所能知道的唐代诗人至少有三千余位，所能见到的唐诗则接近六万首。

唐代诗人如此之众，诗篇如此之多，即使是专业研究者，短时间内也很难读完，更不用说普通读者了。在此情况下，很多唐诗选本应运而生，最为著名的莫过于《唐诗三百首》。这本由蘅塘退士孙洙编选的唐诗选本，几乎到了妇孺皆知的地步。但我们必须认识到，《唐诗三百首》成书于乾隆年间，距离唐代已经过去了近八百年。因此，很大程度上来说，《唐诗三百首》所选取的，是清代人认为的最好的唐代诗人及其最优秀的唐诗作品，故而它其实更多地反映了清代人的诗歌观念，而不是唐代人的，同样，明人选本多反映了明代人的诗歌观念，宋人选本则多反映了宋代人的诗歌观念，今人的选本则反映了现代人的诗歌审美。要想了解在唐代人自己看来，哪些诗人才是最杰出的，哪些作品才是最优秀的，最好的方法应该是去看唐代人所编选的唐人诗集。

唐代人所编的唐诗选本，《新唐书·艺文志》著录的有五十多种，而据陈尚君先生《唐代文学丛考》统计，更是多达一百三十七种。我们今天能够见到的，据傅璇琮、陈尚君、徐俊所编《唐人选唐诗新编》统计，共有十六种，即《翰林学士集》《珠英集》《搜玉小集》《丹阳集》《河岳英灵集》《国秀集》《箧中集》《玉台后集》《中兴间气集》《御览诗》《元和三舍人集》《极玄集》《窦氏联珠集》《又玄集》《瑶池新咏集》《才调集》。这十六种唐诗选集中，如果只读一种，应该首选殷璠的《河岳英灵集》。

关于殷璠，文献记载不多，只知道他是润州丹阳（今属江苏）人，唐诗选家。天宝间乡贡进士，一度入仕为官，后辞官归隐。《河岳英灵集》是殷璠辞官归隐后选编，共选录二十四位诗人、二百三十四首诗歌（明刻本只有二百三十首）。“河岳”者，江河山岳也；“英灵”者，英俊灵秀也。殷璠的意思是说，他所选的二十四人，都是天地间最为杰出的诗人；他所选的二百三十四首诗，都是天地间最为优秀的诗歌。

《四库全书总目》在论及《河岳英灵集》时说：“凡所品题，类多精惬。”肯定了殷璠诗歌评论的精当。著名诗人沈德潜在《说诗晬语》中指出：“唐诗选自殷璠、高仲武后，虽不皆尽善，然观其去取，皆有指归。”肯定了殷璠选诗的眼光。选诗有指归，评诗又精当，这样的唐诗选本，自然可为典范。事实上，后世很多诗歌选本，就取法于《河岳英灵集》。比如清代著名学者翁方纲在《石洲诗话》中就指出：“渔洋‘十选’，大意归重在殷璠、元结二本。”这说明王士禛的“唐诗十选”，受到殷璠和元结的很大影响。

由于《河岳英灵集》选诗、评诗俱佳，很多学者都将此书视为唐诗选本的杰出代表。傅璇琮先生在《唐人选唐诗与〈河岳英灵集〉》一文中，认真考察殷璠前后唐诗选本的情况，指出在诗歌评选以及通过评选来表达文学主张和审美意向方面，《河岳英灵集》是最为突出的。一是殷璠非常明确地通过诗歌评选提出了诗歌主张，二是提出了好几个值得作理论探讨的美学概念。无独有偶，张宏生、于景祥先生所著《中国历代唐诗书目提要》第一编《唐人编选唐诗书目提要》（辽海出版社2017年版）中也曾这样评价《河岳英灵集》：

本选本应该说是所有唐诗选本中价值最高的，这主要体现在这样几个方面：其一，明确提出了自己的诗学主张，揭示出盛唐诗歌最突出的审美特征，这就是“神、情、体、雅”，“既多兴象，复备风骨”。其二，与第一点密切相连，指出诗歌创作的方向、道路、标准，这就是“既闲新声，复晓古体，文质半取，风骚两挟。言气骨则建安为传，论宫商则太康不逮”。概而言之，就是继承与创新结合，“声律风骨”兼备。其三，根据前面这两点，自然提出选诗标准：讲兴寄，重气骨。

从四库馆臣、沈德潜、王士禛等古人，再到傅璇琮、张宏生、于景祥等现代学者，他们对《河岳英灵集》的评价是极高的。因此，我们今天要想尽可能深入、真实地了解唐代人对于唐代诗人、诗歌的评价，最值得阅读的便是殷璠的《河岳英灵集》。

张之洞在《书目答问》一书开篇便说："读书不知要领，劳而无功；知某书宜读而不得精校精注本，事倍功半。"总的来说，今天所见的《河岳英灵集》版本，主要有两卷本与三卷本。前者属于宋本系统，后者属于明本系统。据殷璠叙言所说，其书原本是两卷。宋代的公、私目录，如《新唐书·艺文志》《直斋书录解题》等也都著录作两卷。但从明代开始出现了三卷本，此后公、私目录，如《四库全书总目》《郘亭知见传本书目》等所著录的也多是三卷本。大抵从明中期以后，流传的《河岳英灵集》便基本是三卷本。现在我们能看到的两卷本《河岳英灵集》共有两部，皆为宋本，都藏于国家图书馆，一为明清之际著名藏书家季振宜的藏本，一为清末著名学者莫友芝藏本。将两卷本与三卷本进行比较，可以发现二者不仅卷数不同，而且字句也存在不少差异。由于宋本时代更早，分卷也与殷璠叙言所说相同，所以更可能接近殷璠原本的面貌。今天阅读和整理《河岳英灵集》，自然应该以两卷本为底本。

将《河岳英灵集》与其他唐诗总集如《国秀集》《全唐诗》，别集如《常建集》《李太白集》等进行比较，也可发现《河岳英灵集》中部分诗篇的作者、题名是存在不同的，至于字句的差异更不在少数。因此，我们在整理《河岳英灵集》时，对于异文也往往择善而从。我们以傅璇琮、陈尚君、徐俊编《唐人选唐诗新编》本（两卷本）为底本，部分文字则依据三卷本，以及《全唐诗》《唐诗品汇》《唐诗别裁》等文献进行了校正。另外，对于组诗，为了以示区别，我们特加上了“其一”“其二”等文字。

本书在注释过程中参考了王克让先生《河岳英灵集注》（巴蜀书社2006年版），以及陈贻焮先生主编《增订注释全唐诗》（文化艺术出版社2001年版）。参考的别集整理本主要有王锡九《常建诗歌校注》（中华书局2017年版），安旗等《李白全集编年笺注》（中华书局2015年版），陈铁民《王维集校注》（中华书局1997年版），王锡九《李颀诗歌校注》（中华书局2018年版），刘开扬《高適诗集编年笺注》（中华书局1981年版），廖立《岑参诗笺注》（中华书局2018年版），李景白《孟浩然诗集校注》（中华书局2018年版），胡问涛、罗琴《王昌龄集编年校注》（巴蜀书社2000年版），等等。以上诸家注本多偏重学术研究，往往会对异文予以详细说明，对典故则广征博引。可是，对于普通读者而言，对生僻字进行注音，对难懂的字词做通俗的解释，可能更为重要。因此，我们在注释时，一方面为生僻字标注了汉语拼音，另一方面则尽可能减少原文征引，运用现代汉语来解释相关字词。

在注释之外，我们也对殷璠的叙言以及品评之语进行了简要的翻译。我们翻译时，为了文从字顺，有时候会增补句子成分，有时候则直接保留了原文。对于诗歌本身，征实的句子相对好翻译，就虚的句子则很难翻译出其中的意蕴。而且诗歌一经翻译，无论如何，都会丧失掉许多原本的味道。因此，我们放弃了对诗句本身的翻译。诗歌贵在意境，而意境重在品味。刘勰《文心雕龙》说“操千曲而后晓声，观千剑而后识器”，俗语也说“熟读唐诗三百首，不会作诗亦会吟”。相信只要能够做到眼到、口到、心到，反复涵泳，细心体会，每一位热爱唐诗的读者，都能从中品得无限滋味。

《河岳英灵集》中的许多诗篇，经过岁月的洗礼和沉淀，早已成为经典，故而历代有关这些诗歌的品评也颇为丰富。品评者中，不乏刘辰翁、钟惺、谭元春、沈德潜、潘德舆等名家，他们或只言片语，或长篇大论，往往都能给人以启发。但是，限于篇幅，难以一一罗列他们的意见。我们只能在比较之后，选录部分分析得比较高明、透彻的观点，以供读者参考。有一些诗篇的评点，则是我们在注释过程中的所思、所感。古人早已说过，诗无达诂，我们所希望的是指出一个读诗的大致方向，至于如何品味，则全在读者自己。

《庄子》中说得鱼可忘筌，得兔可忘蹄，注释和翻译不过是筌与蹄之类的东西罢了。读者真能由此而得鱼、得兔，自然可忘筌、忘蹄。

钱穆先生在《国史大纲》前言中说：“当信任何一国之国民，尤其是自称知识在水平线以上之国民，对其本国已往历史，应该略有所知。”我们站在文学或文化的角度也可以说：“当信任何一国之国民，尤其是自称知识在水平线以上之国民，对其本国已往的文学与文化，应该略有所知。”职是之故，对诗歌这一文学皇冠上的明珠，我们也理应

"略有所知"。钱穆先生又说："所谓对其本国已往历史略有所知者，尤必附随一种对其本国已往历史之温情与敬意。"同理，我们对待古典文学，同样需要"温情与敬意"，唯有如此，我们才可能真正触摸到古人的温度，感受到他们的情怀。钱穆先生进一步解释了他所说的"温情与敬意"，至今读来，仍令人有振聋发聩之感：

> 所谓对其本国已往历史有一种温情与敬意者，至少不会对其本国历史抱一种偏激的虚无主义，亦至少不会感到现在我们是站在已往历史最高之顶点，而将我们当身种种罪恶与弱点，一切诿卸于古人。

钱穆先生认为要重建国民对于本国以往历史的温情与敬意，应该读史。我们认为，要重建国民对于本国以往文化的温情与敬意，还应读诗。《诗大序》说诗歌是"志之所之"，有"正得失，动天地，感鬼神"的作用，所以古人用来"经夫妇，成孝敬，厚人伦，美教化，移风俗"。《诗经》如此，唐诗亦然。因此，我们重新整理殷璠的《河岳英灵集》，希望它能帮助我们重拾对古典文学乃至传统文化的温情与敬意，找回属于华夏民族的文化自信。

目录

河岳英灵集叙

梁昭明太子[一]撰《文选》，后相效著述者十余家，咸自称尽善，高听之士[二]，或未全许。且大同[三]至于天宝[四]，把笔者近千人，除势要[五]及贿赂者，中间灼然可尚者，五分无二，岂得逢诗辄纂，往往盈帙？盖身后立节，当无诡随[六]，其应诠拣不精，玉石相混，致令众口销铄[七]，为知音所痛。

夫文有神来、气来、情来，有雅体、野体、鄙体、俗体。编纪者[八]能审鉴诸体，委详所来，方可定其优劣，论其取舍。至如曹、刘[九]诗多直语，少切对，或五字并侧，或十字俱平，而逸驾[十]终存。然挈(qiè)瓶肤受[十一]之流，责古人不辨宫、商、徵、羽，词句质素，耻相师范。于是攻异端，妄穿凿，理则不足，言常有余，都无兴象，但贵轻艳。虽满箧笥(qiè sì)[十二]，将何用之？

自萧氏以还，尤增矫饰。武德[十三]初，微波尚在。贞观[十四]末，标格渐高。景云[十五]中，颇通远调。开元[十六]十五年后，

[一]昭明太子：指南朝梁太子萧统（501—531），字德施，小字维摩，曾组织门客编纂《文选》，选录先秦至梁代诗文辞赋七百余首，是中国现存最早的大型诗文选集，对后世产生了深远影响。[二]高听之士：闻见高超的士人。[三]大同：南朝梁武帝萧衍的年号（535—546）。[四]天宝：唐玄宗李隆基的最后一个年号（742—756）。[五]势要：有权有势。[六]当无诡随：应当没有不顾是非而妄随人意。[七]众口销铄：众口一词，足能熔化金属，意谓诗歌评论众说纷纭，以致消解了统一的评价标准。[八]编纪者：编纂记述之

梁代昭明太子萧统编撰《文选》，后来相继效仿编撰的有十余家，都自称尽善尽美，而闻见高超之人，有的并没有全部表示认可。况且从梁武帝大同年间至唐玄宗天宝时期，作家接近千人，除去权贵及行贿之人外，其中确实值得推崇的人不到五分之二，又怎么能见到诗篇就辑入编纂，而往往使得诗集卷帙繁多呢？树立身后名节，不应不顾是非而妄随人意，编选诗篇不精，使宝玉和石头混在一起，导致众人评价纷纭，这真是让知音之人甚为痛惜的事情啊。

文章有神来、气来、情来之分，又有雅体、野体、鄙体、俗体之别。编纂诗集的人需能审阅鉴别各种体式，明辨其源流，才能评定它们的优劣，对它们做出取舍。比如像曹植、刘桢的诗多直白之语，少有平仄对偶，有的连续五个字都是仄声，有的十个字都是平声，可是他们的奔逸之才，终存流百世。然而，那些才智浅薄的人，常责怪古人不能辨别宫、商、角、徵、羽五音，认为他们的文辞过于朴素，故耻于学习。于是乎不同派别之间相互攻击，妄自穿凿，道理虽然不充分，言辞却经常有余，都没有一点兴寄取象，只不过以轻薄艳俗为贵。这样的诗篇，即使装满书箱，又能有什么用呢？

自萧统以来，诗人于文辞上踵事增华愈发严重。到高祖武德初年，这种习气仍然存在。太宗贞观末年，诗的品格才渐渐提高。到了睿宗景云年间，已经有较为高远的格调了。至玄宗开元十五年之后，诗歌的声律风骨方才得以完

人，此谓编纂诗集的人。[九]曹、刘：指曹植和刘桢。[十]逸驾：超出一般地驾驭事物，比喻才能出众。[十一]挈瓶肤受：挈瓶，汲水用的小瓶，比喻才智浅薄。肤受，得学问之皮毛，比喻学问浅薄。[十二]箧笥：藏物的竹器，此指书箱。[十三]武德：唐高祖李渊的年号（618—626）。[十四]贞观：唐太宗李世民的年号（627—649）。[十五]景云：唐睿宗李旦的年号（710—711）。[十六]开元：唐玄宗的第二个年号（713—741）。

声律风骨始备矣。实由主上恶华好朴，去伪从真，使海内词场，翕然尊古，南风周雅[十七]，称阐今日。

璠不揆[十八]，窃尝好事，愿删略群才，赞圣朝之美，爰因退迹，得遂宿心。粤若[十九]王维、昌龄、储光羲等二十四人，皆河岳英灵也，此集便以“河岳英灵”为号。诗二百三十四首，分为上下卷，起甲寅[二十]，终癸巳[二十一]。伦次于叙，品藻[二十二]各冠篇额[二十三]。如名不副实，才不合道，纵权压梁、窦[二十四]，终无取焉。

论曰：昔伶伦[二十五]造律，盖为文章之本也。是以气因律而生，节假律而明，才得律而清焉。宁预于词场[二十六]，不可不知音律焉。孔圣删《诗》[二十七]，非代议[二十八]所及。自汉魏至于晋宋，高唱者十有余人，然观其乐府[二十九]，犹有小失。齐梁陈隋，下品实繁，专事拘忌[三十]，弥损厥道。夫能文者匪

[十七]南风周雅：《诗经》有《国风》《大雅》《小雅》，《国风》有《周南》《召南》，此或用以代指古代诗风。[十八]不揆：不自量力。此古人自谦之词。[十九]粤若：发语词，用于句首以起下文。[二十]甲寅：唐玄宗开元二年（714）。[二十一]癸巳：唐玄宗天宝十二载（753）。[二十二]品藻：品评；鉴定。[二十三]篇额：篇章之首。[二十四]梁、窦：分别指东汉权贵梁氏、窦氏家族，事迹详见《后汉书》。[二十五]伶伦：传说为黄帝

备。这一诗风的转变，实际上是由君主引导的。君主厌恶华词丽藻，喜爱质朴，去伪存真，才使得天下诗坛一致尊古，雅颂之风，遂为当世所推崇。

殷璠我不自量力，私下曾喜欢此事，因此想对诸多诗人进行选择删汰，用来赞美我朝的圣明之美。于是趁着退休的机会，得以了却这桩心愿。王维、王昌龄、储光羲等二十四人，都是天地间的英灵，所以我编的这个诗集便以“河岳英灵”为名。全集收诗二百三十四首，分为上下两卷，起自玄宗开元二年，终于玄宗天宝十二载。按次序编排，并在各篇之前加以品鉴之语。如有人名不副实，才能不合乎大道，即使他们比东汉权贵梁氏、窦氏还要厉害，我也断不会选入。

集论曰：从前伶伦创作声律，大概就是文章产生的本源。因此，诗的风气因为音律而产生，节调依靠音律而显明，才情因有音律而清明。身处文坛之中，不可以不知晓音律。孔子删订《诗经》，不是后人所能非议的（，所以此处不论）。从汉魏一直到晋宋时期，杰出的诗人有十余人，但看他们所作的乐府诗，仍有瑕疵。齐梁陈隋四代，低劣的诗歌作品实在太多，太过拘束顾忌，这更加损害了诗歌创作之道。擅长写作的人，并不是说要每个字的平上去入都要安排的流畅动听，也不是说要完全避免平头、上尾、蜂腰、鹤膝、大韵、小

时的乐官，古时认为是乐律的创始者。[二十六]词场：文坛。[二十七]孔圣删《诗》：相传《诗经》原有3000多篇，现存的305篇，是经过孔子删汰编订的。[二十八]代议：后代议论。[二十九]乐府：专门管理乐舞演唱教习的机构，初设于秦，正式成立于汉武帝时，负责采集民间歌谣和文人诗，配乐以供朝廷祭祀或宴会之用。后世将乐府搜集整理的诗歌，称为“乐府诗”。[三十]拘忌：拘束顾忌。

谓四声[三十一]尽要流美，八病[三十二]咸须避之，纵不拈二[三十三]，未为深缺。即“罗衣何飘飘，长裾随风还”，雅调仍在，况其他句乎？故词有刚柔，调有高下，但令词与调合，首末相称，中间不败，便是知音。而沈生[三十四]虽怪曹[三十五]、王[三十六]曾无先觉，隐侯[三十七]言之更远。璠今所集，颇异诸家，既闲[三十八]新声，复晓古体，文质半取，风骚两挟。言气骨则建安[三十九]为传，论宫商则太康[四十]不逮。将来秀士，无致深憾。

[三十一]四声：即平声、上声、去声、入声四声。[三十二]八病：诗歌创作中出现的八种声病，即平头、上尾、蜂腰、鹤膝、大韵、小韵、旁纽、正纽。[三十三]拈二：律诗每联头两个字的平仄应相对，即相反；而联与联之间（即上联第二句与下联第一句）的头两个字平仄需相黏，即相同。如果只有每句第二个字遵照“黏对”原则，就称之为“拈二”。[三十四]沈生：即沈约（441—513），字休文，南朝吴兴武康（今浙江德清）人。学问渊博，精通音律，与周颙等创“四声八病”之说，为当时的韵文创作开辟了新境界。他与王

韵、旁纽、正纽八种弊病，即使是没有遵照“黏对”原则，也不是什么大的缺憾。像“罗衣何飘飘，长裾随风还”之类的诗句，声调仍旧雅致，更何况其他的诗句呢？因此，文辞有刚有柔，声调有高有低，只要能够让文辞与声调和谐，首尾相称，中间能够黏对，便可以称得上知音之人了。沈约虽然诧异曹植、王粲等人竟然没有率先发现声调的原理，但他自己所讲的又走得太远了。殷璠我现在所汇集的诗歌，与以上诸家都有所不同。我所选的这些诗人既熟悉新的声韵，又洞晓古代的诗歌体式，文辞与内容兼备，《诗经》与《楚辞》都有汲取。他们谈论诗歌气骨，则继承自建安时期的诗人；讨论诗歌声律，则太康时期诗人都赶不上。后世的英才，应该是不会对此感到失望的。

融等人的诗皆注重声律、对仗，是为“永明体”。[三十五]曹：曹植（192—232），字子建，沛国谯县（今安徽省亳州市）人，曹操之子，曹丕之兄，封陈思王。为人才高八斗，是三国时期著名诗人。[三十六]王：王粲（177—217），字仲宣。山阳高平（今山东微山）人。少有才名，是东汉末年著名的文学家，“建安七子”之一。[三十七]隐侯：沈约死后的谥封。[三十八]闲：通“娴”，熟练、熟悉。[三十九]建安：东汉末年汉献帝的年号（196—220）。[四十]太康：西晋武帝司马炎的年号（280—289）。

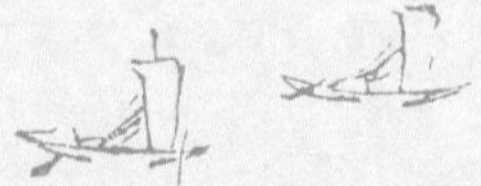

常建

诗人小传

常建，字号待考，开元十五年（727）进士，天宝中为盱眙（今属江苏）尉。为人耿介自守，不附权贵，以致仕途失意。后与王昌龄、张偾一同隐居于鄂渚（今湖北鄂州）西山。其诗多写田园、山林之趣，意境恬淡、风格清新。偶有边塞诗存世。《全唐诗》存诗一卷，共五十七首。有《常建集》。

高才而无贵仕[一]，诚哉是言。曩(nǎng)[二]刘桢[三]死于文学，左思[四]终于记室，鲍昭[五]卒于参军，今常建亦沦于一尉。悲夫！建诗似初发通庄，却寻野径，百里之外，方归大道。所以其旨远，其兴僻，佳句辄来，唯论意表。至如“松际露微月，清光犹为君”，又“山光悦鸟性，潭影空人心”，此例十数句，并可称警

具有高超才能的人却没有显赫的仕途，这真的是句实话。从前，刘桢去世时的职位是五官将文学，左思的官职终结于记室督，鲍照死于前军参军的任上，而今常建也不过是一个县尉。可悲呀！常建的诗好像一开始走的是康庄大道，却另辟蹊径，行至百里之外，然后才回归到大路上来。因此，他的诗意旨深远，兴寄生僻，好的句子层出不穷，出人意料。至于像“松际露微月，清光犹为君”，又“山光悦鸟性，潭影空人心”之类的，有十余句，都可以称得上是精练扼要而又含意深刻的句子。然而全篇

[一]贵仕：显贵的仕途。

[二]曩：以前，从前。

[三]刘桢（？—217）：字公幹，东汉东平宁阳（今山东宁阳）人，曹魏时任五官中郎将文学。以五言诗名重一时，后世将他与曹植并称“曹刘”，亦为“建安七子”之一。

[四]左思（约250—约305）：字太冲，西晋齐国临淄（今山东淄博临淄区北）人，晋朝时，齐王司马冏曾任命其为记室督，左思以疾病为由拒绝。

[五]鲍昭：鲍照（约414—466），字明远，南朝宋东海（治今山东郯城北）人。曾任临海王刘子顼前军参军，掌书记之任，后为乱兵所杀。

策[六]。然一篇尽善者，“战余落日黄，军败鼓声死”，“今与山鬼邻，残兵哭辽水”，属思既苦，词亦警绝[七]。潘岳[八]虽云能叙悲怨，未见如此章。

都很好的，像“战余落日黄，军败鼓声死”，“今与山鬼邻，残兵哭辽水”，不仅构思甚苦，文词也警策绝伦。潘岳虽号称善于记叙悲愁怨绪，但没有能比得上常建这些句子的。

[六]警策：形容文句精练扼要、含意深切动人。

[七]警绝：警策绝伦。

[八]潘岳（247—300）：字安仁，西晋荥阳中牟（今属河南）人。《晋书·潘岳传》：“岳美姿仪，辞藻绝丽，尤善为哀诔之文。”

元 方从义《太白泷湫图》（局部）

梦太白西峰[一]

梦寐升九崖，杳蔼逢元君。[二]
遗我太白岑，[三]寥寥辞垢氛。[四]
结宇在星汉，[五]宴林闲氤氲。[六]
檐楹覆余翠，巾舄生片云。[七]
时往青溪间，孤亭昼仍曛。[八]
松峰引天影，石濑清霞文。[九]
恬目缓舟趣，霁心投鸟群。
春风有摇棹，[十]潭岛花纷纷。

评

梦奇不足怪，文字亦奇，便见诗才。潘德舆《养一斋诗话》评此诗云："字字着意。'遗我太白岑'句，似近怪，然亦幽居出尘，若神所贶耳。语奇而理不悖也。'霁心投鸟群'五字，尤为此诗杰句，吾不知其何以落想也。"

[一]太白西峰：即太白山，又称"太一山"，在今陕西西南部。因山顶冬夏积雪常白，故名。仕途失意的常建，时常往还于太白、紫阁诸山之间。

[二]元君：道教中仙人之称，男曰真人，女曰元君。

[三]太白岑：太白山。岑，小而高之山。此泛言山。

[四]垢氛：污浊之气。

[五]结宇：建造房屋。

[六]宴林：宴安休憩之林。

[七]巾舄（xì）：巾，头巾。舄，鞋。古人单底鞋称履，以木置履下的复底鞋称舄。

[八]曛（xūn）：落日余晖。

[九]石濑（lài）：石上之急流。

[十]摇棹（zhào）：此谓春风摇曳。棹，船桨。

宋 陈居中 《胡骑秋猎图》

吊王将军墓[一]

嫖姚[二]北伐时，深入强千里。
战余落日黄，军败鼓声死。
尝闻汉飞将[三]，可夺单于垒。
今与山鬼[四]邻，残兵哭辽水。

评

言霍去病，以见王将军驰骋沙场之勇；言李广，更见王将军得人心之深。唐汝询《唐诗解》云："此言王将军深入虏庭，力战而死，故吊其墓而想其人，堪与李广齐。今虽'与山鬼邻'，其麾下犹思慕而哀之。真深得士心者矣。"沈德潜亦云："哀王将军死于力战，生有李广之名威，没为士心所思慕。"

[一]王将军：唐代名将王孝杰，武周神功元年（697），在征讨契丹叛乱时战死于榆关峡口。

[二]嫖姚（piào yáo）：同"票姚"。汉代武官名。西汉名将霍去病曾任票姚校尉，故后世常以嫖姚代指霍去病。

[三]飞将：指西汉名将李广，匈奴畏之，称其为"飞将军"。

[四]山鬼：山中之神。早期古人的意识中，鬼和神的区分并不明显。《楚辞·九歌》中《山鬼》一篇即为祭祀山神之歌。

元 佚名《明妃出塞图》（局部）

昭君墓[一]

汉宫岂不死，异域伤独殁[二]。
万里驼黄金，蛾眉[三]为枯骨。
回车夜出塞，立马皆不发。
共恨丹青人[四]，坟上哭明月。

评

汉宫、西域，空间之恨；美人、死亡，时间之恨。虽恨而无用，终只能托付于一“哭”字，更见无限悲哀。刘辰翁云：“千古词人之恨，写作当时事。断肠软语，不落脂粉，故他作不及。”

[一]昭君墓：在今内蒙古呼和浩特玉泉区。因远望墓表冥蒙作黛色，故又称“青冢”。王昭君，即王嫱，汉元帝时自请和亲匈奴。

[二]殁（mò）：死亡。

[三]蛾眉：形容女子的眉毛如蚕蛾之触须，细长而美。后常借指美貌的女子。

[四]丹青人：画家。一说指画工毛延寿。据《西京杂记》载，汉元帝命毛延寿为宫女画像，欲按图召幸。独王嫱不肯行贿，被画为丑，未得召见。后来和亲匈奴事定，元帝召见，惊为后宫第一美人。奈何悔之晚矣，因杀毛延寿。

清 顾洛《鹤听琴图》（局部）

江上琴兴

江上调玉琴，一弦清一心。
泠泠[一]七弦遍，万木澄幽阴[二]。
能使江月白，又令江水深。
始知梧桐枝[三]，可以徽黄金[四]。

评

此诗初读来只觉似是无理，细品之则正当如此。“兴”字难写，只可托于意会。《养一斋诗话》评此诗云：“总是不经人道语，而绝无幽险之痕，故高。‘一弦清一心’，‘能使江月白，又令江水深’，皆不可解语。严羽卿必以为此真不涉理路矣，不知其理甚长甚真，非理解之言也。妙处不可言说。”

[一]泠泠（líng líng）：形容声音清越。
[二]幽阴：幽深；阴静。
[三]梧桐枝：梧桐树的枝干，木质坚实，是制作古琴的良材。
[四]徽（huī）黄金：用金线做琴徽。徽，系琴弦的绳。

宋 佚名 《松阴庭院图》

宿王昌龄隐处

清溪深不极，[一]隐处惟孤云。
松际露微月，清光犹为君。
茆亭[二]宿花影，药院[三]滋苔纹。
予亦谢时[四]去，西山[五]鸾鹤群。

评

写景即写人。此诗淡笔写出王昌龄隐居处之雅致，使人不禁向往其为人，此其妙处所在。“松际露微月，清光犹为君”，较之王维“明月松间照，清泉石上流”，毫不逊色。王士禛云：“妙谛微言，与世尊拈花、迦叶微笑，等无差别。通其解者，可语上乘。”此深得其味者也。

[一]不极：不见底。
[二]茆（máo）亭：用茅草盖顶的亭子。茆，通“茅”。
[三]药院：种有药草的庭院。古代隐士为追求延年益寿乃至长生不老，往往种药草以备用。
[四]谢时：避世，即隐居。
[五]西山：首阳山，相传伯夷、叔齐隐居于此，后世遂以西山代指隐士所居之地。

唐 李思训《江帆楼阁图》（局部）

送李十一尉临溪[一]

泠泠花下琴，君唱渡江吟。
天际一帆影，预悬离别心[二]。
以言神仙尉[三]，因致瑶华音[四]。
轸[五]起宫商调，越声[六]澄碧林。

(评)

黄叔灿《唐诗笺注》云："泠泠花下琴，谓鼓琴送李也。君唱渡江吟，尚未远别，而天际一帆，自觉离情悬挂。因其作尉，同于梅福，故赠以瑶华之音。商音哀怨，回轸再鼓，而其声四散，澄于越溪、碧林。越溪，相送之地。此等诗，皆五言律之别调也。"

[一]李十一：未详何人，此以排行称。尉临溪：到临溪任县尉。

[二]预悬：预先悬挂起。

[三]神仙尉：西汉末年，南昌县尉梅福辞官隐居，王莽专政以后，弃妻子而去九江，被传为得道成仙，后遂以神仙尉为县尉的美称。

[四]瑶华音：对他人书翰的美称。

[五]轸（zhěn）：弦乐器上系弦线的小柱，可转动以调节弦的松紧。

[六]越声：清越之声。

宋 佚名 《湖亭游览图》

闲斋卧疾，行药[一]至山馆，稍次[二]湖亭二首

其一

旬时[三]结阴霖[四]，檐外初[五]白日。
斋沐[六]清病容，心魂畏灵室[七]。
闲梅照前户，明镜悲旧质[八]。
同袍[九]四五人，何不来问疾。

评

生病之时，最是敏感。故寻常景物，皆带悲喜；平常之事，莫不牵怀。虽有湖亭景色相伴，仍期同袍探望。此种小小心思，竟使闲愁之中又含憨趣。

[一]行药：魏晋南北朝时期，士大夫喜服一种烈性药五石散以养生，服药后漫步以散发药性，谓之“行药”。延至唐代，余风犹存。

[二]稍次：稍作停留。

[三]旬时：十天，此指连续多日。

[四]阴霖：淫雨，连续不停的过量的雨。

[五]初：开始。

[六]斋沐：斋戒沐浴。

[七]灵室：仙灵居住的洞室。

[八]旧质：老朽之躯。质，指身体。

[九]同袍：兄弟友人。

明 仇英《渔笛图》（局部）

其二

行药至石壁，东风变萌芽[一]。
主人门外绿，小隐[二]湖中花。
时物[三]堪独往，春帆宜别家。
辞君为沧海，烂漫[四]从天涯。

评

虽无同袍问疾，也不妨自得其乐，此所谓“绝处逢生”。古人云“秀色可餐”，观此诗，又可知“秀色可医”。

[一]变萌芽：使萌芽发生变化，即草木萌生。
[二]小隐：微微遮挡。
[三]时物：时节景物。
[四]烂漫：放浪形骸，率性自然。

北宋 李成 《晴峦萧寺图轴》（局部）

题破山寺后禅院[一]

清晨入古寺，初日照高林。
竹径通幽处，禅房花木深。
山光[二]悦鸟性，潭影空人心。
万籁[三]此都寂，但余钟磬[四]音。

评

此诗盖得江山之助，而非才力所能为。惠洪《冷斋夜话》云："唐诗有'竹径通幽处，禅房花木深'之句，欧阳文忠公爱之，每以语客曰：'古人工为发端，心虽晓之而才莫逮。欲仿此为一联，终莫之能。'以文忠公之才而谓不能，诗盖未易识也。"

[一]破山寺：即破山兴福寺，故址在今江苏常熟虞山北麓。
[二]山光：山间风光。
[三]万籁：自然界万物发出的响声。
[四]钟磬（qìng）：两种打击乐器，寺庙中用来提示诵经、斋供的信号。

明 仇英《玉洞仙源图》（局部）

鄂渚[一]招王昌龄[二]、张偾[三]

刘芦[四]旷野中，沙上飞黄云。天晦无精光，茫茫悲远君。
楚山隔湘水，湖畔落日曛[五]。春雁又北飞，音书固难闻。
谪君未为叹，谗枉何由分[六]。五日逐蛟龙[七]，宜为吊冤文[八]。
翻覆古共然[九]，官宦安足云。贫士任枯槁[十]，捕鱼清江渍[十一]。
有时荷[十二]锄犁，旷野自耕耘。不然春山隐，溪涧花氛氲[十三]。
山鹿自有场，贤达亦顾君。二贤[十四]归去来[十五]，世上徒纷纷。

评

汉赋有淮南小山《招隐士》，极言山中危险，故招王孙归来，此由山间而返人间。本诗亦为招隐士，然立意恰好相反。王昌龄、张偾蒙谗被贬，足见世道艰险，故作者劝二人归隐山林，此是由入世而变为出世。

[一]鄂（è）渚：地名，在今湖北鄂州。

[二]王昌龄（约698—756）：字少伯，京兆长安（今陕西西安）人，盛唐时期著名边塞诗人。

[三]张偾：常建友人，生平事迹不详。

[四]刘芦：割取芦苇。

[五]曛（xūn）：光线昏暗。

[六]何由分：如何分辨澄清。

[七]五日逐蛟龙：传说农历五月五日屈原投汨罗江而死，后世为纪念屈原，将此日定为端午节，并赛龙舟。

[八]吊冤文：汉代贾谊曾作《吊屈原文》，为屈原鸣冤，亦伤己之不遇。此典故所出。

[九]翻覆古共然：此句意谓世事反复，变化无常，自古而然。翻覆，反复，变化。

[十]枯槁：憔悴之貌。

[十一]渍（fén）：水边，岸边。

[十二]荷：背着。

[十三]氛氲（fēn yūn）：形容香气浓郁。

[十四]二贤：指王昌龄、张偾。

[十五]归去来：犹归去，即归隐。来，语助词。

明 唐寅 《蕉叶睡女图》（局部）

春词二首

其一

宛宛[一]黄柳丝，蒙蒙[二]杂花垂。
日高红妆[三]卧，倚对春光迟。
宁知傍淇水[四]，骎褭[五]黄金羁[六]。

评

春光已足惹人醉，而红妆更添妩媚，几乎摄人心魄。此种情态，犹有南朝宫体之风。

[一]宛宛：细弱柔软之貌。
[二]蒙蒙：繁茂之貌。
[三]红妆：妇女盛装，色尚红，故称。此代指美女。
[四]淇水：即今淇河，在河南北部，古为黄河支流，源出淇山。
[五]騕褭（yǎo niǎo）：古骏马名。
[六]黄金羁（jī）：用黄金装饰的马笼头。

清　恽寿平　《花卉图册》

其二

翳翳[一]陌上桑，南枝交北堂。
美人金梯[二]出，手自提竹筐。
非但畏[三]蚕饥，盈盈[四]娇路傍。

评

《诗经·豳风·七月》云："春日载阳，有鸣仓庚。女执懿筐，遵彼微行，爰求柔桑。春日迟迟，采蘩祁祁。女心伤悲，殆及公子同归。"此诗有风诗韵味。

[一]翳翳（yì yì）：形容草木茂密成荫。
[二]金梯：阳光照射在梯子上，呈现出金黄色，故称"金梯"。
[三]畏：担心。
[四]盈盈：形容举止、仪态美好。

五代 赵幹 《烟霭秋涉图》（局部）

古意张公子[一]

日出乘钓舟，袅袅[二]持钓竿。涉淇[三]傍荷花，骢马闲金鞍[四][五]。

使客白云中，腰间悬鹿卢[六]。出门事嫖姚[七]，为君西击胡。

胡兵汉骑相驰逐，转战孤军海[八]西北。

百尺旌竿[九]沉黑云，边笳[十]落日不堪闻。

评

五言部分有任侠之风，读来令人振奋，正盛唐精神所在；后半段一变而作七言，节奏稍缓而气势愈增，由一己之侠变作为国征战之将士，侠士义气犹在，复增悲壮慷慨之感，颇有盛极而衰之兆。东桥先生云：“起得闲逸，变得振厉，结得凄惋。”盖谓此乎。

[一]张公子：未详何人。

[二]袅袅（niǎo niǎo）：形容随风摆动的样子。

[三]涉淇：渡过淇水。《诗经·卫风·氓》：“送子涉淇，至于顿丘。”

[四]骢（cōng）马：毛色青白相杂的马。

[五]闲：通“娴”，娴熟、熟练。

[六]鹿卢：此指鹿卢剑，古剑首以玉作鹿卢形为饰。鹿卢即辘轳，井上汲水的轮轴。

[七]嫖姚：指西汉名将霍去病，他曾任票姚校尉。

[八]海：古人认为陆地四周皆为海，故用以指僻远地区，此指西域边远之地。

[九]旌竿：旗杆。

[十]边笳：即胡笳，古代北方边地少数民族的一种乐器，形似笛子。

北宋 李公麟 《毛女图》（局部）

仙谷遇毛女，[一]意知是秦时宫人[二]

溪口水石浅，泠泠明药丛。入溪双峰峻，松栝[三]疏幽风。
垂岭枝袅袅，翳泉[四]花蒙蒙。夤缘[五]霁人目，路尽心弥通。
盘石横阳崖，[六]前临[七]殊未穷。回潭清云影，弥漫长天空。
水边一神女，千岁为玉童。羽毛经汉代，珠翠逃秦宫。
目觌[八]神已寓，鹤飞[九]言未终。祈君青云秘，[十]愿谒黄仙翁。[十一]
尝以耕玉田，[十二]龙鸣西顷[十三]中。金梯与天接，几日来相逢。

评

明代学者陈继儒批点云："前半写仙谷之景，后半述遇毛女之意。首二句言谷口水石流映，次六句状谷中松栝风泉幽隐映带，所谓'目霁''心通'者此也。又次六句溯女之得仙，位可觌不可接。末六句言己愿求秘诀，相与逍遥仙去也。"今按，钱锺书、傅璇琮等先生早已指出，毛女故事早见于《列仙传》《抱朴子》等书，民间亦盛传之，故常建所写，盖是想象，未必真遇毛女。唐人好求仙，由此亦可见一斑。

[一]毛女：仙女。《列仙传》云："毛女者，字玉姜，在华阴山中，猎师世世见之，形体生毛。自言秦始皇宫人也，秦坏，流亡入山避难，遇道士谷春教食松叶，遂不饥寒。身轻如飞，百七十余年，所居岩中有鼓琴声云。"

[二]意知：知晓。

[三]松栝（guā）：松树与桧树。

[四]翳泉：隐蔽的泉水。

[五]夤缘（yín yuán）：攀援，攀附。

[六]阳崖：南面山崖。

[七]前临：前瞻，向前看。

[八]目觌（dí）：眼见。

[九]鹤飞：乘鹤飞升。

[十]青云秘：隐逸成仙的秘诀。

[十一]黄仙翁：道家仙人。

[十二]玉田：据干宝《搜神记》，杨伯雍遇仙人，获赠石子一斗，种之得美玉。

[十三]西顷：西边的田地。

清 戴本孝《山水册页》

晦日[一]马镫曲[二]稍次中流作

夜来宿芦苇，晓色明西林。
晴天无纤翳[三]，郊野浮春阴[四]。
出浦[五]见千里，旷然谐远寻。
初日在川上，便澄游子心。
波静随钓鱼，舟小绿水深。
扣船[六]应渔父，因唱沧浪吟[七]。

评

有诗情，则处处皆诗意，即使行旅之中亦然。今人谓诗意生活，盖谓此也。唐汝询《唐诗解》云："此赋舟中之景。言初日晴朗，便清我心，出浦纵观，益生远兴，听渔父之歌，而觉忘情于山水矣。"

[一]晦日：农历每月的最后一天。
[二]马镫曲：马镫形状的水湾。
[三]纤翳：微细的障蔽，多指浮云、烟霭。
[四]春阴：春日阴天之云气。
[五]浦：水边或河流入海的地方。
[六]扣船：敲击船舷以为节拍。
[七]沧浪吟：即《沧浪歌》。《孟子·离娄上》："有孺子歌曰：'沧浪之水清兮，可以濯我缨；沧浪之水浊兮，可以濯我足。'"

李白

诗人小传

李白（701—762），字太白，号青莲居士。祖籍陇西成纪（今甘肃静宁西南），后迁居绵州昌隆（今四川江油）青莲乡。开元十二年（724），仗剑行侠，漫游吴越。开元十八年（730），初至长安，未获重用，乃隐于终南山。天宝初，应诏入京，供奉翰林。天宝三载（744），因得罪权贵，被赐金放还。肃宗即位后，李白卷入永王之乱，坐流夜郎，遇赦得释。晚年寄居于族叔李阳冰家，唐代宗宝应元年（762）去世。李白天才横溢，作诗「言出天地外，思出鬼神表」，格高语俊，清雄奔放。后世誉其为「诗仙」，与「诗圣」杜甫并称「李杜」。

清　苏六朋
《太白醉酒图》

白性嗜酒，志不拘检，常林栖[一]十数载。故其为文章，率皆纵逸。至如《蜀道难》等篇，可谓奇之又奇。然自骚人[二]以还，鲜有此体调也。

李白生性嗜好饮酒，志意不拘形骸，不受拘束，曾隐居山林十余年。因此，他写文章，莫不豪迈奔放。像《蜀道难》等篇章，可以说是奇之又奇。自有文人以来，很少有如此体性格调的。

[一]林栖：在山林间栖隐。
[二]骚人：泛指文士、诗人。

清　傅山《冬鸦秃木图》

战城南[一]

去年战，桑干源[二]；今年战，葱河道[三]。
洗兵[四]涤戈海上波，放马天山雪中草。
万里长征战，三军尽衰老。
胡人以杀戮为耕作，古来惟见白骨黄沙田。
秦家筑城备胡处[五]，汉家还有烽火燃。

评

萧士赟曰："开元、天宝中，上好边功，征伐无时，此诗盖以讽也。"今按，末二句以文为诗，其中"圣人"二字，更见讥讽之意。

[一]战城南：乐府旧题，属鼓吹曲辞，汉代《铙歌十八曲》之一。

[二]桑干：桑干河，今永定河上游，其源在今山西管涔山。相传每年桑葚成熟时，河水会干涸，故有此名。

[三]葱河：葱岭河，西域古河名，在今新疆境内。有南北两河，南名叶尔羌河，北名喀什噶尔河，发源于帕米尔高原，为塔里木河支流之一。

[四]洗兵：清洗兵器。

[五]秦始皇统一天下后，遣蒙恬率兵三十万北逐匈奴，并修筑万里长城以防御其南进。

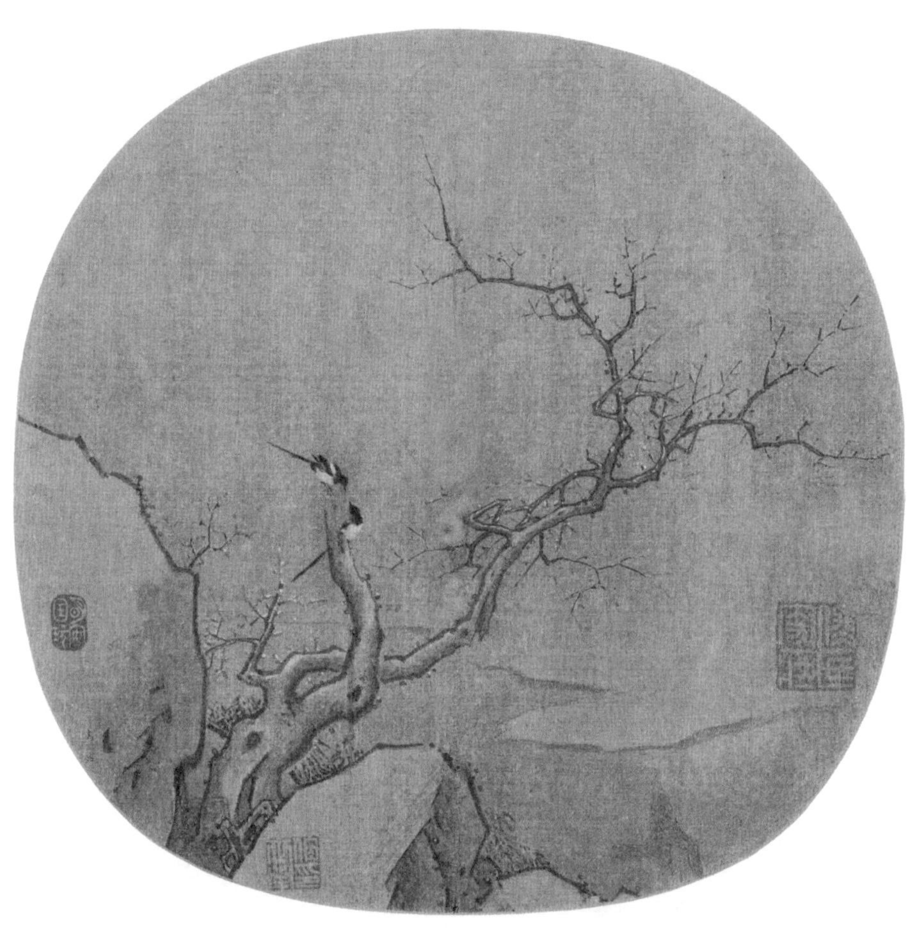

南宋 马远 《寒枝双鹊图》

烽火燃不息，[一]征战无已时。[二]
野战格斗死，败马号鸣向天悲。
乌鸢[三]啄人肠，衔飞上挂枯树枝。
士卒涂草莽，[四]将军空尔为。[五]
乃知兵者是凶器，圣人不得已而用之。

[一]古时边境每数里置一高台，遇敌情即燃火示警，传递军情。后世即以烽火代指战火。
[二]无已时：没有结束的时候。
[三]乌鸢（yuān）：乌鸦和老鹰，均是贪肉之鸟。
[四]士卒涂草莽：死伤士兵的鲜血沾染在杂草之上。
[五]空尔为：徒劳无功。

五代 周文矩 《仙女乘鸾图》

远别离

古有皇英之二女，[一]乃在洞庭之南，潇湘之浦。
海水直下万里深，人言不深此离苦。[二]
日惨惨[三]兮云冥冥，[四]猩猩啼烟兮鬼啸雨，我纵言之将何补。
皇穹[五]窃恐不照予之忠诚，雷凭凭兮欲吼怒，尧舜当之亦禅禹。

评

此诗或以为唐肃宗时李辅国矫制迁唐玄宗于西内而作，或以为唐明皇内任林甫，外宠禄山而作，或以为西京初陷，马嵬赐死贵妃时所作，未知孰是。然可确定者，是知太白之诗，亦有"诗史"存焉。清人王夫之言："工部讥时语开口便见，供奉不然，习其读而问其传，则未知己之有罪也。工部缓，供奉深。"此言得之。

[一]皇英：传说中尧之二女，即舜之二妃娥皇、女英。

[二]不深：不如……之深。此处谓海水不如生离死别之情深。

[三]惨惨：暗淡无光。

[四]冥冥：阴沉昏暗。

[五]皇穹：皇天。

北宋 张敦礼 《九歌》（局部）

君失臣兮龙为鱼，权归臣兮鼠变虎。
尧幽囚，[一]舜野死，[二]九疑[三]联绵皆相似，重瞳[四]孤愤竟谁是。
帝子[五]降兮绿云间，随风波兮去无还。
恸哭[六]兮远望，见苍梧之深山。
苍梧崩，湘水绝，竹上之泪乃可灭。

[一]尧幽囚：传说尧晚年德衰，遭到舜的囚禁。
[二]舜野死：传说舜征讨苗族，死于苍梧之野。
[三]九疑：山名，即九嶷山，又称苍梧山，在今湖南宁远南。其山九峰相似，故名。相传舜葬于此。
[四]重瞳：目有双瞳。相传舜有重瞳。
[五]帝子：指娥皇、女英，二人皆帝尧之子。
[六]恸（tòng）哭：放声痛哭。

元 王渊
《鹰逐画眉图》
（局部）

野田黄雀行

游莫逐炎洲翠[一]，栖莫近吴宫燕[二]。
炎洲逐翠遭网罗，吴宫火起焚尔窠。
潇条[三]两翅蓬蒿下，纵有鹰鹯[四]奈尔何。

评

世间行事，非言之难，行之难也。太白自谓“莫逐炎洲翠、莫近吴宫燕”，而其生平，早期入翰林，折权贵，赐金放还；晚年则预永王之乱，远贬夜郎，几至殒命。皆非全身远祸、明哲保身之道也。后之览者，可不戒哉！

[一]炎洲翠：炎洲，神话中的南海炎热岛屿，上有风生兽、火林山及火光兽，出火浣布。翠，翠雀，亦名翡翠。羽有蓝、绿、赤、棕等色，可为饰品。雄赤曰翡，雌青曰翠。

[二]吴宫燕：巢于吴宫之燕。

[三]潇条：疏散，舒展。

[四]鹰鹯（zhān）：鹰与鹯，皆为猛禽，此处比喻凶残之人。

元 赵孟頫《蜀道难》（局部）

蜀道难

噫吁嚱[一]，危乎高哉！蜀道之难，难于上青天。
蚕丛[二]及鱼凫[三]，开国何茫然[四]。
尔来四万八千岁，不与秦塞[五]通人烟。
西当太白[六]有鸟道，可以横绝峨眉巅[七]。
地崩山摧壮士死，然后天梯石栈方钩连。
上有六龙回日[八]之高标[九]，下有冲波逆折[十]之回川[十一]。

评

太白“谪仙人”之称，得名于此诗。孟棨《本事诗》载：“李太白初自蜀至京师，舍于逆旅。贺监知章闻其名，首访之，既奇其姿，复请所为文。出《蜀道难》以示之。读未竟，称叹者数四，号为谪仙。”

[一]噫吁嚱（xī）：叹词，表示惊异或慨叹。

[二]蚕丛：相传为蜀王的先祖，教人蚕桑。

[三]鱼凫：传说中古蜀国帝王名。

[四]茫然：模糊不清。

[五]秦塞：秦代所建的要塞。

[六]太白：山名，秦岭主峰，在长安以西。

[七]峨眉巅：峨嵋山顶。

[八]六龙回日：拉着太阳的六条龙至此而折返。

[九]高标：蜀道中可作为标识的最高峰。

[十]冲波逆折：激流冲向山岩而折回。

[十一]回川：有漩涡的河流。

黄鹤之飞尚不得过，猿猱欲度愁攀缘。
青泥[一]何盘盘[二]，百步九折萦[三]岩峦。
扪参历井[四]仰胁息[五]，以手抚膺[六]坐长叹。
问君西游[七]何时还，畏途巉岩[八]不可攀。
但见悲鸟号古木，雄飞雌从绕林间。
又闻子规啼夜月，愁空山。
蜀道之难，难于上青天，使人听此凋朱颜[九]。
连峰去天不盈尺，枯松倒挂倚绝壁。

[一]青泥：即青泥岭，在今甘肃徽县南，陕西略阳县北，为甘陕入蜀要道。

[二]盘盘：盘旋曲折。

[三]萦（yíng）：盘绕。

[四]扪（mén）参（shēn）历井：扪，用手摸。历，经过。参、井，星宿名，参星为蜀之分野，井星为秦之分野。

[五]胁息：屏气不敢呼吸。

[六]膺（yīng）：胸。

[七]西游：蜀在秦的西南，故由秦入蜀称为西游。

[八]巉（chán）岩：险恶陡峭的山壁。

[九]凋朱颜：红颜带忧色，如花凋谢。

飞湍暴流争喧豗[一]，砯[二]崖转石万壑雷。
其险也若此，嗟尔[三]远道之人，胡为乎[四]来哉？
剑阁[五]峥嵘[六]而崔嵬[七]，一夫当关，万人莫开。
所守或匪亲[八]，化为狼与豺。
朝避猛虎，夕避长蛇。
磨牙吮[九]血，杀人如麻。
锦城[十]虽云乐，不如早还家。
蜀道之难，难于上青天，侧身西望长咨嗟[十一]。

[一]喧豗（huī）：喧闹声，这里指急流和瀑布发出的巨大响声。

[二]砯（pīng）：水撞击石崖时发出的声音。

[三]嗟（jiē）尔：嗟，感叹声。尔，你。

[四]胡为乎：为了什么。

[五]剑阁：又名剑门关，在四川剑阁东北，是大、小剑山之间的一条栈道，长约三十里。

[六]峥嵘（zhēng róng）：形容山的高峻突兀。

[七]崔嵬（cuī wéi）：形容山的高大险峻。

[八]匪（fěi）亲：不是亲人。匪，通“非”。

[九]吮（shǔn）：吸。

[十]锦城：锦官城，即今四川成都。成都古代以产锦闻名，朝廷曾经设官于此，专收锦织品，故称。

[十一]咨（zī）嗟：叹息。

北宋 郭熙 《蜀山行旅图》（局部）

行路难[一]

金罍[二]清酒价十千，玉盘珍羞[三]直[四]万钱。
停杯投箸[五]不能食，拔剑四顾心茫然。
欲渡黄河冰塞川，将登太行[六]云暗天。
闲来垂钓坐溪上，忽复乘舟落日边。
行路难，道安在？
长风破浪会有时，直挂云帆济苍海。

评

行路艰难，此寻常之事，贩夫走卒皆有此感慨。能于艰难之后，奋起一路，方是英雄之举。太白千古如日月，正在此种精神。

[一]行路难：乐府旧题，属于杂曲歌辞。

[二]金罍（léi）：饰金的大型酒器。

[三]珍羞：珍贵的菜肴。羞，同“馐”，美味的食物。

[四]直：通“值”，值得。

[五]箸（zhù）：筷子。

[六]太行：山名。绵延于山西、河北、河南三省界的大山脉。

清　石涛　《云山图轴》

梦游天姥山别东鲁诸公[一]

海客[二]谈瀛洲[三]，烟波微茫不易求。
越人话[四]天姥，云霓明灭[五]如何睹。
天姥连天向天横，势拔五岳掩赤城[六]。
天姥四万八千丈，对此绝倒东南倾[七]。
我欲冥搜[八]梦吴越，一夜飞度镜湖[九]月。
湖月照我影，送我到剡溪[十]。

评

此诗文辞瑰丽，气势磅礴，此乃古今共识，无需多说。其最妙处，在于梦境之中觉人事，结尾一语，颇有梦醒顿悟之感。《唐宋诗醇》云："因语而梦，因梦而悟，因悟而别，节次相生，丝毫不乱，若中间梦境迷离，不过词意伟怪耳。"

[一]天姥山：在今浙江嵊州、新昌之间，近剡溪。其峰孤峭突起，望之如在天表，相传登临者曾闻天姥歌讴，故名。
[二]海客：航海者。
[三]瀛州：海上仙山。
[四]话：说到。
[五]明灭：时隐时现，忽明忽暗。
[六]赤城：山名。在今浙江天台北，被视为天台山南门。因土色皆赤，其状远望如雉堞，故名。
[七]东南倾：向东南方向倾斜。
[八]冥搜：搜访于极幽远之处。
[九]镜湖：亦名鉴湖，在今浙江绍兴。
[十]剡溪：在今浙江嵊州南。

谢公[一]宿处今尚在，绿水荡漾青猿啼。
脚穿谢公屐[二]，明登青云梯[三]。
半壁见海月，空中闻天鸡[四]。
千岩万转路不定，迷花倚石忽以暝[五]。
熊咆龙吟殷[六]岩泉，栗[七]深林兮惊层巅。
枫青青兮欲雨，水澹澹[八]兮生烟。
列缺霹雳，丘峦崩摧[九]。
洞天石扉，訇[十]然而中开。

[一]谢公：指南朝诗人谢灵运（385—433），名公义，陈郡阳夏（今河南太康）人。谢玄之孙，封康乐公。中国古代文学史上“山水诗派”的鼻祖。

[二]谢公屐：谢灵运登山所穿底有活动钉齿之木鞋。

[三]青云梯：仙人升天之梯。

[四]天鸡：神话中天上的鸡。

[五]暝：昏暗。

[六]殷（yǐn）：震动。

[七]栗：战栗，恐惧。

[八]澹澹（dàn dàn）：水波荡漾的样子。

[九]崩摧：崩塌。

[十]訇（hōng）然：形容声音巨大。

青冥蒙鸿[一]不见底，日月照耀金银台[二]。

霓为裳兮风为马，云中君[三]兮纷纷而来下。

虎鼓琴兮鸾回车[四]，仙之人兮列如麻。

忽魂悸[五]兮目覆[六]，恍[四]惊起而长嗟，惟觉时之枕席，失向来[八]之烟霞[九]。

世间行乐皆如是，古来万事东流水。

别君去兮何时还，且放白鹿青崖间，欲行即骑向名山。

何能摧眉[十]折腰事权贵，使我不得开心颜。

[一]青冥蒙鸿：天空混沌。

[二]金银台：金银筑就的宫阙楼台，指神仙居住的地方。

[三]云中君：《楚辞·九歌》有《云中君》篇，一般指云神。这里指云天之上的诸神。

[四]鸾回车：神鸟驾着车。回，回旋，旋转。

[五]魂悸：灵魂受到惊吓。

[六]目覆（huò）：眼睛睁大。

[七]恍（huǎng）：忽然。

[八]向来：原来。指之前的梦中。

[九]烟霞：指之前所写的梦中仙境。

[十]摧眉：垂眉、低头，作卑逊谄媚之态。

五代十国赵喦《八达春游图》

忆旧游寄谯郡元参军[一]

忆昔洛阳董糟丘[二]，为余天津桥[三]南造酒楼。
黄金白璧买歌笑，一醉累月[四]轻王侯。
海内贤豪青云客[五]，就中与君心莫逆[六]。
回山转海不作难，倾情倒意无所惜。
我向淮南攀桂枝[七]，君留洛北愁梦思。
不忍别，还相随，相随迢迢[八]访仙城[九]，三十六曲水回萦[十]。

评

以叙事之法作诗，此篇最可为典范。《唐宋诗醇》云："白诗天才纵逸，至于七言长古，往往风雨争飞，鱼龙百变，又如大江无风，波浪自涌，白云纵空，随风变灭，诚可谓怪伟奇绝者矣。此篇最有纪律可循。历数旧游，纯用序事之法。以离合为经纬，以转折为节奏，结构极严而神气自畅。至于奇情胜致，使览者应接不暇，又其才之独擅者耳。"

[一]元参军：即元演，李白好友，时任谯郡参军。
[二]董糟丘：董姓酒商。
[三]天津桥：故址在今河南洛阳旧城西南，隋、唐皇城正南洛水上。
[四]累月：接连数月。
[五]青云客：或仕途显达的人，或隐逸之士。
[六]心莫逆：心心相应，无所违忤。
[七]攀桂枝：谓隐居。
[八]迢迢：形容路途遥远。
[九]仙城：即仙城山，在湖北随州。
[十]回萦（yíng）：回旋萦绕。

一溪初入千花明，万壑度尽松风声。
银鞍金络到平地，汉东太守来相迎。[一]
紫阳之真人，[二]邀我吹玉笙。
飡霞楼[三]上动仙乐，嘈然[四]宛似鸾凤鸣，袖长管催欲轻举。
汉东太守醉起舞，手持锦袍覆我身。
我醉横眠枕其股，[五]当筵意气凌九霄。

[一]汉东太守：唐代汉东即指随州，故汉东太守即随州刺史。
[二]紫阳之真人：指道士胡紫阳。
[三]飡（cān）霞楼：楼名，在胡紫阳所居的苦竹院内。飡，同“餐”。
[四]嘈然：众多乐声相和鸣。嘈，众声。
[五]股：大腿，。

星离雨散不终朝，分飞[一]楚关山水遥。
余既还山寻故巢，君亦归家度渭桥。
君家严君[二]勇貔虎[三]，作尹[四]并州遏戎虏。
五月相呼度太行，摧轮[五]不道羊肠[六]苦。
行来北京[七]岁月深，感君贵义轻黄金。
琼杯绮食青玉案，使我醉饱无归心。

[一]分飞：离别。
[二]严君：父母，后专指父亲。
[三]貔（pí）虎：貔与虎皆猛兽，以喻勇猛。
[四]作尹：担任长官。
[五]摧轮：折毁车轮。
[六]羊肠：羊肠小道，喻山路狭窄迂回。
[七]北京：此指太原，唐以太原为北都。

时时出向城西曲，晋祠[一]流水如碧玉。
浮舟弄水箫鼓鸣，微波龙鳞莎草绿。
兴来携妓恣经过，其若杨花似雪何。
红妆欲醉宜斜日，百尺清潭写[二]翠蛾[三]。
翠蛾婵娟初月辉，美人更唱[四]舞罗衣。
清风吹歌入空去，歌曲自绕行云飞。

[一]晋祠：在今山西太原西南悬瓮山麓，为周初晋始封者唐叔虞祠庙。
[二]写：映照。
[三]翠蛾：妇女细长而弯曲的黛眉，借指美女。
[四]更唱：轮流歌唱。

此时行乐难再遇，西游因献长杨赋[一]。
北阙[二]青云不可期，东山[三]白首还归去。
渭桥南头一遇君，酂台[四]之北又离群。
问余别恨今多少，落花春暮争纷纷。
言亦不可尽，情亦不可极。
呼儿长跪缄[五]此辞，寄君千里遥相忆。

[一]长杨赋：西汉扬雄曾作《长杨赋》献给汉成帝。此言西游长安，指望以文章博取爵禄。
[二]北阙：古代宫殿北面之门楼，为大臣等待朝见或奏事之处。
[三]东山：谢安曾隐居于东山，后世遂以东山指代归隐。
[四]酂（zàn）台：谯郡酂县之台。
[五]缄（jiān）：封好信封。

清 马荃 《花卉蝴蝶图》（局部）

咏怀

庄周梦蝴蝶，蝴蝶为庄周。[一]
一体更变易，万事良悠悠。
乃知蓬莱水，[二]复作清浅流。
青门[三]种瓜人，旧日东陵侯。[四]
富贵固如此，营营[五]何所求。

㊞评

此是道家者言。萧士赟云：“此诗达生者之辞也，然意却有三节。谓忽然为人，化为异物，忽为异物，化而为人，一体变易尚未能知，悠悠万事岂能尽知乎？况又何能知桑田沧海之变乎？故侯种瓜，富贵者固如是也。既烛破此理，则尚何所求而营营苟苟以劳吾生哉？”

[一]“庄周”二句：庄周梦到自己变为蝴蝶，醒来之后，神情恍惚，不知到是庄周做梦变为蝴蝶，还是蝴蝶做梦变成庄周。

[二]蓬莱：又称“蓬壶”，仙人居住的三座神山之一。

[三]青门：汉长安城东南门，本名霸城门，因其门色青，故俗呼为“青门”。

[四]东陵侯：指广陵人召平，秦时为东陵侯，秦灭亡后为布衣，种瓜青门外。

[五]营营：奔走钻营。

清 石涛《太白诗意山水》（局部）

酬东都小吏以斗酒双鳞[一]见赠

鲁酒[二]琥珀色，汶鱼[三]紫锦鳞。
山东豪吏有俊气，手携此物赠远人[四]。
意气相倾两相顾，斗酒双鱼表情素。
双鳃呀呷[五]鳍鬣[六]张，跋剌[七]银盘欲飞去。
呼儿拂几[八]霜刃[九]挥，红肥花落白雪霏。
为君下箸[十]一餐饱，醉着金鞍上马归。

评

李白为人重意气，交友不分贵贱，故虽东都小吏，亦把酒甚欢。席间诸物，未必山珍海味，然意气相投，自是玉盘珍馐。有酒则饮，有鱼则食，饱餐之后，醉马而归，极尽潇洒，备见风流。

[一]双鳞：两条鱼。
[二]鲁酒：鲁地之酒。东都为古鲁地，故称东都之酒为鲁酒。
[三]汶鱼：汶水所产之鱼。
[四]远人：远游之人，此指李白自己。
[五]呀呷（yā xiā）：鱼嘴吞吐开合之貌。
[六]鳍鬣（qí liè）：指支撑鱼鳍薄膜的棘刺状硬骨。
[七]跋剌（bá là）：象声词，此指鱼跳跃之声。
[八]拂几：擦拭几案。
[九]霜刃：明亮锐利的刀刃。
[十]下箸（zhù）：下筷、动筷。

清 石涛 《寻仙册页》

答俗人问

问予何事栖碧山，[一]笑而不答心自闲。
桃花流水杳然去，[二]别有天地非人间。

评

此亦道家者言。李东阳谓“诗贵意，意贵远不贵近，贵淡不贵浓；浓而近者易识，淡而远者难知”，而太白此诗，“淡而愈浓，近而愈远，可与知者道，难与俗人言”。

[一]碧山：在今湖北安陆，李白曾栖居于此读书。
[二]杳（yǎo）然：悠然自在。

南宋 马远 《仙侣观瀑图》（局部）

古意

白酒初熟山中归，黄鸡啄黍秋正肥。
呼儿烹鸡酌白酒，儿女欢笑牵人衣。
高歌取醉欲自慰，起舞落日争光辉。
游说万乘苦不早[一]，着鞭跨马涉长道。
会稽愚妇轻买臣[二]，余亦辞家西入秦。
仰天大笑出门去，我辈岂是蓬蒿人[三]。

评

上半篇言家中之乐，俨然恋家之人；下半篇陡然出游，辞家而去。其乐真，其辞亦决，非太白不能如此。末一句对人言，亦对己言，意气之盛，非盛唐不能有。《唐宋诗醇》云："结句以直致见风格，所谓辞意俱尽，如截奔马。"

[一]万乘：指君主。
[二]会稽愚妇轻买臣：汉代朱买臣家贫，好读书，不治产业。其妻为此感到耻辱，离他而去。后来买臣为汉武帝信用，出任会稽太守。
[三]蓬蒿（péng hāo）：草野偏僻之处。

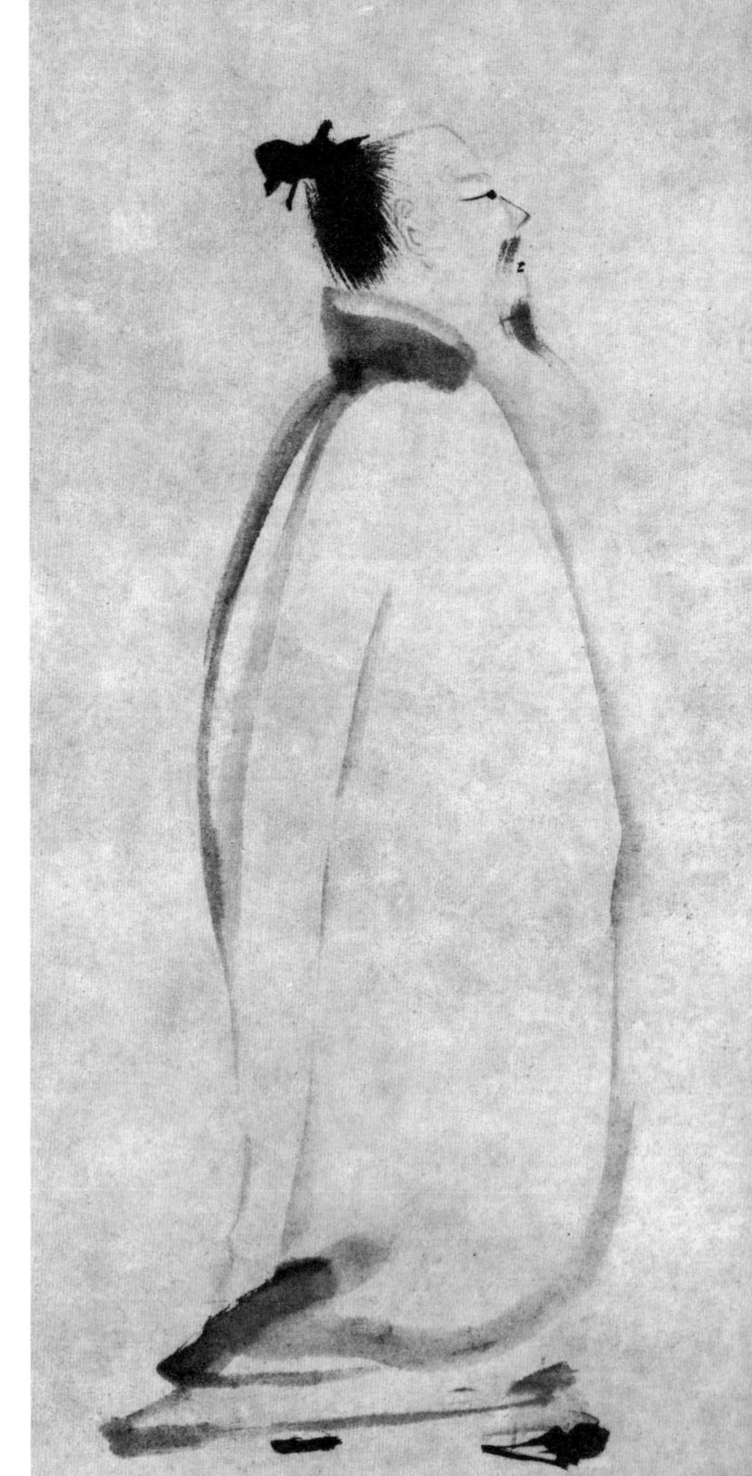

南宋 梁楷
《李白行吟图》

将进酒[一]

君不见黄河之水天上来，奔流到海不复回。
君不见高堂明镜悲白发，朝如青丝暮成雪。[二]
人生得意须尽欢，莫使金樽空对月。
天生我材必有用，千金散尽还复来。
烹羊宰牛且为乐，会须[三]一饮三百杯。

评

此壮志难酬之时，饮酒自慰之言耳。萧士赟云："虽似任达放浪，然太白素抱用世之才而不遇合，亦自慰解之词耳。"然古今自慰之诗，莫能出其右，严羽云："一往豪情，使人不能句字赏摘。盖他人作诗用笔想，太白但用胸口一喷即是，此其所长。"

[一]将（qiāng）进酒：请饮酒。此乐府古题，属于短箫铙歌一类，系汉鼓吹铙歌十八曲之一。
[二]青丝：指黑色的头发。
[三]会须：应该，应当。

清 王翚 《太行山色图》（局部）

岑夫子，[一]丹丘生，[二]与君歌一曲，请君为我听。
钟鼎玉帛不足贵，但愿长醉不愿醒。
古来圣贤皆寂寞，[三]唯有饮者留其名。
陈王[四]昔时宴平乐，斗酒十千恣欢谑。[五]
主人何为[六]言少钱，径须沽[七][八]取对君酌。
五花马，千金裘，呼儿将出换美酒，与尔同销万古愁。

[一]岑夫子：谓岑勋，南阳人，李白好友。

[二]丹丘生：指元丹丘，道家隐士，李白好友。

[三]寂寞：被世人冷落。

[四]陈王：即曹植，因封于陈而称陈王，好饮酒，才高八斗，善诗文。

[五]恣欢谑（xuè）：尽情地娱乐欢饮。

[六]何为：为何，为什么。

[七]径须：只管。

[八]沽：通“酤”，买。

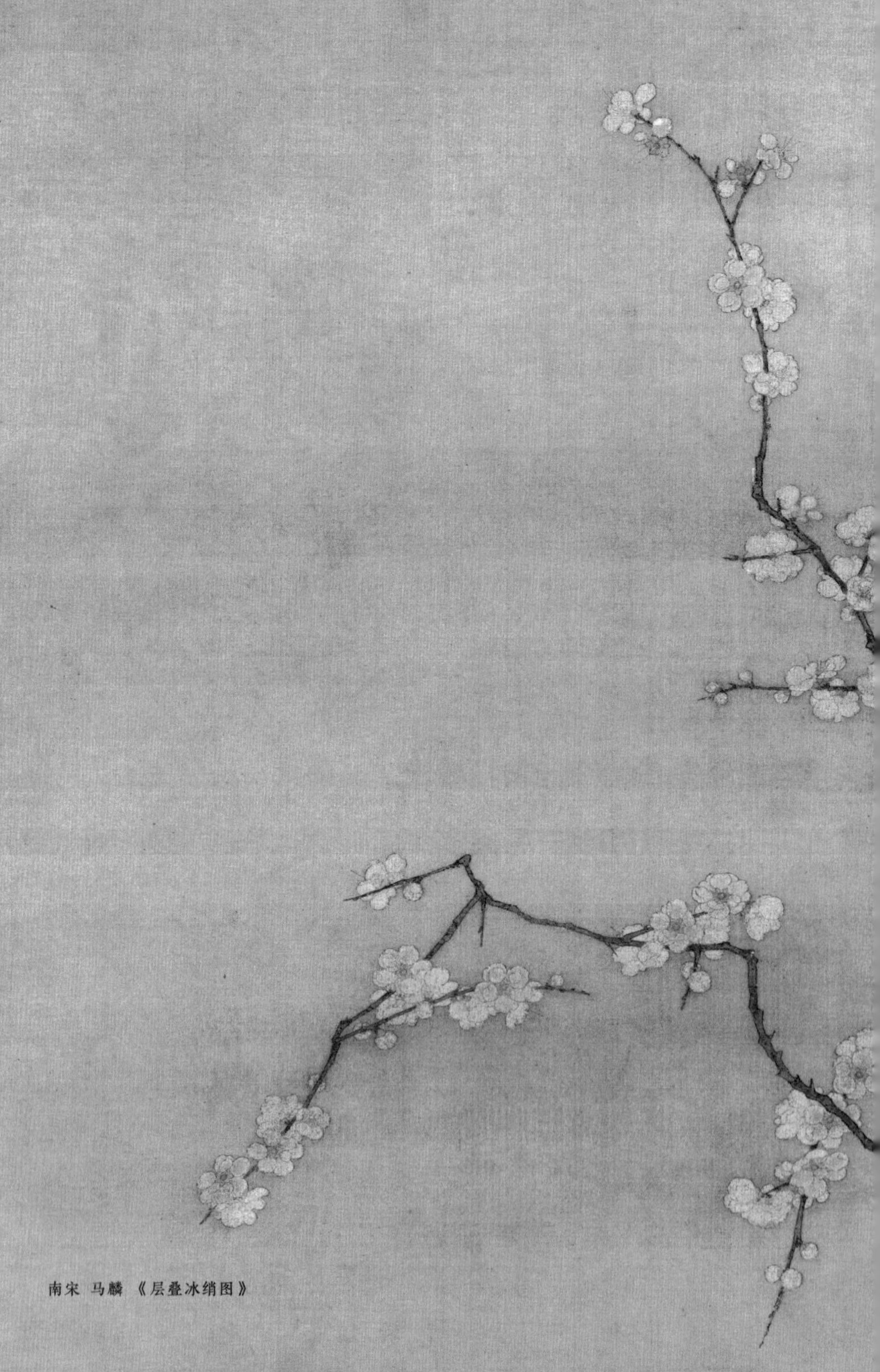

南宋 马麟 《层叠冰绡图》

乌栖曲[一]

姑苏台[二]上乌栖时[三]，吴王宫里醉西施。
吴歌楚舞欢未毕，青山犹衔半边日。
金壶[四]丁丁[五]漏水多，起看秋月坠江波，东方渐高[六]奈尔何[七]。

评

此借古讽今之语。唐汝询云：“此因明皇与贵妃为长夜饮，故借吴宫事以讽之，言台上乌栖而酣饮方始，时歌舞未终，山西尚有余照，及漏水浸多，则见秋月沉江矣，东方渐高，奈此欢乐何哉。”

[一]乌栖曲：六朝乐府《西曲歌》旧题，内容多写男女欢爱。

[二]姑苏台：故址在今江苏苏州西南姑苏山上，春秋时吴王阖闾建，其子夫差增修，后为吴太子友所焚。

[三]乌栖时：乌鸦停宿的时候，指黄昏。

[四]金壶：指刻漏，为古代计时工具。其制，用铜壶盛水，水下漏。水中置刻有度数箭一枝，视水面下降情况确定时间。

[五]丁丁：水漏之声。

[六]东方渐高：太阳从东方升起。

[七]奈尔何：即“奈何尔”，对你又能怎么办呢。

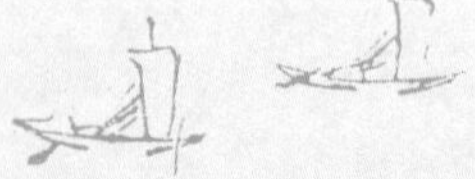
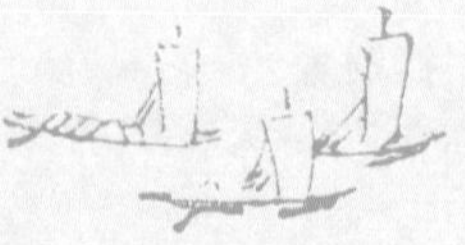

王维

诗人小传

王维（701？—761），字摩诘，太原祁县（今属山西）人。开元十九年（731）状元及第，历官右拾遗、监察御史、河西节度使判官等职。玄宗天宝年间，拜吏部郎中、给事中。安禄山攻陷长安时，被迫受伪职。长安收复后，被责授太子中允，后官至尚书右丞。王维精通诗、书、画、音乐等，以诗名盛于开元、天宝年间，尤长五言，多咏山水田园，与孟浩然合称『王孟』，有『诗佛』之称。其书画特臻其妙，后人推其为南宗山水画之祖。苏轼评价说：『味摩诘之诗，诗中有画；观摩诘之画，画中有诗。』

南宋 夏圭 《梅下读书图》

维诗词秀调雅，意新理惬[一]。在泉为珠，着壁成绘[二]。一句一字，皆出常境。至如“落日山水好，漾舟信归风”，又“涧芳袭人衣，山月映石壁”，“天寒远山净，日暮长河急”，“日暮沙漠陲，战声烟尘里”。

王维的诗词句清秀，曲调优雅，旨意清新，情理惬意。在泉水中便是珍珠，书墙壁上便成佳画。一字一句，都出于寻常自然之境。比如“落日山水好，漾舟信归风”，“涧芳袭人衣，山月映石壁”，“天寒远山净，日暮长河急”，“日暮沙漠陲，战声烟尘里”等句。

[一]理惬：情理恰当、合适。
[二]成绘：成画，成图。

五代 佚名 《西子浣纱图》

西施篇

艳色天下重，西施宁久微[一]。朝仍越溪女[二]，暮作吴宫妃。
贱日[三]岂殊众，贵来方悟稀。要人[四]傅香粉，不自着[五]罗衣。
君宠益娇态，君怜无是非。常时[六]浣纱伴，莫得同车归。
寄谢[七]邻家女，效颦[八]安可希[九]。

评

非讽则语有寄寓，似讽而不可坐实，似无意而又有意，似浅言而含深意，此诗之妙，正在于此。赵殿成曰：“出之以冲和之笔，遂不觉沨沨乎为入耳之音，诚有合于风人之旨也哉！”

[一]宁久微：岂能长期微贱。
[二]越溪：地名，相传为西施浣纱之处。
[三]贱日：低贱之时。
[四]要（yāo）人：请人，招人。
[五]着：穿。
[六]常时：平常之时，昔日。
[七]寄谢：传告，告知
[八]效颦（pín）：学人皱眉。相传西施有心痛病，经常捧心而颦（皱着眉头）。邻居有丑女认为西施这个姿态很美，也学着捧心皱眉，反显得更丑，大家见了都避开她。后因以“效颦”代指不善模仿，弄巧成拙。
[九]希：羡慕，仰慕。

明 陈洪绶 《玩菊图》

偶然作

陶潜[一]任天真，其性颇耽酒[二]。自从弃官来，家贫不能有。
九月九日[三]时，菊花空满手。心中窃自思，傥[四]有人送否。
白衣[五]携觞[六]来，果不违老叟[七]。且喜得斟酌，安问升与斗。
奋衣[八]野田中，今日嗟无负。兀傲[九]迷东西，蓑笠不能守。
倾倒强行行，酣歌归五柳[十]。生事[十一]不曾问，肯愧[十二]家中妇。

评

陶渊明，晋代之王维；王维，唐代之陶渊明。非异代知己，不能如此洞察五柳之心。后世论陶之诗，鲜有出其右者。

[一]陶潜：陶渊明（365—427），一名潜，字元亮，别号五柳先生，私谥靖节，世称靖节先生。东晋时期著名诗人、辞赋家、散文家，被后世誉为“隐逸诗人之宗”“田园诗派之鼻祖”。

[二]耽（dān）酒：极好饮酒，沉溺于酒。

[三]九月九日：重阳节，旧时有登高饮菊花酒风俗。

[四]傥（tǎng）有：也许有。

[五]白衣：未曾获得功名的人。

[六]觞（shāng）：古代酒器。

[七]老叟：老夫，老人。

[八]奋衣：犹言振衣，整理衣服。

[九]兀傲：倔强不随俗。

[十]五柳：陶渊明宅边有五棵柳树，因自号五柳先生。

[十一]生事：谓谋生之事。

[十二]肯愧：哪里会愧疚。

明 沈周《柴桑招隐图》（局部）

赠刘蓝田[一]

篱间犬迎吠，出屋候荆扉。[二]

岁晏[三]输井税，[四]山村人夜归。

晚田[五]始家食，余布成我衣。

讵肯[六]无公事，烦君问是非。

(评)

夜间催税，本是极艰苦之事，而一经诗人之笔，竟画出一宁静乡村夜归图，诗有奇力，此之谓也。潘德舆批点云："前六句极写村人之淳朴安乐，所以美其政也。今人美县令诗谁及此之大雅而深至者？末二句言岂必无公事，烦君一问是非，正见公事之稀也。立言之超妙，无匹乃尔。"

[一]刘蓝田：蓝田县令刘某，名字、事迹待考。

[二]候荆扉：候于柴门。荆扉，柴门。

[三]岁晏：一年将尽的时候。

[四]输井税：交纳田税。

[五]晚田：种植晚稻的田地。

[六]讵（jù）肯：岂肯。

南宋 马麟 《坐看云起图》

入山寄城中故人

中岁[一]颇好道，晚家[二]南山陲。
兴来每独往，胜事[三]空自知。
行到水穷处，坐看云起时。
偶然值[四]林叟[五]，谈笑滞[六]还期。

评

此诗颈联最为历代诗家所推崇，如黄庭坚云："余顷年登山临水，未尝不读摩诘诗'行到水穷处，坐看云起时'，故知此老胸次，有泉石膏肓之疾。"查慎行曰："五、六自然，有无穷景味。"

[一]中岁：中年时期。
[二]晚家：指晚年定居于某处。
[三]胜事：赏心之事。
[四]值：相遇，相逢。
[五]林叟：林中老翁。
[六]滞：耽误。

宋 佚名 《倚艇看鸿图》

淇上[一]别赵仙舟[二]

相逢方一笑，相送还成泣。
祖席[三]已伤离，荒城复愁入。
天寒远山净，日暮长河急。
解缆[四]君已遥，望君犹[五]伫立[六]。

评

一笑一泣，开篇便定下伤离之情。颈联乃宕开一笔，犹泪流满面，不忍人见，而转望山河以为掩盖，愈见不忍之意。末句友人早已远去，而己犹伫立，目送天涯，情已至痴处。

[一]淇上：淇水之上。
[二]赵仙舟：开元、天宝时人，生平事迹不详。
[三]祖席：饯行的宴席。
[四]解缆：解开船的缆绳。
[五]犹：仍旧。
[六]伫（zhù）立：长时间地站着。

北宋 佚名 《玉楼春思图》

春闺

新妆可怜色，落日[一]卷帘帷。
炉气[二]清珍簟[三]，墙阴[四]上玉墀[五]。
春虫飞网户[六]，暮雀隐花枝。
向晚多愁思，闲窗桃李时[七]。

评

此诗又题作“晚春闺思”，而开篇便云“落日卷帘帷”，是新妆亦晚。结尾再度点明“向晚”，则诸事皆“晚”。然又拈出一“闲”字，始一扫阴霾，而情趣顿现。黄生云：“尾联点题格。寓意在‘闲窗’二字，只此二字，通篇写景便俱是《东山》诗‘伊威在室，蟏蛸在户’语意，而情事并一毫不露，读盛唐者，当于此着眼。”

[一]落日：太阳落山时。
[二]炉气：炉中的香气。
[三]珍簟（diàn）：精美的竹席。
[四]墙阴：墙壁的影子。
[五]玉墀（chí）：玉石所砌的台阶。
[六]网户：雕刻有网状花纹的门窗。
[七]桃李时：桃李花开正当时，谓花开正好。

南宋 赵孟坚 《岁寒三友图》

寄崔郑二山人[一]

翩翩[二]京华子[三]，多出金张门[四]。幸有先人业[五]，早蒙明主恩。
童年且未学，肉食骛华轩[六]。岂知中林士[七]，无人荐至尊。
郑生老泉石，崔子老丘樊[八]。卖药不二价[九]，著书仍万言。
息阴[十]无恶木，饮水必清源。余贱不及议，斯人竟谁论。

评

此诗中之《报任安书》也。先言权贵占据要津，自身人微言轻，虽任小官，亦是蒙先人荫庇。次则盛赞崔、郑德才兼备，为无人推荐而惋惜。末句再言自身微贱，虽知二子之贤，而无力举荐。知人之贤而不能荐，此亦人生一大憾事。

[一]崔郑二山人：崔、郑二人，事迹皆待考。山人，隐居山林之人。

[二]翩翩：形容举止洒脱。

[三]京华子：谓京都贵公子。

[四]金张门：金，指西汉金日磾家，自武帝至平帝，七世为内侍。张，指西汉张汤后世，自宣帝、元帝以来，为侍中、中常侍者十余人。后因以金张门为功臣世族之代称。

[五]先人业：祖先的勋业。

[六]肉食骛（wù）华轩：肉食，食肉者，谓高官。骛，奔驰。华轩，豪华车驾。此句谓高官贵胄驾驶着豪华车驾。

[七]中林士：山林隐逸之士。

[八]丘樊：乡村，此代指隐居之处。

[九]“卖药”一句：用后汉时韩康故事。韩康字伯休，京兆霸陵人。常采药于名山，卖于长安市，口不二价，三十余年。

[十]息阴：在树荫下乘凉。

南宋 马麟 《石榴蜡嘴图》

息夫人怨[一]

莫以今时宠，能忘旧日恩。
看花满眼泪，不共[二]楚王言。

评

此诗味道，全在言外。若孟棨《本事诗》所载属实，则王维亦是胆大之人。张谦宜盛赞此诗云：“体贴出怨妇本情……真得《三百篇》法。”又云：“止二十字，却有味外味，诗之最高者。”

[一]息夫人怨：息夫人即息妫，春秋时人，貌美，原为息侯之妻，楚文王灭息国后，被迫嫁与楚文王，并生下两个儿子。尽管如此，息妫仍不和楚文王说话。楚文王就问她为何如此，她说：“吾一妇人，而事二夫，纵弗能死，其又奚言？”怨，怨恨。据孟棨《本事诗》载，宁王看中了卖饼小贩的妻子，于是给了小贩大量钱财而娶其妻，宠爱异常。过了一年，宁王问女子是否还想念其前夫，女子默然不对。宁王于是召见小贩，使二人相见，女子看着小贩，泪流满面，情难自禁。当时在座的十余位文人，莫不为此伤怀。宁王命众人作诗，王维最先写成，即此诗。诗歌表面上是写息夫人，实际上是以息夫人比卖饼小贩之妻。

[二]不共：不和，不与。

明 唐寅 《秋风纨扇图》

婕妤怨[一]

宫殿生秋草，君王恩幸疏[二]。
那堪[三]闻凤吹[四]，门外度金舆[五]。

评

《汉书·外戚传》载："成帝游于后庭，尝欲与婕妤同辇载，婕妤辞曰'：观古图画，贤圣之君皆有名臣在侧，三代末主乃有嬖女，今欲同辇，得无近似之乎？'上善其言而止。""门外度金舆"一句，正用此典，盖亦有所寄寓也。

[一]婕妤：指汉成帝班婕妤，西汉女文学家，班固祖姑。汉成帝起初对她颇为宠爱，后又宠幸赵飞燕姐妹。婕妤自知被冷落，乃退居东宫，作赋及纨扇诗以自伤悼。今有《自悼赋》《捣素赋》等存世。
[二]疏：不亲近。
[三]那堪：哪里受得了。
[四]凤吹：对笙箫等细乐的美称。
[五]金舆：帝王乘坐的车轿。

明 沈宣 《潇湘夜雨图》

[明]金琮 书　杜堇 绘　《古贤诗意图·饮中八仙》

飲中八仙
知章騎馬似乘船眼花落井
水底眠汝陽三斗始朝天道
逢麴車口流涎恨不移封向
酒泉左相日興費萬錢飲
如長鯨吸百川銜杯樂聖
稱世賢宗之蕭灑美少年
舉觴白眼望青天皎如玉
樹臨風前蘇晉長齋繡佛

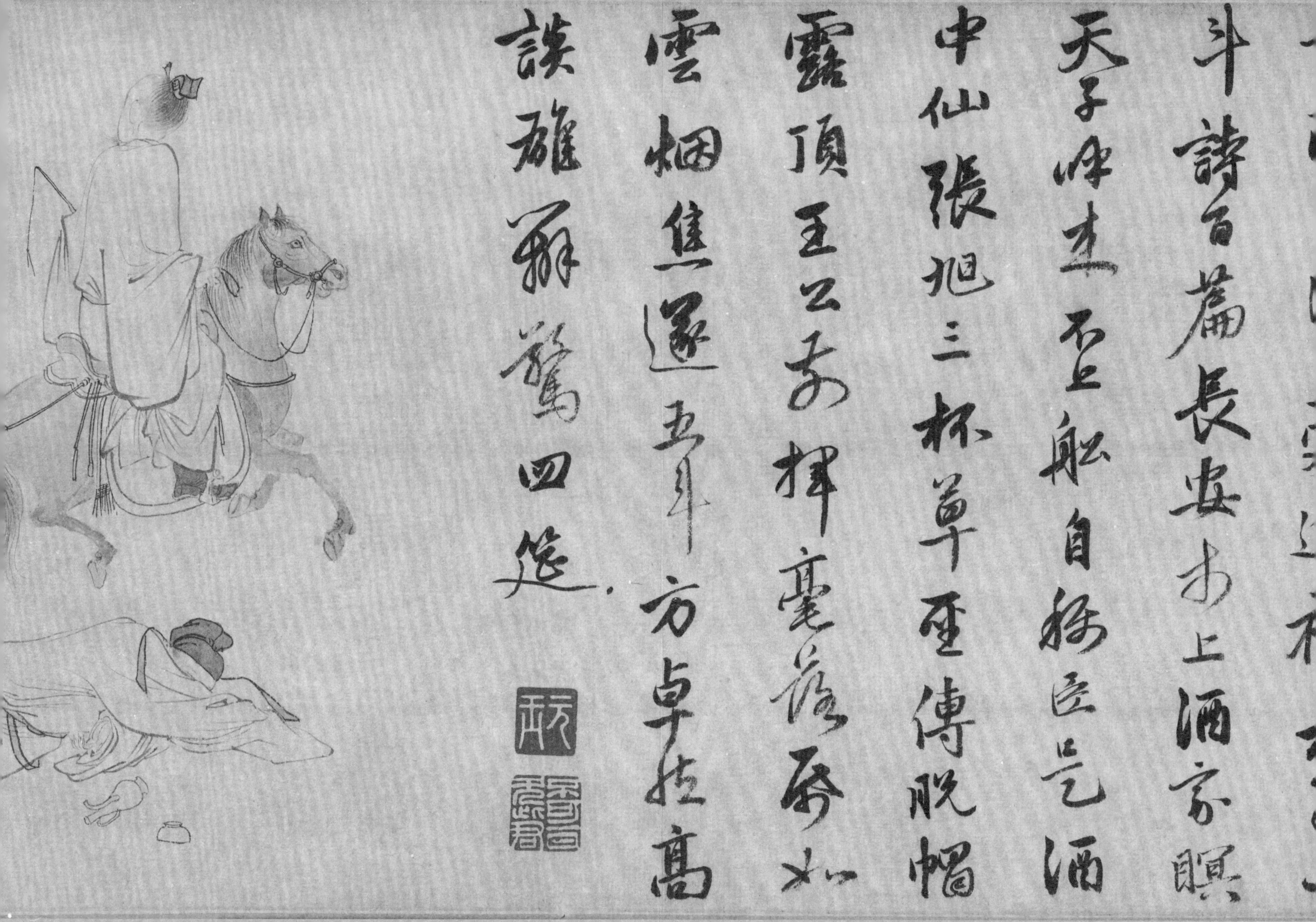
斗詩百篇長安市上酒家眠
天子呼來不上船自稱臣是酒
中仙張旭三杯草聖傳脫帽
露頂王公前揮毫落紙如
雲烟焦遂五斗方卓然高
談雄辯驚四筵

渔山神女琼智祠二首[一]

迎神

坎坎[二]击鼓，渔山之下。
吹洞箫，望极浦[三]。
女巫进，纷屡舞[四]。
陈瑶席，湛清酤[五]。
风凄凄而夜雨，不知神之来不来，使我心苦。

评

有屈骚之风，使人如临其境。清翁方纲曰："唐诗似骚者，约言之有数种：韩文公《琴操》，在骚之上；王右丞《送迎神曲》诸歌，骚之匹也。"顾可久则谓"二曲从《九歌》中来"。

[一]琼智：当作"智琼"，即神女成公智琼。三国时人弦超，梦到一位神女，自称天上玉女，东郡人，姓成公，字智琼。二人遂结为夫妻，而只有弦超能看到神女，他人皆不知晓。如此过了数年，弦超不小心泄露了此事，神女便毅然离他而去，弦超后悔不及。五年后，弦超出使洛阳，于道中重逢神女，二人复和好如初。

[二]坎坎（kǎn kǎn）：拟声词，指击鼓之声。

[三]极浦：遥远的水滨。

[四]纷屡舞：纷纷接连起舞。

[五]湛清酤：倒清酒。

南宋 佚名 《莲舟仙渡图》

送神

王维

纷进拜兮堂前，目眷眷[一]兮琼筵。

来不语兮意不传，作暮雨兮愁空山。

悲急管[二]，思繁弦[三]，神之驾兮俨欲旋[四]。

倏[五]云消兮雨歇，山青青兮水潺湲[六]。

[一]眷眷：依恋向往貌。

[二]急管：急切的管乐声。

[三]繁弦：繁杂的弦乐声。

[四]俨欲旋：俨然想要回去。

[五]倏（shū）：忽然。

[六]潺湲（chán yuán）：水慢慢流动的样子。

北宋 赵令穰 《舟月图》

陇头吟[一]

长安少年游侠客，夜上戍楼[二]看太白[三]。
陇头[四]明月回临关[五]，陇上行人[六]夜吹笛。
关西[七]老将不胜愁，驻马听之双泪流。
身经大小百余战，麾下[八]偏裨[九]万户侯。
苏武[十]才[十一]为典属国[十二]，节旄落尽海西头。

评

此诗妙在构思，先言少年，后言老将，对比之中，令人发出无限感慨。清人沈德潜云："少年看太白星，欲以立边功自命也；然老将百战不侯，苏武只邀薄赏，边功岂易立哉！"

[一]陇头吟：乐府旧题，属于横吹曲辞。
[二]戍楼：边防驻军的瞭望楼。
[三]太白：星名，即金星，又称"长庚""启明"。
[四]陇头：即陇山，为六盘山南段之别称，绵亘于陕西陇县至甘肃平凉境。
[五]临关：即陇山关口。
[六]行人：出征的人。
[七]关西：函谷关以西之地，即今陕西、甘肃一带。
[八]麾（huī）下：部下。
[九]偏裨（pí）：偏将和裨将，此为将佐的通称。
[十]苏武（？—前60）：西汉杜陵（今陕西西安东南）人，字子卿。武帝天汉元年（前100）出使匈奴，被扣留，拒不投降，持汉节牧羊十九年，节旄尽落。昭帝即位后，苏武得归，被拜为典属国。
[十一]才：仅仅。

清 徐方 《出征图》

少年行

一身能擘[一]两雕弧[二]，虏骑千重[三]只似无。
偏坐[四]金鞍调白羽[五]，纷纷射杀五单于[六]。

评

盛唐少年，意气风发，令人向往。

[一]擘（bò）：拉开，分开。
[二]雕弧（hú）：雕饰精美的弓。
[三]千重（chóng）：层层叠叠。
[四]偏坐：倾斜着身子骑坐。
[五]调白羽：搭好弓箭。白羽，饰有白色羽毛的箭。
[六]五单于：西汉后期，匈奴势弱内乱，分立为五个单于：呼韩邪单于、屠耆单于、呼揭单于、车犁单于、乌藉单于。五单于互相争斗，后为呼韩邪单于所并。此言杀敌之多。

南宋 佚名 《春山渔艇图》

初出济州别城中故人

微官[一]易得罪，谪去[二]济川阴[三]。
执政[四]方持法，明君无此心。
闾阎[五]河润[六]上，井邑[七]海云深。
纵有归来日，多愁年鬓侵[八]。

评

王维乃文人，故虽有满腔牢骚，出语终归含蓄；虽有怨愤，仍不失温柔敦厚；虽怨“执政”与“明君”，终归妥协，唯伤归来无日、青春不复而已。

[一]微官：微小的官。

[二]谪去：官吏降职，调往边外地方。

[三]济川阴：济州在济水南面，故称“济川阴”。

[四]执政：主持政务的人。

[五]闾阎（lǘ yán）：里巷内外的门，后多借指里巷，泛指民间。

[六]河润：河水浸润之地。

[七]井邑：市井，与上“闾阎”含义相近。

[八]年鬓（bìn）侵：年龄渐长，鬓发渐白。侵，渐进之意。

清 虚谷《花果图》

送綦毋潜落第还乡[一]

圣代无隐者，英灵[二]尽未归。遂令东山客[三]，不得顾采薇[四]。
既至君门远，孰云吾道非。江淮度寒食[五]，京兆[六]缝春衣。
置酒临长道[七]，同心[八]与我违[九]。行当浮桂棹[十]，未几[十一]拂荆扉[十二]。
远树带[十三]行客，孤村当落晖。吾谋适不用，勿谓知音稀。

评

全诗旨在安慰友人，莫以落第耿耿于怀。时不我用，非己之过。谋虽不用，而知音不稀，亦是幸事。沈德潜云："反复曲折，使落第人绝无怨尤。"此说甚是。

[一]綦毋（qí wú）潜：字孝通，虔州（今江西赣州）人。开元十四年（726）进士及第，后归隐。生平交游广泛，擅长诗歌，与李颀、王维、张九龄等过从甚密。

[二]英灵：英俊聪明的人才。

[三]东山客：谢安隐居东山，后人遂以"东山客"代指隐士。

[四]采薇：伯夷、叔齐隐于首阳山，采薇而食，后人遂以"采薇"代指归隐或隐遁生活。

[五]寒食：节令名，在清明前一日或二日。相传春秋时期，晋文公为了逼迫介之推出山相佐而下令放火烧山，介之推坚决不出而被火烧死。晋文公感念忠臣之志，将其葬于绵山，修祠立庙，并下令在介之推死难之日禁火寒食，以寄哀思。

[六]京兆：西安的古称。

[七]长道：遥远的路途。

[八]同心：知己，知音。

[九]违：离开，分别。

[十]桂棹：桂木制作的船桨，此指归途中乘舟。

[十一]未几：很快。

[十二]拂荆扉：拂去柴门的尘垢。

[十三]带：引领，引导。

刘眘虚

诗人小传

刘眘（shèn）虚，生卒年不详，字挺卿，又字全乙，江东（今江苏南部地区）人，一说新吴（今江西奉新）人。开元进士，曾任洛阳尉、弘文馆校书郎、夏县令等职。年寿不长，约在天宝初年去世，年龄在五十岁左右。为人禀性高逸，不慕荣利，与贺知章、包融、张旭并称『吴中四友』。生平精通经史，诗多幽峭之趣，风格近似孟浩然、常建，多写山水隐逸之趣，尤工于五言。《全唐诗》录其诗十五首，《全唐文》有文一篇。

清　王愫　《深柳读书堂图》

昚虚诗，情幽兴远，思苦词奇，忽有所得，便惊众听[一]。顷东南高唱者十数人，然声律婉态[二]，无出其右。唯气骨不逮诸公。自永明[三]已还，可杰立江表。至如“松色空照水，经声时有人”，又“沧溟千万里，日夜一孤舟”，又“归梦如春水，悠悠绕故乡”，又“驻马渡江处，望乡待归舟”，又“道由白云尽，春与清溪长。时有落花至，远随流水香。开门向溪路，深柳读书堂。幽映每白日，清晖照衣裳”，并方外之言也。惜其不永，天碎国宝。

刘昚虚的诗，情致深幽，寄兴高远，思虑辛苦，辞藻惊奇，突然获得了灵感，所作诗句便能使得众人惊讶。当时东南诸地负有诗名的有十多人，然而说到声律的婉转，没有人能比得上刘昚虚的。只是他诗歌的气骨，赶不上其他人。从齐永明年间算起到如今，刘昚虚在长江以南地区的诗坛上是可以独树一帜的。他的诗句如“松色空照水，经声时有人”，又如“沧溟千万里，日夜一孤舟”，又如“归梦如春水，悠悠绕故乡”，又如“驻马渡江处，望乡待归舟”，又如“道由白云尽，春与清溪长。时有落花至，远随流水香。开门向溪路，深柳读书堂。幽映每白日，清晖照衣裳”，都是超凡脱俗之句。遗憾的是他年寿不长，上天使此国宝破碎夭折。

[一]众听：众人的耳目。

[二]婉态：婉转之态。

[三]永明：南朝齐武帝萧赜的年号（483—493）。

明 陆士仁 《柳荫暮桥图》

海上诗送薛文学归海东[一][二]

日处[三]归且远，送君东悠悠。沧溟[四]千万里，日夜一孤舟。
旷望[五]绝国[六]所，微茫[七]天际愁。有时近仙境，不定若梦游。
或见青色石，孤山百丈秋[八]。前心方杳眇[九]，此路劳夷犹[十]。
离别惜吾道，风波敬皇休[十一]。春浮花气远，思逐海水流。
日暮骊歌[十二]后，永怀空沧洲[十三]。

评

送薛文学归海东，而想象其归途所见之景，即所谓“思逐海水流”也。其所描绘，若梦游仙岛，使人心生向往。其后思绪重回当下，复伤离别，而别后相思之情已生矣。

[一]薛文学：疑是薛聪，新罗（都城在今韩国庆州）人。曾翻译中国儒学经书，并创造新罗文字。文学，官名。

[二]海东：今渤海、黄海以东地区，盖指朝鲜半岛。

[三]日处：太阳升起之处。

[四]沧溟（míng）：大海。

[五]旷望：极目眺望，远望。

[六]绝国：绝远之国。

[七]微茫：隐约模糊。

[八]秋：秋色。

[九]杳眇（yǎo miǎo）：悠远、渺茫貌。

[十]夷犹：犹豫迟疑不前。

[十一]皇休：皇帝的美德、福份、恩泽。

[十二]骊（lí）歌：告别的歌。

[十三]沧洲：滨水的地方，常用以称隐士的居处。

南宋 佚名 《虎溪三笑图》（局部）

送东林[一]廉上人[二]还庐山

石溪流已乱，苔径[三]入渐微。
日暮东林下，山僧还独归。
常为炉峰意[四]，况与远公[五]违。
道性[六]深寂寞，世时多是非。
会寻名山去，岂复无清机[七]。

评

此诗《全唐诗》系于王昌龄名下，不知孰是。诗人送廉上人还庐山，而其心亦随廉上人而去，故末尾生出隐遁之意。

[一]东林：庐山东林寺。
[二]廉上人：廉姓僧人，具体事迹未详。上人，佛教称具备德智善行的人。
[三]苔径：长满青苔的小路。
[四]炉峰意：隐居庐山的想法，此指皈依佛门。炉峰，即庐山香炉峰。
[五]远公：东晋高僧慧远（334—416），雁门楼烦（今山西宁武附近）人。太元六年（381）入庐山，居东林寺，净土宗推尊为初祖。此以喻廉上人。
[六]道性：出家修道的情性。
[七]清机：清净的心机。

明 陈洪绶《饮酒读书图轴》（局部）

送韩平[一]兼寄郭微[二]

上客[三]夜相过，小童能酤酒。即为临水处，正值雁归后[四]。
前路望乡山，近家见门柳。到时春未暮，风景自应有。
余忆东州人，经年[五]别来久。殷勤[六]为传语，日夕念携手。
兼问前寄书，书中复达否。

评

全诗紧扣题目，前八句送韩平，后六句寄郭微。语言自然，看似随意，而安排妥帖。所言皆寻常景、平常事，却易引人共鸣。

[一]韩平：人名，事迹不详。

[二]郭微：人名，事迹不详。王昌龄有《淇上酬薛据兼寄郭微》，故推测郭应该是刘、王的共同好友。

[三]上客：尊客，贵宾。

[四]雁归后：谓仲春之时。每年春分后，雁北归。

[五]经年：指长年，长期。

[六]殷勤（yīn qín）：热情周到。

明 仇英《梧竹书堂图》（局部）

寄阎防[一]

防时在终南丰德寺读书[二]

青暝[三]南山口，君与缁锡[四]邻。
深路入古寺，乱花随暮春。
纷纷对寂寞，往往落衣巾。
松色空照水，经声[五]时有人。
晚心复南望，山远情独亲。
应以修德业，亦惟此立身。
深林度空夜，烟月锁清真[六]。
莫叹文明日[七]，弥年[八]从隐沦[九]。

评

唐人多读书于寺庙，而佛寺所在多山水，故诗中有寺，寺中有景。此诗既云“寄阎防”，则所叙丰德寺景色，或非真见，而是想象。有雅人必有雅致，故写景色之明净，愈见阎防之清雅。

[一]阎防：河中（治今山西永济）人，开元二十二年（734）进士及第，有文名，谪官长沙司户，有诗集行世。
[二]丰德寺：在今西安城南沣峪口的东山坡上，建于隋代，盛于唐代。
[三]青暝：天青色而深沉悠远。
[四]缁锡（zī xī）：僧人服用之缁衣、锡杖。
[五]经声：诵经的声音。
[六]清真：清纯真实，此谓自然。
[七]文明日：政治清明，天下太平的时代。
[八]弥年：终年。
[九]隐沦：隐居，遁隐。

南宋 佚名 《秋江暝泊图》

刘春虚

暮秋[一]扬子江寄孟浩然[二]

木叶[三]纷纷下，东南日烟霜。林山相晚暮[四]，天海空青苍[五]。
暝色空复久，秋声[六]亦何长。孤舟兼微月，独夜仍越乡[七]。
寒笛对京口[八]，故人[九]在襄阳。咏思劳今夕，汉江[十]遥相望。

评

前八句皆写景，颇见剪裁之力。潘德舆云：“景色皆凡人所有，一加裁制，种种变现出奇，此胸次异人也。”后四句点题，明是“寄孟浩然”，是见江景而思故友，烘托已极，故其情自现。

[一]暮秋：秋末，农历九月。
[二]孟浩然(689—740)：以字行，号孟山人，襄州襄阳（今属湖北）人，唐代著名的山水田园派诗人。诗与王维齐名，世称“王孟”。
[三]木叶：树叶。
[四]相晚暮：递相进入黄昏暮色之中。
[五]空青苍：空灵而为深青色。
[六]秋声：秋日西风，草木零落，其声肃杀，曰秋声。
[七]越乡：远离故乡。
[八]京口：古城名，在今江苏镇江。
[九]故人：旧友，此指孟浩然。
[十]汉江：即汉水，源于陕西省秦岭南麓，汇集诸多支流之后流入湖北，在武汉汇入长江。

南宋 马麟 《郊园曳杖图》

寄江滔[一]求孟六[二]遗文

南望襄阳路[三]，思君情转亲。
偏知汉水广[四]，应与孟家邻[五]。
在日贪为善，昨来[六]闻更贫。
相如有遗草[七]，为一问家人。

评

此诗紧扣题目，分作两节。周珽云："前四句是寄江滔，后四句求孟遗文，路广汉水而邻比孟家，可为托求遗文，江君品亚孟公可想矣。"

[一]江滔：人名，事迹不详。
[二]孟六：指孟浩然，排行第六，故称。
[三]襄阳：今属湖北，是鄂、豫、渝、陕毗邻地区的中心城市。
[四]汉水广：汉水宽广。此用《诗经·汉广》典故。
[五]与孟家邻：与孟浩然家相邻。
[六]昨来：近来。
[七]相如有遗草：司马相如临死之时，遗命他的妻子卓文君献上《封禅书》，此即所谓"遗草"。此以孟浩然比司马相如。

明 仇英 《桃花源图》

浔阳陶氏别业[一][二]

刘昚虚

陶家习先隐，[三]种柳长江边。[四]朝夕浔阳县，白衣来几年。[五]

霁云明孤岭，[六]秋水澄寒天。物象自清旷，[七]野荷何绵联。[八]

萧萧丘中赏，[九][十]明宰非徒然。[十一]愿守黍稷税，[十二]归耕东山田。[十三]

评

誉人莫若誉其祖，故开篇便言陶渊明，以见陶氏渊源有自，家风不坠。中间写景数句，亦有五柳之风，清新温雅，自有格调。终以归耕作结，首尾呼应，一气呵成。

[一]浔（xún）阳：唐代郡名，治今江西九江。

[二]别业：别墅。

[三]习先隐：效仿先人隐居。

[四]种柳：种植柳树。这是效仿陶渊明植五柳于宅边的行为。

[五]白衣：未曾获得功名的人。

[六]霁（jì）云：雨后的云彩。

[七]物象：物候景象。

[八]绵联：连绵不绝的样子。

[九]萧萧：潇洒任性。

[十]丘中赏：园田赏心悦目之乐事。

[十一]明宰：犹言清官、良吏。

[十二]黍稷税：躬耕稼穑之乐，代指归隐田园之乐。黍稷，古代两种主要农作物，此泛指五谷；税，通“悦”，快乐。

[十三]东山田：谢安早年隐于东山，所以东山田即指隐居处的田地。

南宋 佚名 《溪桥古寺图》

登庐山峰顶寺

孤峰临万象[一]，秋气何高清。庭际南郡出，林端西江明。
山门二缁叟[二]，振锡[三]闻幽声。心照有无界[四]，业[五]悬前后生[六]。
徒知真机静[七]，尚与爱网[八]并。方首[九]金门路[十]，未遑[十一]参道情[十二]。

评

起语便有凌顶之意，是先俯瞰群山也，此见其用世之意。而后写山中老僧，极言修道之妙，又见其出世之情。若依常人写法，其下当生归隐之心，然诗人却明言心虽向佛，然方求仕进，未遑入道，此真切之语。钟惺谓末句“假人不肯说”，谭元春谓见“真道情”，原因在此。

[一]临万象：俯视万物。
[二]缁（zī）叟：老僧。
[三]振锡：谓僧人持锡出行。锡，锡杖。杖头饰环，拄杖行则振动有声。
[四]有无界：有无之别。有无，佛教术语，谓有法与无法。
[五]业：佛教谓业由身、口、意三处发动，因分称身业、口业、意业。业分善、不善、非善非不善三种，六道生死轮回皆由业所定。
[六]前后生：前世与来世。佛教谓人有前生、今生、来生，亦称过去、现在、未来三世。
[七]真机：玄妙之理，秘要。
[八]爱网：佛教谓人为情欲所缚，如坠网中。
[九]方首：正热心于。
[十]金门路：金马门之路，谓仕途。
[十一]未遑：无暇，没时间。
[十二]参道情：参悟大道，超脱性情，谓遁世。

北宋 赵令穰 《柳岸泊舟图》

EX-LIBRIS 河岳英灵集 岳麓書社

登高

唐·杜甫

风急天高猿啸哀，渚清沙白鸟飞回。
无边落木萧萧下，不尽长江滚滚来。
万里悲秋常作客，百年多病独登台。
艰难苦恨繁霜鬓，潦倒新停浊酒杯。

寻东溪还湖中作

出山更[一]回首，日暮清溪深。东岭新别处，数猿叫空林。
昔游初有迹，[二]此迹还独寻。幽兴[三]方在往，归怀复为今。
云峰劳前意，[四]湖水成远心。望望[五]已超越，坐鸣舟中琴。

评

此亦奇作，构思出人意料。潘德舆云："起句今人已必不为。'湖水成远心'，百思不到。结亦陡绝。"

[一]更：又，再。
[二]昔游初有迹：从前游玩时的痕迹还略有存留。
[三]幽兴：幽雅的兴味。
[四]前意：之前的情意。
[五]望望：瞻望、依恋之貌。

清 吴昌硕 《葡萄葫芦轴》

越中[一]问海客[二]

风雨沧洲[三]暮，一帆今始归。自云发南海[四]，万里速如飞。
初谓落何处，永将[五]无所依。冥茫[六]渐西见，山色越中微。
谁念去时远，人经此路稀。泊舟悲且泣，使我亦沾衣。
浮海[七]焉用说，忆乡难久违。纵为鲁连子[八]，山路有柴扉。

评

此诗记海客之言，写其怀乡之思。开篇一语，恰似横空出世，钟惺誉之为“绝妙律诗起句”。后极言海上之孤寂无依，以见海客思乡之情。

[一]越中：古越国所在之地，即今浙东地区。
[二]海客：出海航行之人。
[三]沧洲：滨水之地。
[四]南海：南方之海，泛指南方广大水域。
[五]永将：永远都。
[六]冥茫：苍茫无际。
[七]浮海：浮游海上。
[八]鲁连子：战国时期齐人鲁仲连。周游列国，喜为人排难解纷，且功成不受赏。燕将据聊城，齐屡攻不下，仲连遗书燕将劝其撤守，聊城乃下。齐王欲赏他爵位，他听说后逃隐于海上。

南宋 佚名 《长桥卧波图》

江南曲[一]

美人何荡漾[二]，湖上风日长。
玉手欲有赠，徘徊[三]双明珰[四]。
歌声随绿水，怨色起青阳[五]。
日暮还家望，云波[六]横洞房[七]。

评

此诗写女子思春，心思细腻，情感朦胧，最是惹人怜爱，而无由解其春恨。潘德舆云：“其运意出奇，全在字句夹缝中，解人真难索也！”此说在理。

[一]江南曲：汉乐府旧题，属于相和歌辞。

[二]荡漾：心情起伏不定。

[三]徘徊（pái huái）：内心犹豫不决，在一个地方来回地走。

[四]明珰（dāng）：用珠玉串成的耳饰。《孔雀东南飞》有“耳著明月珰”句。

[五]青阳：春天。

[六]云波：飘荡不定的云气。

[七]洞房：深邃的内室。

张谓

诗人小传

张谓，生卒年不详，字正言，河内（治今河南沁阳）人。少时读书嵩山，博览群书，富有才华。早年曾从军北征，后因主将得罪，失所归依，浪迹幽燕一带。天宝二年（743），登进士第。天宝后期，再度从军西北，立有战功。乾元中，为尚书郎。大历间，历官潭州刺史、太子左庶子，终礼部侍郎，曾三典贡举。张谓的诗辞精意深，讲究格律，诗风清正，多饮宴送别之作。《全唐诗》录其诗四十首，《全唐文》录其文八篇。

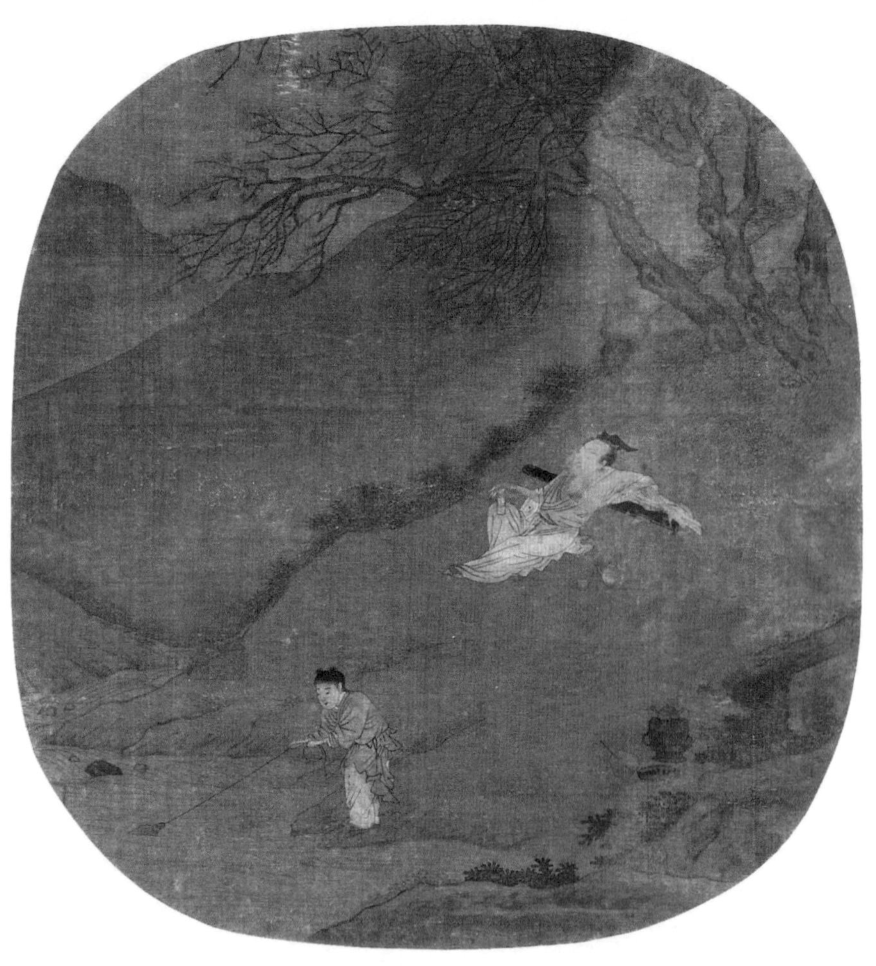

南宋 佚名 《眠琴煮茗图》

谓《代北州老翁答》及《湖中对酒行》，并在物情[一]之外，但众人未曾说耳，亦何必历遐远，探古迹，然后始为冥搜[二]。

张谓《代北州老翁答》和《湖中对酒行》两首诗，都超出于物理人情之外，只不过大家还未曾欣赏而已，又何必一定要去过远方，探寻过古迹，然后才能搜访及于幽远之境呢？

[一]物情：物理人情，世情。
[二]冥搜：搜访，尽力搜寻。

南宋 马麟 《楼台夜月图》

读《后汉·逸人传》[一]二首

其一

子陵[二]没已久，读史思其贤。
谁谓颍阳人[三]，千秋如比肩[四]。
尝闻汉皇帝[五]，曾是旷周旋[六]。
名位苟无心，对君犹可眠[七]。
东过富春渚[八]，乐此佳山川。
夜卧松下月，朝看江上烟。
钓时如有待，钓罢应忘筌[九]。
生事在林壑[十]，悠悠经暮年。
于今七里濑[十一]，遗迹尚依然。
高台[十二]竟寂寞，流水空潺湲[十三]。

评

二诗皆咏叹隐逸高贤，皆能体谅古人之心。上篇“名位苟无心，对君犹可眠”，足使俗士汗颜。下篇“万物从所欲，吾心亦如此”，羡煞旁人。

[一]后汉逸人传：即范晔《后汉书·逸民列传》，避唐太宗李世民讳，故改“民”为“人”。

[二]子陵：即严光，字子陵，一名遵，会稽余姚（今属浙江）人。子陵少有高名，与汉光武帝刘秀同游学。

[三]颍阳人：指许由。相传尧以天下让许由，许由不受，退而隐居，耕于颍水之阳，故后世称其为“颍阳人”。

[四]比肩：并肩，也比喻地位相等。

[五]汉皇帝：指汉光武帝刘秀。

[六]旷周旋：徒然应酬、交往。此言空自虚怀相待。

[七]对君犹可眠：严光与光武帝同榻而眠。

[八]富春渚：今浙江桐庐的富春江边，严光归隐于此。

[九]忘筌（quán）：忘记了捕鱼的筌。比喻目的达到后就忘记了原来的凭借，此言乐不在钓鱼，在乎山水之间也。

[十]林壑（hè）：山林与涧谷，此泛指大自然。

[十一]七里濑（lài）：在浙江桐庐南。两山夹峙，东阳江奔泻其间，水流湍急，连亘七里，故名。北岸为富春山，即严光耕作垂钓处。

[十二]高台：严光垂钓台。

[十三]潺湲（chán yuán）：水慢慢流动的样子。

南宋 李唐 《仙岩采药图》

其二

庞公南郡人，[一]家在襄阳里。何处偏来往，襄阳东陂是。[二]
誓将业田种，[三]终得保妻子。何言二千石，[四]乃欲劝吾仕。
鹳鹊[五]巢茂林，龟鼍[六]穴深水。万物从所欲，吾心亦如此。
不见鹿门山，[七]朝朝白云起。采药复采樵，优游[八]终暮齿。[九]

[一]庞公：庞德公，襄阳人，居岘山之南，后携妻子隐于鹿门山。

[二]东陂：东坡。陂，山坡。

[三]业田种：以种田为职事。

[四]二千石：汉制，郡守俸禄为二千石，即月俸谷一百二十斛，世因称郡守为“二千石”。此指荆州刺史刘表。

[五]鹳（guàn）鹊：鹳雀，水鸟，似鹤而又似鹭，喙尖利，腿修长。

[六]龟鼍（tuó）：扬子鳄。

[七]鹿门山：在今湖北襄阳襄州区，庞公与妻子在此隐居。

[八]优游：闲适惬意。

[九]暮齿：暮龄，晚年。

元 赵孟頫 《秋郊饮马图》（局部）

同孙构[一]免官后登蓟楼[二]怀归作

昔在五陵[三]时，年少亦强壮。尝矜[四]有奇骨，必是封侯相。
东走到营州[五]，投身事边将。一朝去乡国，十载履[六]亭障[七]。
部曲[八]皆武夫，功成不相让。犹希虏尘[九]动，更取林胡帐[十]。

评

少怀壮志，从戎边塞，志在封侯，然先受挫于部曲，复因主将受谪而流离，以至于免官。登楼南望长安，唯有歧路漫漫。三千里者，既为塞北至长安之距离，亦是理想与现实之距离。

[一]孙构：生卒年不详。据此诗，知其长于长安，从军幽燕，为幽州节度使僚属，因受主将牵连而罢职。

[二]蓟（jì）楼：唐蓟州（今属天津）城楼。

[三]五陵：汉代五个皇帝的陵墓，即长陵、安陵、阳陵、茂陵、平陵，都在长安附近。当时富家豪族和外戚多居住在五陵附近，因此后世常以五陵称富豪人家聚居长安之地。

[四]矜（jīn）：自夸，自恃。

[五]营州：治龙城（今辽宁朝阳）。

[六]履：服役。

[七]亭障：边塞要地设置的堡垒。

[八]部曲：古代军队编制单位，大将军营五部，部设校尉一人；部有曲，曲有军候一人。此借指军队。

[九]虏（lǔ）尘：胡虏烟尘，此指敌寇来犯。

[十]林胡帐：谓敌寇军帐。林胡，古族名，从事畜牧，精骑射，战国时分布在今山西朔州北至内蒙古自治区内。唐代时用以借指奚、契丹等族。

辽 佚名 《番骑出猎图》

去年大将军，[一]忽负乐生谤。北别伤士卒，南迁死炎瘴。
濩落[二]悲无成，行登蓟丘[三]上。长安三千里，日夕[四]西南望。
寒沙榆关[五]没，秋水栾河[六]涨。策马从此辞，云中保闲放[七]。

[一]"去年大将军"以下四句：大将军指唐幽州长史赵含章，开元二十年（732）三月，曾大破奚、契丹于幽州北山。同年六月，赵含章因盗用库物等罪，被处以朝堂决杖，流放瀼州，赐死于路。所谓"乐生谤"，即先有功而后被弹劾而获罪；所谓"死炎瘴"，是指赵含章被流放而死于路途之中。

[二]濩落（huò luò）：空廓无用，引申为沦落失意。

[三]蓟丘：古地名，在今北京城西德胜门外西北隅。

[四]日夕：日夜。

[五]榆关：山海关，在今河北秦皇岛东北。古称渝关、临榆关、临渝关，明代改为今名。其地古有渝水，县与关都以水得名。

[六]栾河：滦河，发源于河北丰宁，流经河北承德、迁西、迁安、卢龙、滦县，至乐亭、昌黎间入渤海。

[七]闲放：悠闲放任，自在闲散。

南宋 佚名 《茶花图》

赠乔林[一]

去年上策不见收，[二]今年寄食仍淹留。[三][四]
羡君有酒能便醉，[五]羡君无钱能不忧。
如今五侯不待客，[六]羡君不问五侯宅。
如今七贵方自尊，羡君不过七贵门。[七]
丈夫会应有知己，[八]世上悠悠何足论。

评

唐人行卷之风颇盛，如李太白、杜少陵等，亦皆干谒权贵，以求荐举，古五侯之宅，七贵之门，莫不熙攘。乔林不见用而能慎独自守，不趋炎附势，此甚可贵。

[一]乔林：人名，事迹不详。
[二]上策：上书陈政事。
[三]寄食：寄人篱下，依附他人而生活。
[四]淹留：滞留，羁留。
[五]便醉：轻易喝醉。
[六]五侯：西汉成帝时，同一天封舅王谭为平阿侯，王商成都侯，王立红阳侯，王根曲阳侯，王逢时高平侯，是为五侯。此泛指权贵豪门。
[七]七贵：西汉七个把持朝政的外戚家族，即吕、霍、上官、赵、丁、傅、王七大家族。此处用以泛指权门。
[八]会应：犹会当、将会。

明 姚绶 《文饮图》（局部）

湖中对酒作[一]

夜坐不厌[二]湖上月，昼行不厌湖上山。
眼前一樽又长满，心中万事如等闲[三]。
主人有黍百余石，浊醪[四]数斗应不惜。
即今相对不尽欢，别后相思复何益。
茱萸湾[五]头归路赊[六]，愿君且宿黄翁家[七]。
风光若此人不醉，参差[八]辜负东园花。

评

酒可浇愁，太白《月下独酌》是也。亦可助兴，此诗是也。湖上风光无限，正可助酒，万事皆抛脑后。酒中欢娱不尽，正可助兴，一切且顺自然。读来使人如闻酒香，精神颇受感染。

[一]对酒：面对着酒。
[二]不厌：看不够。
[三]等闲：平常，寻常。
[四]浊醪（láo）：浊酒。
[五]茱萸湾：地名，在今江苏扬州东湾头镇。
[六]赊（shē）：漫长，遥远。
[七]黄翁家：黄姓老翁的家中。
[八]参差（cēn cī）：蹉跎。

南宋 许迪 《野蔬草虫图》

题长安主人壁[一]

世人结交须黄金，黄金不多交不深。
纵令[二]然诺[三]暂相许，终是悠悠行路心[四]。

（评）

孔子曰：“君子喻于义，小人喻于利。”此诗所言，小人之交耳，然世多小人而少君子。

[一]壁：墙壁。古人有墙壁题诗的习惯。
[二]纵令：即使。
[三]然诺：允诺，答应。
[四]行路心：行路之人的心，意谓陌生人的交情。

王季友

诗人小传

王季友（714—794），名徵，字季友，豫章东湖（在今江西南昌）人，祖籍河南洛阳。开元二十四年（736），以『初试第三，复试第一』的成绩高中状元。先后担任过华阴尉、虢州录事参军、太子司议郎等职。广德二年（764），入江西观察使李勉幕。后隐居以终。为人博学，擅长诗歌，今存诗多述其安贫乐道、笃志山水之趣。所交多贤俊，如杜甫、岑参、钱起、郎士元等皆与其相交甚厚。《全唐诗》录其诗十三首。

明 蓝瑛《山水十开》

季友诗，爱奇务险，远出常情[一]之外。然而白首短褐[二]，良可悲夫！至如《观于舍人西亭壁画山水》诗："野人宿在人家少，朝见此山谓山晓。半壁仍栖岭上云，开帘放出湖中鸟。"甚有新意。

王季友的诗，喜爱用奇，追求险境，远远超出情理之外。然而他直到老仍未获得功名，实在令人感到悲哀。像他的《观于舍人西亭壁画山水》诗中说："野人宿在人家少，朝见此山谓山晓。半壁仍栖岭上云，开帘放出湖中鸟。"非常富有新意。

[一]常情：通常的情理。
[二]短褐：古代平民穿的粗布短衣，以此表明未获得功名。

南宋　米友仁《归樵图》

王季友

杂诗

采山[一]仍采隐[二]，在木不在深。持斧事远游，固悲匠者心。
翳翳[三]青桐枝，樵爨[四]日所侵。樵声[五]出岩壑[六]，四听无知音。
岂为鼎下薪[七]，当复堂上琴。凤鸟[八]久不栖，且与[九]枳棘林[十]。

评

用比兴法，道心中事。深山之桐，历经劫难，方化而为琴，然无知音，何其不幸。诗人犹琴，故而悲叹。

[一]采山：上山打柴。

[二]采隐：采集琴材。隐，琴饰。

[三]翳翳（yì yì）：指草木茂盛的样子。

[四]樵爨（qiáo cuàn）：打柴做饭的人。

[五]樵声：樵夫的歌唱声。

[六]岩壑：山峦溪谷。

[七]鼎下薪：鼎下的柴火。《后汉书》载，蔡邕在吴地时，有人在灶间烧桐木做饭，蔡邕听出其声音非常，于是赶紧将木头从火中取出，用来做琴，果有美音。因木头尾部已经烧焦，故名焦尾琴。“鼎下薪”一句，或暗用此典故。

[八]凤鸟：凤凰，其性非梧桐不栖。

[九]且与：正如。

[十]枳棘（zhǐ jí）：枳木与棘木，因其多刺而被视为恶木，常用以比喻恶人或小人。

清 黎简 《秋山红树图》

代贺枝令誉[一]赠沈千运[二]

相逢问姓名亦存，别时无子今有孙。山上双松长不改，百家惟有三家村[三]。
村南村西车马道，一宿通舟水浩浩。涧中磊磊十里石，河上游泥[四]种桑麦。
平坡冢墓皆我亲，满田主人是旧客。举声酸鼻问同年[五]，十人七人归下泉[六]。
分手如何更此地，回头不去泪潸然[七]。

评

此诗系王季友代贺枝令誉所作，以寄沈千运，故诗中所写，实为贺、沈二人之事。以常理揣度之，当是贺先述二人交往始末，而后季友领会其意，书而成诗。代人捉刀，最贵传人之心，而此诗得之。贺、沈早年相别，而今皆已白首。昔日同年，日渐凋零，人生无常，令人不胜唏嘘。

[一]贺枝令誉：人名，或作“贺若令誉”，与沈千运为同榜进士。其余事迹不详。
[二]沈千运：吴兴（今浙江湖州）人。工旧体诗，气格高古。当时士流皆敬慕之，号为“沈四山人”。天宝中，数应举不第。后归隐，老死林下。
[三]三家村：人烟稀少、偏僻的小村庄。
[四]游泥：一作“淤泥”。此指河边泥沙堆积地带。
[五]同年：科举考试中称同科考中的人。
[六]下泉：犹言泉下，黄泉之下。
[七]潸（shān）然：流泪的样子。

明　文徵明《真赏斋图卷》

观于舍人壁画山水[一]

野人[二]宿在人家少，朝见此山谓山晓[三]。
半壁仍栖岭上云，开帘放出湖中鸟。
独坐长松是阿谁[四]，再三招手起来迟。
于公大笑向予说，小弟丹青[五]能尔为。

评

诗写于舍人壁画，如画真山水，极丹青之妙事；而其诗所写，若无题名，亦使人以为真乃诗人游山涉水之作。钟惺云："看他字字是真，却字字是画。"盖谓此也。无此画则不作此诗，无此诗而后人亦不识此画，于之丹青妙，王之诗歌亦绝。

[一]于舍人：唐代画家，事迹无考。舍人，官名。
[二]野人：居于山野之人，此指隐者。
[三]山晓：山中天明。
[四]阿谁：疑问代词，犹言何人。
[五]丹青：丹和青是古代绘画常用的两种颜色，后用以指称绘画。

南宋 赵伯驹 《瑶岛仙真卷》（局部）

滑中[一]赠崔高士瓘[二]

夫子保药命[三]，外身得无咎。
日月[四]不能老，化肠为筋[五]不。
十年前见君，甲子[六]过我寿。
于何今相逢，华发[七]在我后。
近而知其远，少见今白首。
遥信蓬莱[八]宫，不死世世有。

评

钟惺云："神仙语带瓢笠丹药气，最易俗人，太白不免，此作一洒之。""洒"者，洗也，其意谓季友此诗一洗俗气。然细读此诗，仍不脱求仙诗、玄理诗窠臼，钟言过其实矣。

[一]滑中：滑州城中，在今河南滑县。

[二]崔高士瓘：不知具体何人。高士，超脱世俗的人，多指隐士。

[三]保药命：以药保命，谓道士服药以求延年益寿。

[四]日月：时间，年岁。

[五]化肠为筋：道教修仙者认为神仙能将肠子转化为筋骨，达到不谷食，血化为白乳的境界。

[六]甲子：甲子所以记岁月，故以代称年岁。

[七]华发：白发。

[八]蓬莱：又称"蓬壶"，神话中渤海里仙人居住的三座神山之一。

清 恽寿平 《仿古山水册》

玄石[一]采盈襜[二]，神方秘其肘[三]。
问家惟指云，爱气[四]常言酒。
摄生固如此，履道[五]当不朽。
未能太虚[六]同，愿亦天地久。
实腹以芝术[七]，贱体仍刍狗[八]。
自勉将勉余，良药在苦口。

[一]玄石：一种形似磁石的石头，可用于医药。

[二]盈襜（chān）：装满了衣兜。襜，古代一种短的便衣。

[三]神方秘其肘：神仙方术，有枕中之秘、肘后之方。

[四]爱气：爱惜元气。

[五]履道：躬行正道。

[六]太虚：古代哲学概念，指宇宙的原始实体气。

[七]芝术：药草名，此泛指修仙之术中所用各类药食。

[八]刍狗：古代祭祀时用草扎成的狗。《老子》：“天地不仁，以万物为刍狗；圣人不仁，以百姓为刍狗。”后因用以喻微贱无用的事物或言论。

北宋 牟仲甫 《松芝群鹿图》

山中赠十四秘书山兄[一]

出山秘芸署[二]，山木已再春。食我山中药，不忆山中人。
山中谁余密[三]，白发日相亲。雀鼠昼夜无，知我厨廪[四]贫。
有情尽捐弃[五]，土石为周身。依依舍北松，不厌吾南邻。
夫子[六]质千寻[七]，天泽[八]枝叶新。今以不材[九]寿，非智免斧斤。

评

元结《箧中集》录王季友《寄韦子春》诗作："出山秋云曙，山木已再春。食我山中药，不忆山中人。山中谁予密，白发惟相亲。雀鼠昼夜无，知我厨廪贫。依依北舍松，不厌吾南邻。有情尽捐弃，土石为同身。"与殷璠所录差异明显，盖文献来源不同所致。

[一]十四秘书山兄：指韦子春，曾任职秘书省。天宝八载（749），由著作郎贬端溪尉。安史之乱初，为永王璘谋主。永王败，不知所终。十四，韦子春排行。秘书，官名。山，当为韦子春名。《全唐诗》本诗题即作"寄韦子春"。

[二]秘芸署：或即芸香阁，秘书省的别称。芸，香草名，古人夹于书中用以防蛀虫，且开卷而香气袭人。

[三]谁余密：谁与我最为亲密。

[四]厨廪（lǐn）：庖厨与仓廪。

[五]捐弃：抛弃。

[六]夫子：谓上句所说的舍北松。

[七]质千寻：质，主体，此谓松树主干。古以八尺为一寻，千寻形容极高或极长。

[八]天泽：上天的恩泽。

[九]不材：自谦之辞，即不成材，无用。

明 陈括 《平安莲瑞图》(局部)

酬李十六岐[一]

炼丹文武火未成，[二]卖药贩屦[三]俱逃名。

出谷迷行[四]洛阳道，乘流醉卧滑台城。

城下故人久离怨，[五]一欢适我两家愿。

朝饮杖悬[六]沽酒钱，暮飡[七]囊有松花饼。

于何车马日憧憧，[八]李膺[九]门馆争登龙。

千宾揖对[十]若流水，五经发难[十一]如扣钟。

下笔新诗行满壁，立谈[十二]古人坐在席。

问我草堂有卧云，知我山储无檐石。[十三]

自耕自刈[十四]食为天，如鹿如麋[十五]饮野泉。

亦知世上公卿贵，且养丘中草木年。[十六]

评

贺裳《载酒园诗话又编》云："王季友诗磊块有筋骨，但亦附寒苦以见长。如'自耕自刈食为天，如鹿如糜饮野泉。亦知世上公卿贵，且养山中草木年'，诚高出流辈。"

[一]李十六岐：即李岐，排行十六。其余事迹不详。

[二]文武火：烧煮时的温火与烈火。

[三]卖药贩屦（jù）：卖药，东汉时张楷，家贫，常乘坐驴车到县城去卖药。贩屦，即卖鞋。东汉时江夏人刘勤，家贫，一度卖鞋维持生计。

[四]迷行：迷失方向。

[五]离怨：离愁别恨。

[六]杖悬：挂在拐杖上。

[七]暮飡（cān）：晚上吃饭。

[八]憧憧（chōng chōng）：来往不绝。

[九]李膺（110—169）：字元礼，东汉颍川襄城（今属河南）人。当时朝廷纲纪颓败，李膺主持风裁，士子得到他的肯定，名为登龙门。

[十]揖对：相互作揖。

[十一]五经发难：以《易》《尚书》《诗》《礼》《春秋》五经经义提问。

[十二]立谈：站着谈话。

[十三]檐石：一担粮食，言粮食少。

[十四]刈（yì）：割。

[十五]麋（mí）：麋鹿。

[十六]草木年：自谦之词，如草木一般的年寿。

陶翰

诗人小传

陶翰，生卒年不详，润州丹阳（今江苏镇江）人。开元十八年（730）进士及第，次年又中博学宏词科，天宝元年（742）再中拔萃科。历任华阴丞、大理评事、太常博士、礼部员外郎等职。陶翰博学高才，诗文俱佳。其诗长于五言，题材广泛，边塞、赠答、山水、怀古，皆有可观者。文章尤精赋序，颇受时人推崇。《全唐诗》录其诗十七首，《全唐文》录其文二十篇。

明 王履 《华山图册》（局部）

历代词人，诗笔[一]双美者鲜矣，今陶生实谓兼之。既多兴象[二]，复备风骨。三百年以前，方可论其体裁也。

历朝历代的文人，诗歌和文章都写得很好的人极少，如今陶翰确实可以说都做到了。陶翰的诗不仅兴象丰富，而且又具备风骨。要回到三百年前，才可以来讨论他的诗歌体裁。

[一]诗笔：诗歌和散文。

[二]兴象：诗歌中包含诗人审美意境，并能引起读者盎然兴会的形象。

元 赵雍 《马猿猴图》（局部）

古塞下曲

进军飞狐北[一]，穷寇[二]势将变。
日落沙尘昏，背河[三]更一战。
骍马[四]黄金勒，雕弓白羽箭。
射杀左贤王[五]，归奏未央殿[六]。
欲言塞下事，天子不召见。
东出咸阳门，哀哀[七]泪如霰[八]。

（评）

邢昉谓此诗与高適《蓟中作》一诗"同调并工"，今读之确有异曲同工之妙。然二诗立意则有不同，钟惺论曰："'欲言塞下事，天子不召见'，归咎于君；'岂无安边书，诸将已承恩'（高適诗中语），归咎于臣。"此其大不同之处。

[一]飞狐：飞狐口，要隘名，在今河北省涞源县北、蔚县南。两崖峭立，一线微通，迤逦蜿蜒，是古代河北平原与北方边郡间的交通咽喉。

[二]穷寇：走投无路的贼寇，泛指残敌。

[三]背河：犹背水，言背水列阵。

[四]骍（xīng）马：赤色的马。

[五]左贤王：匈奴贵族的高级封号。

[六]未央殿：未央宫，西汉宫殿名。此处借指唐宫。

[七]哀哀：悲伤不已的样子。

[八]霰（xiàn）：雨点遇冷空气凝成的雪珠，多降于下雪之前。此用以形容眼泪滚滚而出，遇冷而寒。

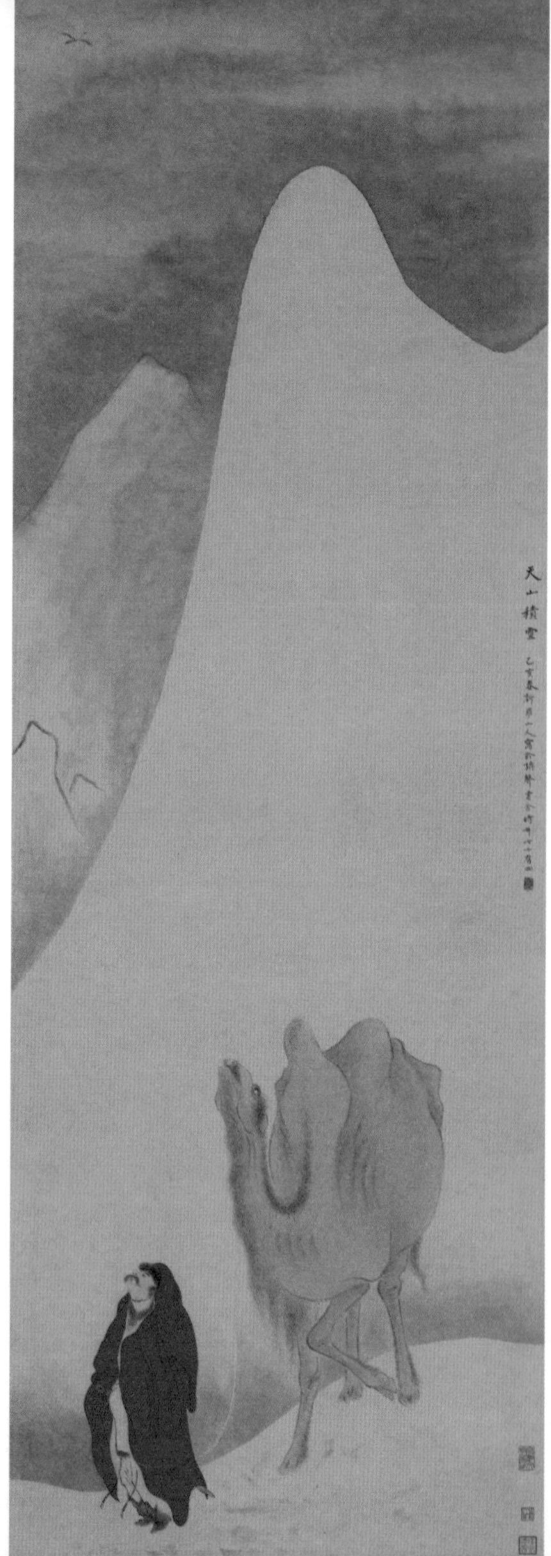

清 华喦《天山积雪图》

燕歌行

请君留楚调[一]，听我吟燕歌。家在辽水头[二]，边风意气多。

出身为汉将，正值戎未和[三]。雪中凌天山，冰上度交河[四]。

大小百余战，封侯竟蹉跎[五]。归来霸陵下[六]，故旧无相过。

雄剑[七]委尘匣，空门惟雀罗[八]。玉簪[九]还赵姝[十]，瑶琴付齐娥[十一]。

昔日不为乐，时哉[十二]今奈何。

评

全诗可分三段，前三句交代背景，生逢其时，跃跃欲试；中三句写征战之时，艰辛奋战，而不得封侯；后三句写战争之后，宝剑尘封，英雄失意。一篇既尽，将军平生毕现。

[一]留：暂停。

[二]辽水：辽河，东北地区南部大河，在辽宁注入渤海。

[三]戎（róng）：戎狄等少数民族。

[四]交河：唐安西都护府治所，故址在今新疆吐鲁番西北雅尔和屯。

[五]蹉跎：光阴虚度，时光流逝，却毫无作为。

[六]霸陵：西汉文帝陵墓名。

[七]雄剑：春秋吴国干将所铸二剑之一，此泛指宝剑。

[八]雀罗：罗雀，门外可设雀罗捕鸟，形容门庭寂静或冷落。

[九]玉篸（zān）：玉簪。

[十]赵姝：赵地的美女。

[十一]齐娥：齐地的美女。

[十二]时哉：时运啊。

南宋 佚名 《云关雪栈图》

赠郑员外[一]

骢马[二]拂绣裳，按兵辽水阳。西分雁门[三]骑，北逐楼烦王[四]。
闻道五军[五]集，相邀[六]百战场。风沙暗天起，虏阵[七]森已行。
儒服揖[八]诸将，雄谋吞八荒[九]。金门[十]来见谒，朱绂[十一]生辉光。
数载侍御史，稍迁尚书郎。人生志气立，所贵功业昌。
何必守章句，终年事苍黄[十二]。同时献赋客[十三]，尚在东陵[十四]旁。

评

“何必守章句，终年事苍黄”，此句足令历代文士深省。顺此而下，自然有长吉“男儿何不带吴钩，收取关山五十州”之语。

[一]郑员外：不知具体为何人。员外，指正员以外的官员。

[二]骢（cōng）马：指青白色相杂的马。

[三]雁门：郡名，战国时赵地，秦在此置郡，在今山西北部。

[四]楼烦王：楼烦国国王。楼烦，古代北方部族名，精于骑射。

[五]五军：前、中、后、左、右五营军的总称，此指全部军队。

[六]相邀：相逢。

[七]虏阵：敌军阵列。

[八]揖：拱手行礼。

[九]八荒：又称八方，最远之处，代指天下。

[十]金门：金马门，代指宫廷门口等候处。

[十一]朱绂（fú）：古代礼服上的红色蔽膝，此借指官服。

[十二]苍黄：青色、黄色的纸卷。

[十三]献赋客：作赋进献以求世用的人。

[十四]东陵：长安城东门之大道。

明 王履《华山图册》（局部）

望太华[一]赠卢司仓[二]

作吏[三]到西华，乃观三峰[四]壮。削[五]成元气[六]中，杰出天河上。
如有飞动色，不知青冥状。巨灵[七]安在哉，厥迹[八]犹可望。
方此叹行旅，未由饬[九]仙装。葱胧[十]记星坛[十一]，明灭[十二]数云障[十三]。
良友垂[十四]真契[十五]，宿心所微尚。敢投归山吟，霞径[十六]一相访。

评

见华山之景，而生隐逸之情，此人所共有，不足为奇。所奇者，能道其所见，使读者亦心生向往。

[一]太华：即西岳华山，在陕西华阴南，因其西有少华山，故称太华。
[二]卢司仓：具体不知何人。司仓，官名，主管仓库。唐制，在府的称仓曹参军，在州的称司仓参军，在县的称司仓。
[三]作吏：指做官。
[四]三峰：指华山莲花、落雁、朝阳等西南东三峰。
[五]削：山峰耸立如刀削。
[六]元气：天地未分前的混沌之气。
[七]巨灵：传说中劈开华山的河神。
[八]厥迹：其踪迹。
[九]饬（chì）：整顿，使整齐。
[十]葱胧：明丽之貌。
[十一]星坛：道士施法之坛。
[十二]明灭：时隐时现，忽明忽暗。
[十三]云障：云翳，大片的云。
[十四]垂：赐予。
[十五]真契：妙谛，真意。
[十六]霞径：云遮雾障的高山小径。

清 恽寿平《仿古山水册》（局部）

晚出伊阙寄河南裴中丞[一][二]

退无宴息资[三]，进无当代策。冉冉[四]时岁暮，坐为周南客[五]。
前登阙塞门，永眺[六]伊城陌[七]。长川[八]黯已暮，千里寒气白。
家本渭水西，异日何所适[九]。秉志师禽回[十]，微言祖庄易[十一]。
一辞林壑间[十二]，共系风尘役。才名忽先进[十三]，天邑[十四]多纷剧。
岂念嘉遁时[十五]，依依耦沮溺[十六]。

评

此诗可作两截看，上半截写自身进退无所适从，下半截寄裴中丞，乃欲隐遁山林。满篇心事，皆诉心声。

[一]伊阙：地名，即春秋时阙塞，因两山相对如阙门，伊水流经其间，故名，在今河南洛阳南。
[二]裴中丞：疑为裴宽（681—755），曾任河南尹。中丞，官名。
[三]宴息：安居，安闲。
[四]冉冉：慢慢地。
[五]周南客：周公的客人。周南，即成周以南，为周公采邑，故以周南代指周公。此以裴中丞比周公。
[六]永眺：远望。
[七]陌：田间小路。
[八]长川：长河，大河。
[九]何所适：往何处去。
[十]禽回：谓展禽、颜回。展禽，即柳下惠，重礼有操行，曾“坐怀不乱”。颜回，字子渊，孔子最得意弟子，一生好学不倦，安贫乐道。
[十一]庄易：《庄子》与《易经》。
[十二]林壑间：山林丘壑之间，代指隐居之处。
[十三]先进：首先仕进的人。
[十四]天邑：帝王之都，此指长安。
[十五]嘉遁：合乎正道的退隐，合乎时宜的隐遁。
[十六]耦（ǒu）沮溺：与长沮、桀溺为伍。耦，同“偶”。长沮、桀溺，春秋时著名隐士，孔子曾向他们问津。

元 盛著 《秋江垂钓图》

赠房侍御[一]

时房公在新安

志人[二]固不羁，与道常周旋[三]。进则天下仰，已之[四]能晏然。

褐衣[五]东府[六]召，执简[七]南台[八]先。雄义[九]每特立，犯颜[十]岂图全。

谪居东南远，逸气[十一]吟芳荃。适会寥廓[十二]趣，清波更夤缘[十三]。

扁舟入五湖，发缆[十四]洞庭前。浩荡临海曲[十五]，迢遥济江壖[十六]。

评

开元二十二年（734），房琯坐鞫狱不当，贬睦州司户，睦州即新安。陶翰此诗，即作于房琯被贬之后。先言“志人”应宠辱不惊，得失不计，定下基调。次言房琯被贬，乃是因犯颜直谏所致，非实有其罪。其后则安慰房琯，不如暂时寄情于山水，以待东山再起。循循而言，足以慰谪臣之心。

[一]房侍御：房琯（697—763），字次律，河南缑（gōu）氏（今河南洛阳偃师区）人，官至宰相。侍御，即侍御史，官名，唐代称殿中侍御史、监察御史为侍御。

[二]志人：守志隐逸之士。

[三]周旋：打交道，应酬。

[四]已之：停下来。

[五]褐（hè）衣：粗布衣服，贫贱之人所穿。

[六]东府：唐宋时指丞相府。

[七]执简：手持简册。

[八]南台：御史台，在宫阙西南。

[九]雄义：高谈阔论。义，通“议”。

[十]犯颜：冒犯君王或尊长的威严。

[十一]逸气：超脱世俗的气概、气度。

[十二]寥廓：旷远，广阔。

[十三]夤（yín）缘：攀附上升。

[十四]发缆：解缆开船。

[十五]海曲：海隅，海湾。

[十六]江壖（ruán）：江边地带。

南宋 马麟 《长松山水图》（局部）

征奇[一]忽忘返，遇兴[二]将弥年。乃悟范生[三]智，足明渔父[四]贤。

郡临新安渚[五]，佳气此城偏[六]。日夕对层岫[七]，云霞映晴川[八]。

闲居变秋色，偃卧[九]含贞坚。倚伏[十]自相化，行藏[十一]亦推迁。

君其振羽翮[十二]，岁晏[十三]将冲天。

[一]征奇：探奇，猎奇。

[二]遇兴：适意，合意。

[三]范生：范蠡。曾助越王勾践复国，兴越灭吴，后功成而身退，泛舟五湖。

[四]渔父：渔翁。屈原《渔父》中人物，乃有道隐士。

[五]新安渚：新安江畔。渚，水边。

[六]偏：独特。

[七]层岫（xiù）：层层叠叠的山峦。

[八]晴川：晴天之下的江面。

[九]偃卧：仰卧，睡卧。

[十]倚伏：依存隐伏。此谓福祸。

[十一]行藏：出处或行止。

[十二]羽翮（hé）：翅膀。

[十三]岁晏：一年将尽的时候，此指暮年。

清 汪之瑞 《万壑无声图》

经杀子谷[一]

扶苏[二]秦帝子，举代称其贤。百万犹在握，可争天下权。
束身[三]就一剑，壮志皆弃捐[四]。塞下有遗迹，千龄[五]人共传。
疏芜[六]尽荒草，寂历[七]空寒烟。到此空垂泪，非我独潸然[八]。

评

胡曾《咏史诗》中亦有《杀子谷》一篇，可共观之。其云："举国贤良尽泪垂，扶苏屈死树边时。至今谷口泉呜咽，犹似秦人恨李斯。"

[一]杀子谷：地名，在今陕西绥德。相传秦始皇病死，胡亥与李斯、赵高秘不发丧，伪造诏书，令公子扶苏自尽。扶苏仰天悲叹，呜咽不止，自刎而亡。扶苏自杀之处的石缝间涌出清泉，后人便将此地命名为"杀子谷"，其泉为"呜咽泉"

[二]扶苏：秦始皇长子。为人宽仁，曾因直言劝谏而触怒始皇，被外放协助大将蒙恬修筑长城、抵御匈奴。始皇病逝后，遗诏扶苏即位，而赵高联合丞相李斯，拥立胡亥登基，矫诏逼令扶苏自尽。

[三]束身：自己捆住自己。

[四]弃捐：抛弃，放弃。

[五]千龄：千载，千岁。

[六]疏芜：零落荒芜。

[七]寂历：凋零疏落。

[八]潸（shān）然：流泪的样子。

明 林山
《风雨归舟图》

乘潮至渔浦作

舣舟[一]早乘潮，潮来如风雨。樟亭[二]忽已隐，界峰莫及睹。
崩腾[四]心为失，浩荡目无主。豗㶍浪始闻，漾漾[六]入渔浦。
云景共澄霁[七]，江山相含吐。伟哉造化灵，此事从终古。
流沫[八]诚足诫，高歌调易苦。颇因[九]忠信全，客心犹栩栩[十]。

（评）

《唐贤三昧集笺注》云：“上半叙海上之景，甚详，不经风潮之险者，不能解其实况。”然末尾二句，意欲借景抒情，却未能融洽。

[一]舣（yǐ）舟：停泊船只。

[二]樟（zhāng）亭：古地名，在今浙江省杭州市，为观潮胜地。

[三]睹：看见。

[四]崩腾：奔腾。

[五]豗㶍（huī huò）：涛声激荡撞击，发出巨响。

[六]漾漾：水波激荡的样子。

[七]澄霁（chéng jì）：天色清朗。

[八]流沫：谓水势激湍腾沫。

[九]颇因：皆因为，大都因为。

[十]栩栩（xǔ xǔ）：欢喜自得貌。

元 黄公望 《仿僧巨然谿山暖翠图卷》

宿天竺寺

松柏乱岩口，山西微径通。天开一峰见，宫阙生虚空。
正殿倚霞壁[一]，千楼摽[二]石丛。夜来猿鸟静，钟梵[三]寒云中。
岑翠[四]映湖月，泉声乱溪风。心超诸境[五]外，了与悬解[六]同。
明发气候改，起视长崖东。湖色浓荡漾，海光渐曈昽[七]。
葛仙[八]迹尚在，许氏[九]道犹崇。独往[十]古来事，幽怀期二公[十一]。

评

此诗之妙，亦在写景，令人向往。而其不足，仍在末尾抒怀二句，有强为之之感。

[一]霞壁：云霞覆盖的崖壁。

[二]摽（biào）：依附。

[三]钟梵（fàn）：钟声、诵经声。

[四]岑翠：翠绿色的小山。

[五]诸境：各种境界。

[六]悬解：犹言解倒悬，谓在困境中得救。

[七]曈昽（tóng lóng）：太阳初出由暗而明的光景。

[八]葛仙：葛玄（164—244），字孝先，丹阳句容（今属江苏）人，道教灵宝派祖师。后世道教尊称其为“葛仙公”。

[九]许氏：许迈，字叔玄，丹阳句容人。少恬静，不慕仕进。父母去世之后，云游求道，后人认为他已羽化升仙。

[十]独往：独自往来，谓超脱万物，独行己志。

[十一]二公：即上句所说的葛玄、许迈。

南宋 佚名 《宋人山水》

早过临淮[一]

夜得三渚[二]风，晨过临淮岛。潮中海气白，城上楚云早。
鳞鳞[三]鱼浦帆，莽莽[四]芦洲草。川路日浩荡，惄焉[五]心如捣[六]。
且言任倚伏[七]，何暇念枯槁[八]。范子[九]名屡移，蘧公[十]志常保。
古人去已久，此理难复道。

评

写景抒怀，与前诗套路相似，但文脉顺畅过之。

[一]临淮：唐泗州治所，在今江苏盱眙东北。

[二]三渚：三江会合之处。

[三]鳞鳞：形容多得像鱼鳞。

[四]莽莽：草木茂盛的样子。

[五]惄（nì）焉：忧郁、伤痛的样子。

[六]捣：撞击。

[七]倚伏：依存隐伏，谓福祸相倚伏。

[八]枯槁：憔悴的样子。

[九]范子：范蠡，曾改名鸱夷子皮，又称陶朱公。

[十]蘧公：蘧伯玉，名瑗，春秋时卫国人。相传他“年五十，知四十九年非”，是一个求进甚急但又善于改过的贤大夫。

唐 韦偃 《双骑图》

出萧关怀古[一]

驱马击长剑，行役[二]至萧关。悠悠五原上，永眺[三]关河前。
北虏三十万，此中常控弦[四]。秦城亘[五]宇宙，汉帝理旄旃[六]。
刁斗[七]鸣不息，羽书[八]日夜传。五军计莫就，三策议空全。
大漠横万里，萧条绝人烟。孤城当瀚海[九]，落日照祁连。
怆然苦寒奏[十]，怀哉式微篇[十一]。更悲秦楼[十二]月，夜夜出胡天[十三]。

评

此篇借古讽今，《唐诗解》云："此因明皇喜边功，而托秦汉以讽也。"诗中颇有反战情绪，而含蓄不愿明言。如潘德舆云："'秦城亘宇宙'矣，汉帝复'理旄旃'，可知守险制夷不在城也。连读乃妙。"

[一]萧关：古关名，故址在今宁夏固原东南，为自关中通向塞北的交通要冲。
[二]行役：因服兵役、劳役或公务而出外跋涉。
[三]永眺：远眺，远望。
[四]控弦：拉弓，持弓。意谓随时保持战斗状态。
[五]亘：横贯。
[六]旄旃（máo zhān）：旌旗。
[七]刁斗：古代军中用具，白天用来烧饭，晚上用来敲击巡更。
[八]羽书：插有鸟羽的紧急军事文书。
[九]瀚海：蒙古大沙漠的古称。
[十]苦寒奏：汉乐府中《苦寒行》一类的诗歌，配乐歌唱演奏，多言边地苦寒。
[十一]式微篇：《诗经·邶风》有《式微》，是苦于劳役的人发出的怨词，多发思归之情。
[十二]秦楼：秦穆公为其女弄玉所建之楼，亦名凤楼。
[十三]胡天：胡人地域的天空，泛指胡人居住的地方。

李颀

诗人小传

李颀（？—753），河南颍阳（今河南登封西）人，郡望赵郡（治今河北赵县）。开元二十三年（735）进士，曾任新乡县尉，后人因称李新乡。后辞官归隐于颍阳之东川别业，与王维、高适、王昌龄、崔颢、綦毋潜等人皆有交往唱和，诗名颇盛。平生最擅长七古歌行体，善于描写边塞气象，布局奇特，奔放豪迈，慷慨悲凉。今存《李颀集》三卷，《李颀诗集》一卷，《全唐诗》编为三卷。

南宋 李嵩 《楼阁图》

颀诗发调既清，修辞亦秀，杂歌咸善，玄理[一]最长。至如《送暨道士》云："大道本无我，青春长与君。"又《听弹胡笳声》云："幽音变调忽飘洒，长风吹林雨堕瓦。迸泉飒飒飞木末，野鹿呦呦走堂下。"足可歔欷，震荡心神。惜其伟才，只到黄绶[二]，故其论道家，往往高于众作。

李颀的诗不仅发出的韵调清新，文辞也很秀丽。他的杂歌都写得很好，玄理诗最为突出。比如《送暨道士》中说："大道本无我，青春长与君。"又如《听弹胡笳声》中说："幽音变调忽飘洒，长风吹林雨堕瓦。迸泉飒飒飞木末，野鹿呦呦走堂下。"完全可以让人读后哀叹悲泣，震撼心灵，荡气回肠。可惜像这样卓越的人才，却只做了个区区小官。也正因为这个缘故，他在评论道家的时候，往往比其他众人更为高明。

[一]玄理：玄理诗，又称玄言诗，是一种以阐释老庄和佛教哲理为主的诗歌。
[二]黄绶（shòu）：黄色的印带，古代俸比六百石以下、比二百石以上的官员铜印黄绶，故以黄绶代指官品卑微。

清 殷奇 《张果老幻驴图》

谒张果老先生[一]

先生谷神者[二]，甲子[三]焉能计。自说轩辕师[四]，于今数千岁。

寓游[五]城郭里，放浪希夷[六]际。应物[七]云无心，逢时舟不系。

霞飡[八]断火粒[九]，野服[十]兼荷制[十一]。白云净肌肤，青松养身世。

评

诗叙张果老生平事迹，而语参玄理，需静心读之，不然难识其妙。

[一]张果老：亦称张果，唐方士。久隐中条山，往来汾晋间，自言生于尧丙子年。武则天遣使召见，张果老诈死以避。后有人在恒州山中又见到他。常倒骑白驴，日行数万里，息时则折驴藏巾箱中。开元中遣使迎至东都，不久还山，赐号玄通先生。宋、元之际有八仙传说，张果老为其一。

[二]谷神：辟谷的神仙，可以长生不死。

[三]甲子：年岁，年龄。

[四]轩辕（xuān yuán）：传说中的黄帝，姓公孙，居于轩辕之丘，故名轩辕。

[五]寓游：云游，旅游。

[六]希夷：虚寂玄妙的境界。

[七]应物：顺应外物。

[八]霞飡（cān）：以彩霞为食。飡，同“餐”。

[九]火粒：火种。

[十]野服：村野平民的服装。

[十一]荷制：荷叶制作的衣服。

韬精[一]殊豹隐[二]，炼质[三]同蝉蜕[四]。忽去不知谁，偶来宁有契[五]。
二仪[六]齐寿考，六合[七]随休憩。彭聃[八]犹婴孩，松期[九]且微细。
尝闻穆天子[十]，更忆汉皇帝[十一]。亲屈万乘尊，将穷四海裔。
车徒变草木，锦帛招谈说。八骏[十二]空往来，三山[十三]转亏蔽。

[一]韬精：掩藏才华，隐藏光芒。

[二]豹隐：传说南山有玄豹，雾雨天时，连续七日不下山觅食，只是为了保护好自己的皮毛，远离猎人的捕杀。后以此比喻洁身自好，隐居不仕。

[三]炼质：修炼本质，修身养性。

[四]蝉蜕：蝉自幼虫至成虫多次脱壳，以此比喻脱胎换骨，得道成仙。

[五]契：契约，约定。

[六]二仪：天地。

[七]六合：指上下和四方，泛指天地或宇宙。

[八]彭聃（dān）：彭祖和老聃，传说中二人皆得道长寿。

[九]松期：赤松子和华子期，传说中二人皆得道升仙。

[十]穆天子：周穆王姬满，曾驾八骏西巡天下，行程三万五千里，会见西王母。

[十一]汉皇帝：汉武帝刘彻，曾多次寻求长生不老之药。

[十二]八骏：相传为周穆王西游时的八匹名马。《拾遗记》云：“一名绝地，足不践土；二名翻羽，行越飞禽；三名奔霄，夜行万里；四名超影，逐日而行；五名逾辉，毛色炳耀；六名超光，一形十影；七名腾雾，乘云而奔；八名挟翼，身有肉翅。”

[十三]三山：传说中海中三神山，一曰方壶，即方丈；二曰蓬壶，即蓬莱；三曰瀛壶，即瀛洲。

吾君感至德，玄老[一]欣来诣。受箓[二]金殿开，清斋[三]玉堂闭。

笙歌迎拜首，羽帐崇严卫。禁柳[四]垂香炉，宫花拂仙袂。

祈年宝祚[五]广，致福苍生惠。何必待龙髯[六]，鼎成方取济。

[一]玄老：道教神名，此谓张果老。

[二]受箓（lù）：指道家接受符箓。

[三]清斋：举行祭祀或典礼前洁身静心以示诚敬。

[四]禁柳：宫中或禁苑中的柳树。

[五]宝祚：国运，帝业。

[六]龙髯（rán）：龙的胡须。传说黄帝采首山铜，铸鼎于荆山下。鼎既成，有龙垂胡髯，下迎黄帝。

南宋 佚名 《蓼龟图》

送暨道士还玉清观[一]

仙宫有名籍[二]，度世[三]吴江濆[四]。大道本无我，青春长与君[五]。
十洲俄[六]已到，至理得而闻。明主降黄屋[七]，时人看白云。
空山何窈窕，三秀[八]日氛氲[九]。此道留书客，超遥[十]烟驾[十一]分。

评

此是送别诗，更是玄理诗。因所送者为方外之人，故言语超脱，鲜有平常伤离之感，于送别诗中，别具一格。“大道本无我，青春长与君”一句，深得殷璠称誉，所谓“玄理最长”是也。

[一]暨道士：不详何人。
[二]仙宫：仙人居住的宫室。
[三]度世：出世，度越尘世而成仙。
[四]吴江濆（fén）：吴淞江畔。吴江，吴淞江之别称。濆，水边，岸边。
[五]君：你，此指暨道士。
[六]俄：一会儿。
[七]黄屋：古代帝王专用的黄缯车盖，此借指帝王之车。
[八]三秀：灵芝草的别名。灵芝一年开花三次，故又称三秀。
[九]氛氲（fēn yūn）：茂盛的样子。
[十]超遥：高远之貌。
[十一]烟驾：传说神仙以云雾为车，故称。

明 文徵明 《溪山高逸图卷》

东郊寄万楚[一]

濩落[二]久无用，隐身甘采薇[三]。
仍闻薄宦[四]者，还事田家衣。
颍水[五]日夜流，故人相见稀。
春山不可望，黄鸟东南飞。
濯足[六]岂长往，一樽[七]聊可依。
了然潭上月，适[八]我胸中机。
在昔同门友，如今出处[九]非。
优游白虎殿[十]，偃息[十一]青琐闱[十二]。
且有荐君表，当看携手归。
寄书不代面，兰茝[十三]空芳菲。

评

诗人寄语万楚，望其出仕，所言虽是功名利禄之事，文字却云淡风轻，情谊真切，颇值品味。潘德舆云："东川七古伉壮，七律铿丽，而五古澹远如许，绝不用力而字字有味。"

[一]万楚：生卒年不详，开元中进士及第，曾做过小官，后退居盱眙（今江苏盱眙）。

[二]濩（hù）落：空廓无用，引申为沦落失意。

[三]采薇：伯夷、叔齐隐于首阳山，采薇而食，后因以"采薇"指归隐或隐遁生活。

[四]薄宦：鄙薄做官。

[五]颍水：源出今河南登封西南，东南流经商水，至今安徽寿县正阳关入淮河。

[六]濯足：典出《孟子》："沧浪之水清兮，可以濯我缨；沧浪之水浊兮，可以濯我足。"本谓洗去脚污，后以"濯足"比喻清除世尘，保持高洁。

[七]一樽：一杯，此代指饮酒。

[八]适：适合，符合。

[九]出处：出仕及隐退。

[十]白虎殿：汉宫殿名，即白虎观。

[十一]偃（yǎn）息：休养，歇息。

[十二]青琐闱：谓朝廷，皇宫，因为皇宫之门以青色连环纹为饰。

[十三]兰茝（zhǐ）：兰草和白芷，泛指香草。茝，白芷。

明 佚名 《仿李唐采薇图》

发首阳山谒夷齐庙[一]

故人已不见，乔木竟谁过[二]。寂寞首阳山，白云空复多。
苍苔归地骨[三]，皓首[四]采薇歌[五]。毕命[六]无怨色，成仁[七]其若何。
我来入遗庙，时候[八]微清和。落日吊山鬼[九]，回风吹女萝[十]。
石门正西豁[十一]，引领[十二]望黄河。千里一飞鸟，孤光[十三]东逝波。
驱车层城路[十四]，惆怅此岩阿[十五]。

评

历代歌咏伯夷叔齐者不啻千百，然多据《史记·伯夷叔齐列传》所载事迹生发议论，此诗则多写夷齐庙周边景物，而二人之风骨毕现。潘德舆云：“通篇不甚切题，而正为大雅，以此题本不当着议论也。此古人识高处。”

[一]首阳山：相传伯夷、叔齐隐居处。
[二]过：来访。
[三]地骨：指石头，古人认为是大地的骨骼，又称“土骨”。
[四]皓首：白首。
[五]采薇歌：传说是伯夷、叔齐饿死前所作的一首先秦古歌，其内容云：“登彼西山兮，采其薇矣。以暴易暴兮，不知其非矣。神农虞夏忽焉没兮，我适安归矣？于嗟徂兮，命之衰矣！”
[六]毕命：结束生命，死亡。
[七]成仁：原指成就仁德，现指为正义事业而牺牲生命。
[八]时候：时节气候。
[九]山鬼：山神，此指伯夷、叔齐。
[十]女萝：又名松萝，地衣类植物，全体为无数细枝，状如线，长数尺，靠依附他物生长。
[十一]豁：裂口。
[十二]引领：伸直脖子向远处眺望。
[十三]孤光：从远处映射过来的亮光，此指从石崖开豁处远望所见的黄河水光。
[十四]层城：高山之巅。
[十五]岩阿：山的曲折处，山坳。

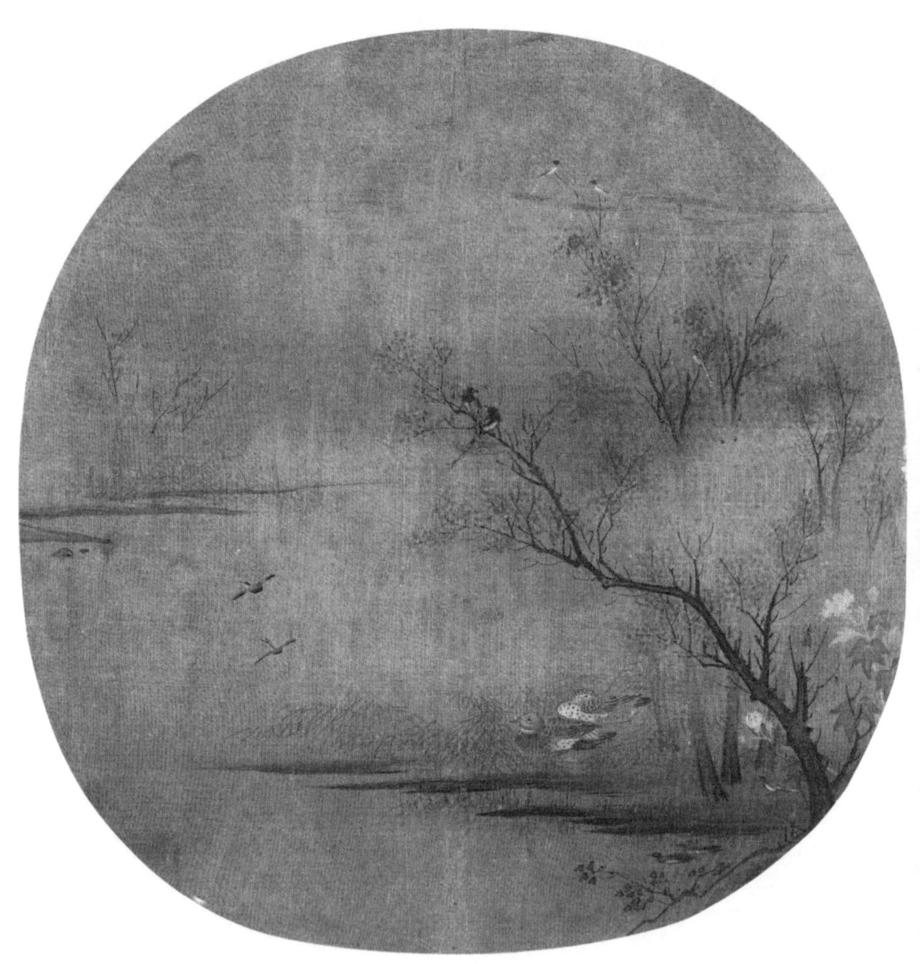

南宋 梁楷 《芙蓉水鸟图》

题綦毋潜校书所居

常称挂冠吏[一]，昨日归沧洲[二]。行客[三]暮帆远，主人[四]庭树秋。

岂伊[五]得天命，但欲为山游。万物我何有，白云空自幽。

萧条[六]江海上，日夕[七]是丹丘[八]。生事[九]本鱼鸟，赏心随去留。

惜哉旷微月，欲济无轻舟。倏忽[十]令人老，相思河水流。

评

此诗或题作“题綦毋校书别业”“题綦毋校书田居”，据其名当以“别业”“田居”为主，乃题咏诗，而读其内容，则为送别之诗。一则称誉綦毋潜之退隐，二则因之而生思慕之情。

[一]挂冠吏：辞官的官吏。新莽时期，王莽杀其子王宇，薛萌视为三纲断绝，为避祸免灾，遂解冠挂东都城门，浮海客于辽东。后世遂以“挂冠”为辞官。

[二]沧洲：滨水的地方，古时常用以称隐士的居处。

[三]行客：行旅之中的人，此谓綦毋潜。

[四]主人：亦指綦毋潜，此时已到家。

[五]岂伊：犹岂，难道。伊，语中助词，无义。

[六]萧条：逍遥闲逸之貌。

[七]日夕：近黄昏时，傍晚。

[八]丹丘：亦作“丹邱”，传说中神仙所居之地。

[九]生事：生性。

[十]倏（shū）忽：突然。

明 蓝瑛《山水十开》

渔父歌[一]

白头何老人[二]，蓑笠蔽其身。避世常不仕，钓鱼清江滨。
浦沙[三]明濯足，山月静垂纶[四]。寓宿湍与濑[五]，行歌秋复春。
持桡[六]湘岸竹，爇火[七]芦洲薪。绿水饭香稻，青荷包紫鳞[八]。
于中还自乐，所欲全吾真[九]。而笑独醒者[十]，临流[十一]多苦辛。

评

诗写渔父之乐，颇得野趣。结尾处拔高一层，由渔父而念及众生，复增哲理。范大士云：“只于结处见意，不失古则。”此言得之。

[一]渔父歌：乐府诗题，多写渔者之事，或表现隐逸遁世的情怀。
[二]何：是谁。
[三]浦沙：岸边的沙子。
[四]垂纶：垂丝钓鱼。
[五]湍（tuān）与濑（lài）：湍，急流；濑，从沙石上流过的急水。此泛指水边。
[六]持桡（ráo）：拿着船桨。
[七]爇（ruò）火：烧火。
[八]紫鳞：紫色的鱼。
[九]全吾真：保全自己纯真的性情。
[十]独醒者：独自清醒之人。屈原《渔父》中说：“举世皆浊我独清，众人皆醉我独醒。”
[十一]临流：直面流水冲击。

清 石涛 《花卉山水册》

古意[一]

男儿事长征，生小幽燕客[二]。
赌胜马蹄下，由来[三]轻七尺[四]。
杀人莫敢前，鬓[五]如猬毛磔[六]。
黄云[七]白雪陇底飞，未得报恩不得归。
辽东小妇年十五，惯[八]弹琵琶解歌舞。
今为羌笛[九]出塞声，使我三军泪如雨。

评

此诗前后对比明显，有出人意料之感。唐汝询曰："前六句侠烈如此，疑难动情。后六句至此堕泪，究竟不能无情。"张文荪亦云："奇气逼人，下忽变作凄音苦调，妙极自然。"

[一]古意：效古，拟古。

[二]幽燕：古代幽州在春秋战国时属于燕国，故称幽燕，其风俗好侠任勇。

[三]由来：历来。

[四]七尺：指身躯，人身长约七尺，故称。此指生命。

[五]鬓（bìn）：脸旁靠近耳朵的头发。

[六]猬毛磔（zhé）：像刺猬毛张开，犹如针和刺一般。

[七]黄云：裹挟着沙尘的云。

[八]惯：习惯，熟练。

[九]羌笛：羌族簧管乐器，双管并在一起，每管各有六个音孔，上端装有竹簧口哨，竖吹。

南宋 马远 《荷塘按乐图》（局部）

送康洽入京进乐府诗[一]

识子十年何不遇[二]，只爱欢游两京路[三]。朝吟左氏娇女篇[四]，夜诵相如美人赋[五]。
长安春物旧相宜，小苑蒲萄[六]花满枝。柳色偏浓九华殿[七]，莺声醉杀五陵儿[八]。
曳裾[九]此夜从何所，中贵[十]由来尽相许。白袂春衫仙吏[十一]赠，乌皮隐几[十二]台郎与。
新诗乐府[十三]唱堪愁，御妓[十四]应传鳷鹊楼[十五]。西上[十六]虽因长公主[十七]，终须一见曲陵侯[十八]。

评

历来读此诗者，多以为此乃称赞康洽之风流浪漫。然细读之，虽有称赞之辞，而背后更有惋惜之意。多才如康洽，竟十年不遇，而不得不干谒权贵，亦可叹也。才人之不遇，亦系于时运，故深思之，亦当有讽时之意。潘德舆云：“此首全是讥讽而浑涵不露，更加以色泽，此等全从《国风》化出。九华殿而云柳色偏浓，无怪五陵儿之醉杀也。上有好者，下必甚焉，此诗皆含此意。至长公主、曲阳侯之宴游无度，招权揽势，群小沓进，皆坐此而生矣。”此说颇中的。

[一]康洽：字号、生卒年皆待考，肃州酒泉（今甘肃酒泉）人。擅长音乐，工乐府诗。开元、天宝年间往来两京，安史乱后，飘蓬江表。

[二]不遇：不遇明主，意谓不得志。

[三]两京：长安与洛阳。

[四]左氏娇女篇：指西晋左思的《娇女诗》。

[五]相如美人赋：指司马相如《长门赋》。

[六]蒲萄：葡萄。

[七]九华殿：汉掖庭中的殿名，此借指唐代宫殿。

[八]五陵儿：五陵地区的少年，指京都富豪子弟。

[九]曳裾（yè jū）：提起衣襟，后世以“曳裾”喻奔走王侯之门，依附权贵。

[十]中贵：皇帝宠信的内臣，指宦官。

[十一]仙吏：仙官，喻朝廷官员。

[十二]乌皮隐几：黑皮裹饰的几案，亦称乌皮几。

[十三]新诗乐府：犹言新乐府诗。康洽是西域人，其所进新乐府诗或有西域特色。

[十四]御妓：宫廷歌女，此指唐代太乐署和内外教坊的歌妓。

[十五]鳷（zhī）鹊楼：汉宫观名，在陕西淳化甘泉宫外。此指唐代宫殿。

[十六]西上：向西去。康洽当是从东京洛阳赴西京长安，故云。

[十七]长公主：皇帝的姊妹称长公主，这里指的可能是玄宗之妹玉真公主。

[十八]曲陵侯：侯爵，未知何人，借指当时外戚权贵。

清 石涛 《黄山洁空金碧图》（局部）

送陈章甫[一]

四月南风大麦黄，枣花未落桐阴长。青山朝别暮还见，嘶马出门思旧乡。
陈侯[二]立身何坦荡，虬须[三]虎眉仍大颡[四]。腹中著书一万卷，不肯低头在草莽[五]。
东门酤酒饮我曹[六]，心轻万事如鸿毛。醉卧不知白日暮，有时空望孤云高。
长河[七]浪头连天黑，津吏[八]停舟渡不得。郑国游人[九]未及家，洛阳行子[十]空叹息。
闻道故林[十一]相识多，罢官昨日今如何。

评

此诗作于陈章甫罢官回乡之时，辞气虽豪迈，实则皆安慰之语。人生落魄时，能得友人相慰，弥足珍贵，故程元初《盛唐风绪笺》云："旧日相识，罢官之后，能如旧不变者几人？结语有几许感慨。"所谓感慨，既是惋惜友人，亦以自慰，故钱锺书先生云："实则慰人自慰，每强颜达观，作退一步想，不必承教于老释之齐物观空。"

[一]陈章甫：江陵（今属湖北）人，制策登科，曾官太常博士。

[二]陈侯：谓陈章甫。侯，古时士大夫间之敬称。

[三]虬须：蜷曲的胡须。

[四]大颡（sǎng）：大脑门儿。

[五]草莽：草野，民间。

[六]我曹：我辈。

[七]长河：指黄河。

[八]津吏：管理渡口、桥梁的小吏。

[九]郑国游人：在郑国的游子，指陈章甫。陈氏为江陵人，曾长期隐居于嵩山，现在从洛阳回乡。嵩山、洛阳在春秋时都属于郑国，故云。

[十]洛阳行子：在洛阳的游子，作者自指。李颀为颍阳人，时客游洛阳，故云。

[十一]故林：故乡，老家。

南宋 龚开 《笳拍图》（局部）

听董大弹胡笳[一]，声兼语弄，寄房给事[二]

蔡女[三]昔造胡笳声，一弹一十有八拍。胡人落泪向边草，汉使断肠对归客。
古戍[四]苍苍烽火寒，大荒阴沉飞雪白。先拂商弦后角羽，四郊秋叶惊摵摵[五]。
董夫子[六]，通神明，深山窃听来妖精。言迟更速[七]皆应手，将往复旋[八]如有情。

评

此诗描写之细致，比喻之形象，于古人音乐诗歌之中，属上乘无疑。黄培芳云：“形容佳妙，比之白氏《琵琶行》等，亦自有一种奇气。”邢昉甚至云：“昌黎《听琴》出此中，而醇醨异味，香山《琵琶》又风斯下矣。”

[一]董大：董庭兰，排行老大，故称。著名琴师，宰相房琯的门客。

[二]房给事：房琯，字次律，河南缑氏（今河南洛阳偃师区）人，官至宰相。

[三]蔡女：蔡琰，字文姬，蔡邕之女。博学有才辩，妙于音律，曾作有《胡笳十八拍》。

[四]古戍：年代久远的边塞。

[五]摵摵（shè shè）：象声词，落叶之声。

[六]董夫子：董大。夫子，古代对人的尊称。

[七]言迟更速：形容变化极快。

[八]将往复旋：形容乐声回环。

南宋 佚名 《胡笳十八拍图》（局部）

空山百鸟散还合，万里浮云阴且晴。嘶酸[一]雏鹰失群夜，断绝胡儿恋母声。

川为静其波，鸟亦罢其鸣。乌孙[二]部落家乡远，逻逤[三]沙尘哀怨生。

幽阴[四]变调忽飘洒，长风吹林雨堕瓦[五]。迸泉飒飒[六]飞木末[七]，野鹿呦呦走堂下。

长安城连东掖垣[八]，凤凰池[九]对青琐门[十]。才高脱略[十一]名与利，日夕望君抱琴至。

[一]嘶酸：声音凄惨呜咽。

[二]乌孙：汉代西域国名。

[三]逻逤（luó suò）：亦作“逻莎”或“逻娑”，地名，即逻些，唐时吐蕃的都城，在今西藏拉萨。

[四]幽阴：幽咽哀怨的音调。

[五]雨堕瓦：如雨珠落在瓦上，形容胡笳声的迅急快速有力。

[六]飒飒（sà sà）：形容泉水喷射之声，此处指音乐声。

[七]木末：树梢。

[八]东掖垣：皇宫东侧的墙垣，此指左省的官署所在。

[九]凤凰池：魏晋南北朝时设中书省于禁苑，掌管机要，接近皇帝，故称中书省为“凤凰池”。

[十]青琐门：汉代皇宫门，此指唐代皇宫门。因门户边镂刻花纹，涂上青色，故云。

[十一]脱略：轻视，忽略，不以为意。

清 华嵒《金碧山水图》（局部）

缓歌行

小来[一]托身[二]攀贵游[三]，倾财破产无所忧。暮拟经过石渠署[四]，朝将出入铜龙楼[五]。
结交杜陵[六]轻薄子，谓言可生复可死。一沉一浮会有时，弃我翻然如脱屣[七]。
男儿立身须自强，十年闭户颍水阳。业就功成见明主，击钟鼎食[八]坐华堂。
二八蛾眉梳堕马[九]，美酒清歌曲房[十]下。文昌宫[十一]中赐锦衣，长安陌上退朝归。
五侯[十二]宾从莫敢视，三省[十三]官僚接者希。早知今日读书是，悔作从前狂侠儿。

评

此诗主人公少好任侠，一朝醒悟，浪子回头，乃闭户读书，终于功成名就。故吴昌祺谓“此诗足儆后生”，黄培芳亦云“足为纨绔少年戒”。然细思来，即使折节读书，所求者亦不过美女、美酒、曲房、锦衣而已，并无高格，故王闿运感慨道：“读书乃为此耶？故不如任侠。”

[一]小来：小时候。
[二]托身：寄身，安生。
[三]贵游：无官职的贵族，后泛指高官权贵。
[四]石渠署：石渠阁，汉代朝廷藏书阁。此指唐秘书省，掌图书档案及典籍校勘与刊布。
[五]铜龙楼：汉代长安城门名，此指唐代宫阙。
[六]杜陵：在今陕西西安东南，古为杜伯国，秦置杜县。汉宣帝筑陵于东原上，故名。
[七]脱屣（xǐ）：脱鞋。比喻看得很轻，无所顾恋，犹如脱掉鞋子。
[八]击钟鼎食：古代富贵之家击钟而食，食盛鼎中。
[九]堕马：古代妇女发髻名。
[十]曲房：隐秘的内室。
[十一]文昌宫：本为天府，此指唐代朝廷尚书省。
[十二]五侯：汉成帝一日册封五位舅舅为侯，号称“五侯”。后以“五侯”代指权贵。
[十三]三省：指中书省、门下省、尚书省，隋唐时代三省同为最高政务机构。

清 恽寿平 《鱼藻图》（局部）

鲛人歌

鲛人[一]潜织水底居，侧身上下随龙鱼。轻绡[二]文采不可识，夜夜澄波连月色。
有时寄宿来城市，海岛青冥[三]无极已。泣珠[四]报恩君莫辞，今年相见明年期[五]。
始知万族[六]无不有，百尺深泉架户牖[七]。鸟没空山谁复望，一望云涛堪白首。

评

用诗歌语言，讲鲛人故事，趣味与诗意相合，愈增美感。鲛人犹知报恩，而人世鸟没空山，其中盖有深意在焉。

[一]鲛人：神话传说中的人鱼。
[二]轻绡（xiāo）：轻薄的纱绢。
[三]青冥：形容鲛人居住的海岛幽暗的环境。
[四]泣珠：指神话传说中鲛人流泪成珠。
[五]明年期：相约于明年。
[六]万族：万事万物。
[七]户牖（yǒu）：门窗，借指家。

明 蓝瑛 《仿王维雪溪图》（局部）

送卢逸人[一]

洛阳为此别，携手更何时。
不复人间见，只应海上期[二]。
青溪入云木，白首卧茅茨[三]。
共惜卢敖[四]去，天边望所思。

评

“不复人间见”，道别离也。“只应海上期”，归隐成仙也。“青溪入云木”，天上也；“白首卧茅茨”，人间也。“天边望所思”，人间望天上也。天地人间，亦隐亦仙，卢鸿之飘逸，跃然纸上。

[一]卢逸人：可能即卢鸿，字颢然，一作浩然。祖籍范阳（今河北涿州），后徙居洛阳，隐居嵩山，是唐代著名的隐士。
[二]海上期：在海上三神山相见。
[三]茅茨（cí）：茅草屋顶，代指简陋的居室。
[四]卢敖：秦始皇时博士，后求仙不返。此借指卢逸人。

南宋 马远 《松下闲吟图》

野老曝背[一][二]

百岁老翁不种田，唯知曝背乐残年。[三]
有时扪虱[四]独搔首，目送归鸿[五]篱下眠。

(评)

野老曝背，盛世景象。诗人善于撷取关键场景，曝背、扪虱、搔首，然后目送归鸿而眠，三言两语，将老翁之闲适安乐写尽。

[一]野老：田野老人。
[二]曝（pù）背：以背向日取暖。
[三]残年：晚年，暮年。
[四]扪虱（mén shī）：抓虱子，形容毫无顾忌的样子。
[五]目送归鸿：目送鸿雁南归，用以形容野老的自在逍遥。

高適

诗人小传

高適（约700—765），字达夫，唐朝渤海蓨（今河北景县）人，唐代著名边塞诗人，与岑参并称『高岑』。高適少不事生业，落拓不拘，客游梁宋间。两度长安应试，皆铩羽而归。天宝八载（749）中第，授封丘尉，旋去官，入陇右节度使哥舒翰幕，官左骁卫兵曹参军，掌书记。曾参与平定安史之乱，迁侍御史，擢谏议大夫。永王李璘谋反，適出任扬州大都督府长史、淮南节度使，平定叛乱。广德元年（763），迁剑南西川节度使，后召还为刑部侍郎，转散骑常侍，加银青光禄大夫，进封渤海县侯。永泰元年（765），卒，赠礼部尚书，谥曰忠。

清 王槩 《王安节画册》

适性拓落，不拘小节，耻预常科[一]，隐迹博徒，才名自远。然適诗多胸臆语，兼有气骨，故朝野通赏其文。至如《燕歌行》等篇，甚有奇句，且余所爱者，“未知肝胆向谁是，令人却忆平原君”，吟讽不厌矣。

高適生性开阔开朗，不拘小节。以通过普通科举求仕途为耻，遂隐身于贩夫走卒之中，而他的才能与名声却自然远播。然而高適的诗多出于内心深处的想法，而且富有风骨，所以朝野上下都非常欣赏他的文采。比如《燕歌行》等诗篇，就有很多的奇句。我所喜爱的，像“未知肝胆向谁是，令人却忆平原君”一句，经常吟诵都还感觉不满足。

[一]常科：唐代科举分为常科和制科。常科指一般科第，包括秀才、明经、进士、明法、明算等五十多个详细种类，通常有固定的考试日期。制科，又名特科，系因需而设，没有具体的时间和考试内容限制，其目的是根据需求有针对性地选拔人才。

元 李士行 《清泉乔木图》

哭单父[一]梁九少府[二]

开箧[三]泪沾臆，见君前日[四]书。夜台[五]今寂寞，犹是子云[六]居。

畴昔[七]贪灵奇[八]，登临赋山水。同舟南楚[九]下，望月西江里。

契阔[十]多别离，绸缪[十一]到生死。九泉知何在，万事皆如此。

晋山徒嵯峨[十二]，斯人已冥冥[十三]。常时[十四]禄且薄，没后家复贫。

妻子在远道，兄弟无一人。十上[十五]多苦辛，一官[十六]恒自哂[十七]。

青云[十八]将可致，白日忽西尽。唯独身后名，空留无远近。

评

悼念亡友，情真意切。开箧见书，不禁睹物思人。因追述往事，尚历历在目。又念其身后贫窭，妻儿远道，又无弟兄相助，愈增悲哀。壮志未酬身先死，唯留身后名空空。

[一]单父：今山东单县。

[二]梁九少府：即梁洽，开、宝间进士。九，排行。少府，官名，唐代为县尉的通称。

[三]开箧（qiè）：打开书箱。

[四]前日：从前时候。

[五]夜台：坟墓，亦借指阴间。

[六]子云：汉儒扬雄，字子云。家素贫，罕有人来。

[七]畴昔（chóu xī）：往昔，以前。

[八]灵奇：奇异秀丽之景色。

[九]南楚：古地区名。春秋战国时，楚国在中原南面，后世称南楚，为三楚之一。北起淮汉，南至江南，约包括今安徽中部、西南部，河南东南部，湖南、湖北东部及江西等地区。

[十]契阔（qì kuò）：勤苦。

[十一]绸缪（chóu móu）：缠绵，情意深厚。

[十二]嵯峨（cuó é）：形容山势高峻。

[十三]冥冥：幽冥，此处是说死亡。

[十四]常时：平常之时。

[十五]十上：十次上书，意谓多次上书言事。

[十六]一官：一官职，指低微的官职。

[十七]自哂（shěn）：自嘲。

[十八]青云：比喻高官显爵。

明 唐寅《柴门掩雪图》（局部）

宋中[一]遇陈兼[二]

常参[三]鲍叔[四]义，所期王佐才。如何守苦节，独自无良媒[五]。
离别十年内，飘颻[六]千里来。谁知罢官后，唯见柴门开。
穷巷隐东郭，高堂咏南陔[七]。篱根长花草，井口生莓苔[八]。
伊昔望霄汉[九]，于今倦蒿莱[十]。男儿须达命[十一]，且醉手中杯。

评

高適于宋城偶遇故人陈兼，不料王佐之才尚居陋巷，不禁为之感慨。然见其安贫乐道，事亲至孝，亦略为释怀。且以达命为解，劝尽杯中酒。一则劝慰友人，二则亦以自慰。

[一]宋中：唐宋州治所宋城（在今河南商丘南）。

[二]陈兼：字不器，颍川人，天宝十二载（753）应辟，官右补阙、翰林学士。

[三]常参：常常思考。

[四]鲍叔：鲍叔牙，春秋时期齐国大臣。管仲贫困，常欺鲍叔。鲍叔牙知道管仲有才能，便不予计较。后来管仲获罪，鲍叔牙救其性命，并推荐给齐桓公，管仲遂得以辅佐齐桓称霸，九合诸侯，一匡天下。

[五]良媒：好的媒人，此谓推荐人、伯乐。

[六]飘颻（yáo）：形容举止轻盈、洒脱。

[七]南陔：《诗·小雅》篇名，六笙诗之一，有目无诗，据《毛诗序》，知其内容主要是讲孝子事亲，故后世用为奉养和孝敬双亲的典实。

[八]莓苔：青苔。

[九]霄汉：云霄和天河，此喻朝廷。

[十]蒿莱（hāo lái）：草野，此谓民间。

[十一]达命：知命。

清 樊圻 《山水册》

宋中

梁苑[一]白日暮，梁山秋草时。
君王[二]不可见，修竹[三]令人悲。
九月桑叶落，寒风鸣树枝。

评

寥寥数笔，勾勒出梁园颓败之景，不禁使人想起昔日繁华之时。钟惺云：“写得难堪，只在‘秋草’‘修竹’‘桑叶’，然安顿得妙。”

[一]梁苑：西汉梁孝王所建的东苑，也称菟园，故址在今河南商丘。园林规模宏大，宫室相连属，供游赏驰猎。梁孝王在其中广纳宾客，当时名士司马相如、枚乘、邹阳等均为座上客。

[二]君王：谓梁孝王刘武。

[三]修竹：细长的竹子。

清 禹之鼎 《修竹幽居图》

九日酬顾少府[一]

檐前白日应可惜，篱下黄花为谁有。
客子[二]迎霜未授衣，主人[三]得钱肯酤酒。
苏秦[四]憔悴[五]时多厌，蔡泽[六]栖迟[七]世看丑。
纵使登高只[八]断肠，不如独坐空搔首[九]。

评

此是酬和诗，中间颇有牢骚气。高適自叹无衣御寒，顾少府则无酒相待，故白日之景可惜而不能惜，篱下之菊应赏而不能赏。人生未腾达之时，纵才如苏、蔡，亦难免被人轻贱。与其同往登高而愁断肝肠，不如独坐空搔首。愤懑之意，溢于言表。

[一]顾少府：不知具体何人。少府，官名，唐代为县尉的通称。

[二]客子：客居他乡之人。

[三]主人：此谓顾少府。

[四]苏秦：字季子，东周洛阳（今河南洛阳东）人，战国时期纵横家、外交家、谋略家。苏秦年轻时首次出游列国，以期谋一官半职，然空手而归，家人都瞧不起他。

[五]憔悴：失意，不得志。

[六]蔡泽：战国燕国人，善辩多智，曾游说诸侯却不受重用。蔡泽在走投无路时入秦，经范雎推荐，被秦昭王任为相。

[七]栖迟：漂泊失意。

[八]只：正。

[九]搔首：以手搔头。焦急或有所思之貌。

南宋 佚名 《隼击图》（局部）

见薛大臂鹰作[一]

寒楚[二]十二月，苍鹰八九毛[三]。
寄言燕雀[四]莫相啅[五]，自有云霄万里高。

评

此诗《李太白集》亦收录，詹锳先生云："此首本属高適诗，以与太白《观放白鹰》诗同咏禽鸟，后人选录，因先后相次，编太白集者未曾详察，并以为白作，乃有斯误。"

[一]薛大：人名，事迹不详。大，排行老大。

[二]寒楚：寒冬时的楚地。

[三]八九毛：指羽毛受到摧残，所剩无几。训练苍鹰时，先剪除其劲翮，以避免高飞逃走。

[四]燕雀：燕和雀，比喻微贱或器量狭小之人。

[五]啅（zhào）：噪聒。

南宋 马远 《月下把杯图》

酬岑主簿秋夜见赠[一]

舍下蛩乱鸣，[二]居然自萧索。[三]缅怀高秋兴，[四]忽枉清夜作。[五]

感物我心劳，凉风生二毛。[六]池空菡萏死，[七]月上梧桐高。

如何异州县，复得交才彦。[八]汩没嗟后时，[九]蹉跎耻相见。[十]

箕山别来久，[十一]魏阙谁不恋。[十二]独有江海心，[十三]悠悠未尝倦。

评

感物心劳，见秋而悲。自叹蹉跎岁月，功业未建，不免生出隐逸之心。

[一]岑主簿：未详，疑是岑参之兄。主簿，官名，汉代以来，中央和地方均设此官，主要管理文书和印鉴。唐宋时以主簿为初事之官。

[二]蛩（qióng）：蟋蟀。

[三]萧索：衰败，冷落。

[四]缅怀：遥念，追思。

[五]清夜作：指岑主簿之赠章。

[六]二毛：花白的头发。

[七]菡萏（hàn dàn）：古人称未开的荷花为菡萏，即花苞。

[八]才彦：才子贤士。

[九]汩没（gǔ mò）：埋没。

[十]蹉跎（cuō tuó）：虚度光阴。

[十一]箕山：相传尧让天下于许由，许由认为是一种羞辱而不肯接受，遁耕于箕山之下。后世遂以“箕山”代指隐居之地。

[十二]魏阙：宫门上巍然高出的观楼，其下常悬挂法令，后用作朝廷的代称。

[十三]江海心：隐居江海之心。

南宋 赵伯骕 《万松金阙图》（局部）

送韦参军[一]

二十解书剑[二]，西游长安城。举头望君门，屈指[三]取公卿。

国风冲融[四]迈三五[五]，朝廷欢乐弥寰宇[六]。白璧皆言赐近臣，布衣不得干明主。

归来洛阳无负郭[七]，东过梁宋非吾土。兔苑[八]为农岁不登，雁池[九]垂钓心常苦。

世人遇我同众人[十]，唯君于我情相亲。且喜百年有交态[十一]，未曾一日辞家贫。

弹棋[十二]击筑[十三]白日晚，纵酒高歌杨柳春[十四]。欢娱未尽分散去，使我惆怅惊心神。

终当不作儿女别，临歧[十五]涕泪沾衣巾。

评

自古送别之诗，或以眼泪就墨，或以美酒润翰，而此诗风格一振，不作小儿女之态，真将军之诗也。

[一]韦参军：具体不知何人。参军，官名。东汉末有参军之名，即参谋军事，简称参军，位任颇重。晋以后军府及王国始置为官员。有单称者，有冠以职名者，如咨议、记室、录事及诸曹参军，沿至隋唐。

[二]解书剑：知书识剑，文武兼备。

[三]屈指：弯着指头计数时间，此言指日可待。

[四]冲融：冲和，恬适。

[五]迈三五：超过三皇五帝。

[六]弥寰（huán）宇：遍布天下。

[七]负郭：指近郊良田。

[八]兔苑：西汉梁孝王兔园，又称梁园。

[九]雁池：梁孝王刘武所筑兔园中的池沼名。

[十]众人：普通人。

[十一]交态：交情，世态人情。

[十二]弹棋：古代棋类游戏，源于汉代。

[十三]击筑：击打筑。筑，古代一种弦乐器，似筝，以竹尺击之，声音悲壮。

[十四]杨柳春：盖即杨柳曲、杨柳歌之类，汉乐府有《杨柳歌》。

[十五]临歧（qí）：古人送别在岔路口处分手。

南宋 虚舟普度 《归樵山水图》（局部）

封丘作

我本渔樵孟诸野[一]，一生自是悠悠者。
乍可[二]狂歌草泽中，宁堪[三]作吏风尘下。
只言小邑无所为，公门百事皆有期。
拜迎长官心欲碎，鞭挞黎庶[四]令人悲。
悲来向家问妻子，举家尽笑今如此。
生事[五]应须南亩田[六]，世情付与东流水。
梦想旧山[七]安在哉，为衔君命日迟回。
早知梅福[八]徒为尔[九]，转忆陶潜[十]归去来[十一]。

评

“拜迎长官心欲碎，鞭挞黎庶令人悲”一句，道尽基层小吏夹缝求生之艰辛。诗人本有大志，而屈就卑职，上不愿拜迎长官，下不忍鞭挞百姓，内心煎熬可见。欲挂冠归田，又衔君命。进退两难之际，不免痛苦。

[一]孟诸野：孟诸之野。孟诸，古泽薮名，在今河南商丘东北、虞城西北。

[二]乍可：只可，宁可。

[三]宁堪：岂堪，哪堪。

[四]黎庶：平民百姓。

[五]生事：养家糊口之事。

[六]南亩田：南边的田地，此泛指田野。

[七]旧山：故乡，故居。

[八]梅福：字子真，西汉九江郡寿春（今安徽寿县）人，官至南昌县尉。曾多次上书言事，不仅未被采纳，反险遭杀身之祸，遂辞官归隐。

[九]徒为尔：徒劳无功而已。

[十]陶潜：陶渊明，字元亮，又名潜，世称靖节先生。曾任江州祭酒、镇军参军等职，任彭泽县令八十余天便弃职而去，从此归隐田园。

[十一]归去来：陶渊明有《归去来兮辞》，后以此指代归隐田园。

唐 李昭道《湖亭游骑图》（局部）

邯郸少年游

邯郸城南游侠子，自矜[一]生长邯郸里。千场纵博[二]家仍富，数处报雠[三]身不死。宅中歌笑日纷纷，门外车马屯[四]如云。未知肝胆向谁是，令人却忆平原君[五]。君不见即今交态[六]薄，黄金用尽还疏索[七]。以兹[八]叹息辞旧游，更于时事[九]无所求。且与少年饮美酒，往来射猎西山头。

评

此少年游侠“千场纵博”“数处报雠”，以今日眼光视之，不过一赌徒纨绔，好恶斗勇之徒耳。然经诗人表彰，俨然重义轻利之豪侠。文字之妙，鬼神难测也。

[一]自矜：自夸，自豪。
[二]纵博：纵情赌博。
[三]报雠（chóu）：报仇。
[四]屯：聚集。
[五]平原君：赵胜，赵武灵王之子，赵惠文王之弟，战国时四公子之一，三度为相，喜交宾客，门下食客三千。
[六]交态：世态人情。
[七]疏索：冷淡，疏远。
[八]以兹：因此。
[九]时事：当时之事。

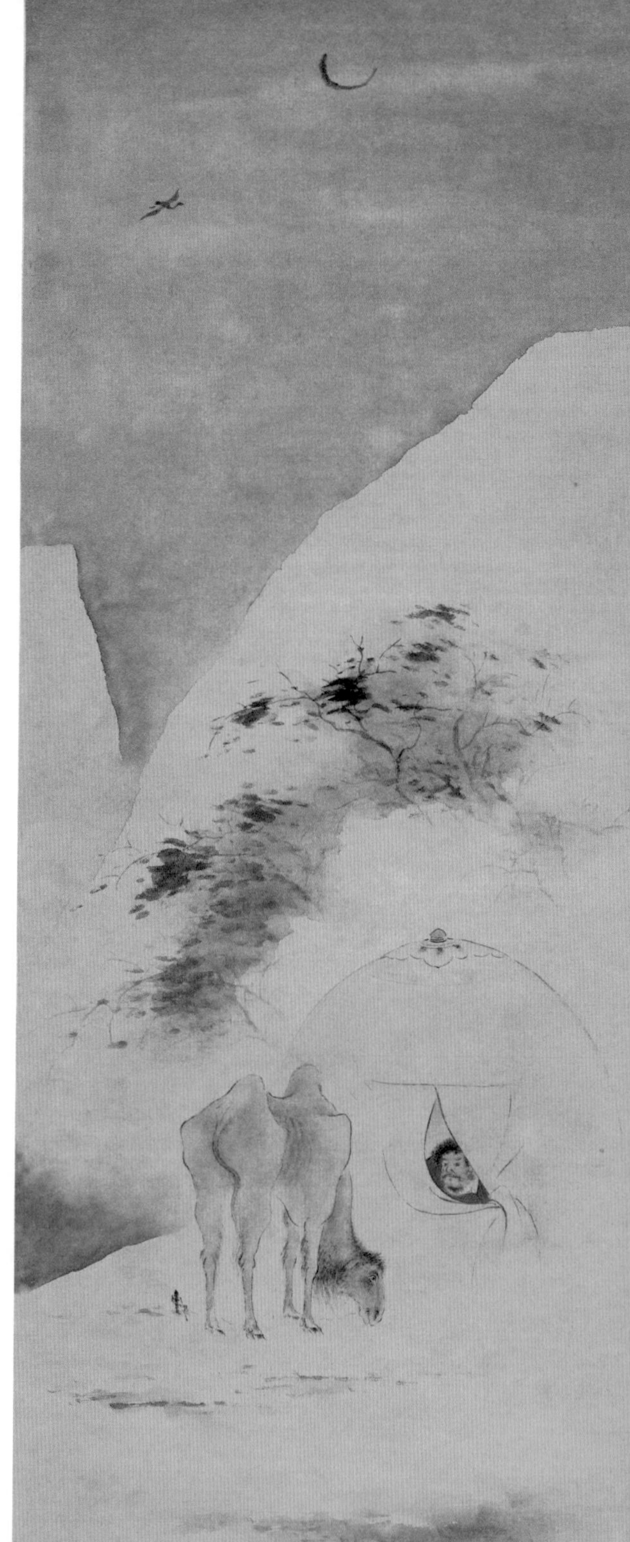

清 华嵒《寒驼残雪图》

燕歌行并序

开元二十六年，客有从元戎[一]出塞而还者，作《燕歌行》以示適，感征戍之事，因而和焉。

汉家[二]烟尘在东北，汉将辞家破残贼。男儿本自重横行[三]，天子非常赐颜色[四]。

摐金伐鼓[五]下榆关，旌旆[六]逶迤[七]碣石间。校尉羽书飞瀚海[八]，单于[九]猎火照狼山。

评

据岑仲勉先生之说，此诗乃为讥讽张守珪而作。诗人以前方将士之艰苦，与后方主将之淫逸对比，旨意立现。唐汝询曰："此述征戍之苦也，言烟尘在东北，原非犯我内地，汉将所破特余寇耳。盖此辈本重横行，天子乃厚加礼貌，能不生边衅乎？于是鸣金鼓，建旌旆，以临瀚海，适值单于之猎，凭陵我军，我军死者过半，主将方且拥美姬歌舞帐下，其不惜士卒乃尔。是以当防秋之际，斗兵日稀，然主将不以为意者，以其恃恩而轻敌也。何为使士卒力尽关山未得罢归乎？戍既久，室家相望之情极矣，则又述士卒之意曰：吾岂欲树勋于白刃间耶？既苦征战，则思古之李牧为将，守备为本，亦庶几哉！"

[一]元戎：《文苑英华》《全唐诗》元戎作御史大夫张公，即幽州节度使张守珪，开元二十三年（735）拜辅国大将军、右羽林大将军，兼御史大夫。

[二]汉家：汉朝，此指唐朝。

[三]横行：纵横驰骋于天下，此谓战场驰骋厮杀。

[四]赐颜色：接见，谓厚加礼遇。

[五]摐（chuāng）金伐鼓：敲击、拍打金属乐器、战鼓，犹言敲锣打鼓。

[六]旌旆（jīng pèi）：战旗，旗帜。

[七]逶迤（wēi yí）：旗帜飘摇之貌。

[八]瀚海：蒙古大沙漠的古称。

[九]单于：匈奴首领的称号，后泛指少数民族首领。

元 佚名 三马图

山川萧条极边土，胡骑凭陵[一]杂风雨。战士军前半死生，美人帐下犹歌舞。

大漠穷秋塞草腓[二]，孤城落日斗兵[三]稀。身当恩遇常轻敌，力尽关山[四]未解围。

铁衣远戍辛勤久，玉箸[五]应啼别离后。少妇城南欲断肠，征人蓟北[六]空回首。

边庭飘飖[七]那可度，绝域苍茫无所有。杀气三时[八]作阵云，寒声一夜传刁斗[九]。

相看白刃血纷纷，死节[十]从来岂顾勋[十一]。君不见沙场征战苦，至今犹忆李将军[十二]。

[一]凭陵：侵逼，侵扰。

[二]腓（féi）：枯萎。

[三]斗兵：有战斗力的兵士。

[四]关山：关隘和山川。

[五]玉箸（zhù）：玉制的筷子。

[六]蓟（jì）北：唐蓟州（今天津蓟州区）以北地区。

[七]飘飖（yáo）：飘摇，形容局势动荡。

[八]三时：一日之中的早、中、晚。

[九]刁斗：古代军中白天用来烧饭，晚上用来敲击巡更的用具。

[十]死节：坚守忠义而死之士。

[十一]顾勋：考虑功勋，贪恋功名。

[十二]李将军：西汉名将李广，善于将兵，匈奴闻其名而丧胆。

元　赵雍　《孤鹤横江图》

行路难

君不见富家翁，旧时贫贱谁比数[一]。
一朝金多结豪贵，百事胜人健如虎。
子孙生长满眼前，妻能管弦妾能舞。
自矜一朝忽如此，却笑傍人独愁苦。
东邻少年安所如[二]，席门[三]穷巷出无车。
有才不肯学干谒[四]，何用年年空读书。

评

诗以富家翁与东邻少年对照而言，前者有财，后者有才，然才终不如财，故叹行路难也。

[一]比数：相与并列，相提并论。
[二]安所如：往哪里去。
[三]席门：以破席做门。
[四]干谒（yè）：为某种目的而求见，此指拜见权势者以求仕进。

北宋 李用及 《神骏图》

塞上闻笛

胡人羌笛戍楼[一]间，楼上萧条[二]明月闲。
借问梅花[三]何处落，风吹一夜满关山[四]。

评

末句“梅花”一词，盖用双关。一则为《梅花落》之笛声，二则塞外飞雪，故一夜满关山（或谓以笛声喻雪）。意境之妙，全在读者想象。

[一]戍楼：边防驻军的瞭望楼。
[二]萧条：寂寥清冷。
[三]梅花：即《梅花落》，汉乐府横吹曲名。
[四]关山：关隘和山川。

元 佚名 《寒原猎骑图》

营州歌

营州[一]少年爱原野，狐裘蒙茸[二]猎城下。
虏酒[三]千杯[四]不醉人，胡儿十岁能骑马。

评

或云此诗意在赞美边塞少年之风姿飒爽，然唐汝询曰："此排斥少年之词。猎必于野，今彼厌原野而猎城下者何？乘醉以夸善骑耳。我想虏人饮千钟而不醉，胡儿十岁即能骑马，则又胜汝矣。深贱之，故以胡虏取譬。虏酒胡儿，倒装作对，益见奇绝。"此说似亦有理。

[一]营州：治所在今辽宁朝阳，地与奚、契丹相接。

[二]蒙茸（róng）：蓬松、杂乱的样子。

[三]虏酒：旧称北方少数民族所酿的酒。

[四]千杯（bēi）：千杯，言杯数之多，酒量之大。杯，古同"杯"。

岑参

诗人小传

岑参（约715—770），荆州江陵（今湖北荆州）人，唐宰相岑文本曾孙。天宝三载（744）登进士第，授右率府兵曹参军。后两次从军边塞，先任安西节度使府掌书记，后在天宝末年任安西北庭节度使府判官。入朝为右补阙，历太子中允、殿中侍御史等职。代宗时，任嘉州刺史，故世称『岑嘉州』。岑参长于七言歌行，边塞诗尤多佳作，与高適并称『高岑』。早年诗风绮丽，后历边塞，风格为之一变，笔力遒劲，悲壮之中又迸发出积极进取的精神，读之使人热血沸腾。

明 沈周 《桐荫玩鹤图》（局部）

参诗语奇体峻，意亦奇造[一]。至如“长风吹白茅，野火烧枯桑”，可谓逸矣。又“山风吹空林，飒飒如有人”，宜称幽致[二]也。

岑参的诗用语惊奇，形式峻峭，立意也颇有奇妙的构思。比如“长风吹白茅，野火烧枯桑”一句，可称得上超逸。又如“山风吹空林，飒飒如有人”一句，恰称得上是幽雅别致。

[一]奇造：奇妙的构思。
[二]幽致：幽雅别致，幽静雅致。

清 石涛 《渊明诗意册页》

终南[一]双峰草堂作

敛迹[二]归山田，息心[三]谢时辈。昼还草堂卧，但与双峰对。
兴来恣[四]佳游，事惬符胜概[五]。著书高窗下，日夕见城内。
曩[六]为世人误，遂负平生爱。久与林壑辞，及来杉松大。
偶兹[七]近精庐[八]，数预名僧会。有时逐樵渔，尽日不冠带[九]。
崖口上新月，石门破苍蔼[十]。色向群木深，光摇一潭碎。
缅怀郑生谷[十一]，颇忆严子濑[十二]。胜事犹可追，斯人[十三]邈千载。

评

诗写隐逸生活，悠闲自得，令人歆羡。与名僧、渔樵相往来，此人事之乐；有新月、苍蔼相陪伴，此自然之乐。平生所爱，尽在于斯，郑子真、严子陵虽不可复睹，然二人之雅致情怀犹可追。

[一]终南：终南山，位于陕西省境内秦岭山脉中段，唐代都城长安之南。
[二]敛迹：晦藏行迹。
[三]息心：去欲，剔除烦念。
[四]恣：纵任。
[五]胜概：非常好的风景或环境。
[六]曩（nǎng）：以往，从前。
[七]偶兹：正巧此处。
[八]精庐：精舍，佛寺。
[九]冠带：官宦之服。
[十]苍蔼（ǎi）：青色云雾。
[十一]郑生谷：汉隐士郑子真所居之谷口，亦为汉县名，当泾水出山之口，故以为名。
[十二]严子濑：严陵濑，在浙江桐庐南。东汉严光，字子陵，少与光武帝同游学，及光武即位，严光变姓名隐居富春山，其垂钓处后人名为严陵濑。
[十三]斯人：谓郑子真、严子陵。

清 吴谷祥 《溪南访隐图》

终南云际精舍[一]寻法澄上人[二]，不遇，归高冠[三]东潭石淙，秦岭微雨，作贻友人

昨夜云际宿，适[四]从西峰回。不见林中僧，微雨潭上来。
诸峰皆晴翠[五]，秦岭独不开。石鼓[六]有时鸣，秦王[七]安在哉。
水潨[八]断山口，吼沫[九]相喧豗[十]。喷壁[十一]四时雨，傍村终日雷。
北瞻[十二]长安道，日夕生尘埃。若访张仲蔚[十三]，衡门[十四]应蒿莱[十五]。

评

此写雨后山中之景，首尾中和，中间凌云，颇具节奏。“不见林中僧，微雨潭上来”一句，潘德舆谓“曲尽幽闲之趣，每一诵味，烦襟顿涤”。

[一]云际精舍：谓云际山大定寺。
[二]法澄上人：不知具体何人，此以法号称。上人，上德之人，佛教谓具备德智善行的僧人。
[三]高冠：山谷名，其间有瀑布，在陕西西安鄠邑区东南三十里。
[四]适：恰好。
[五]晴翠：群山在阳光照耀下映射出碧绿色。
[六]石鼓：天水甘谷县南山有石，形如鼓，相传鸣则有兵事。
[七]秦王：有二说，一谓秦始皇嬴政；二谓秦王李世民。
[八]水潨（cōng）：水流会合的地方。
[九]吼沫：发出巨响的激流浪花。
[十]喧豗（huī）：发出轰响。
[十一]喷壁：水喷崖壁。
[十二]北瞻：北望。
[十三]张仲蔚：汉隐士，平陵人，懂得天文地理，擅长属文赋诗。常居穷素，所处蓬蒿没人，闭门养性，不治荣名。
[十四]衡门：横木为门，借指隐者所居。《诗经·陈风·衡门》：“衡门之下，可以栖迟。”
[十五]蒿莱：野草，杂草。

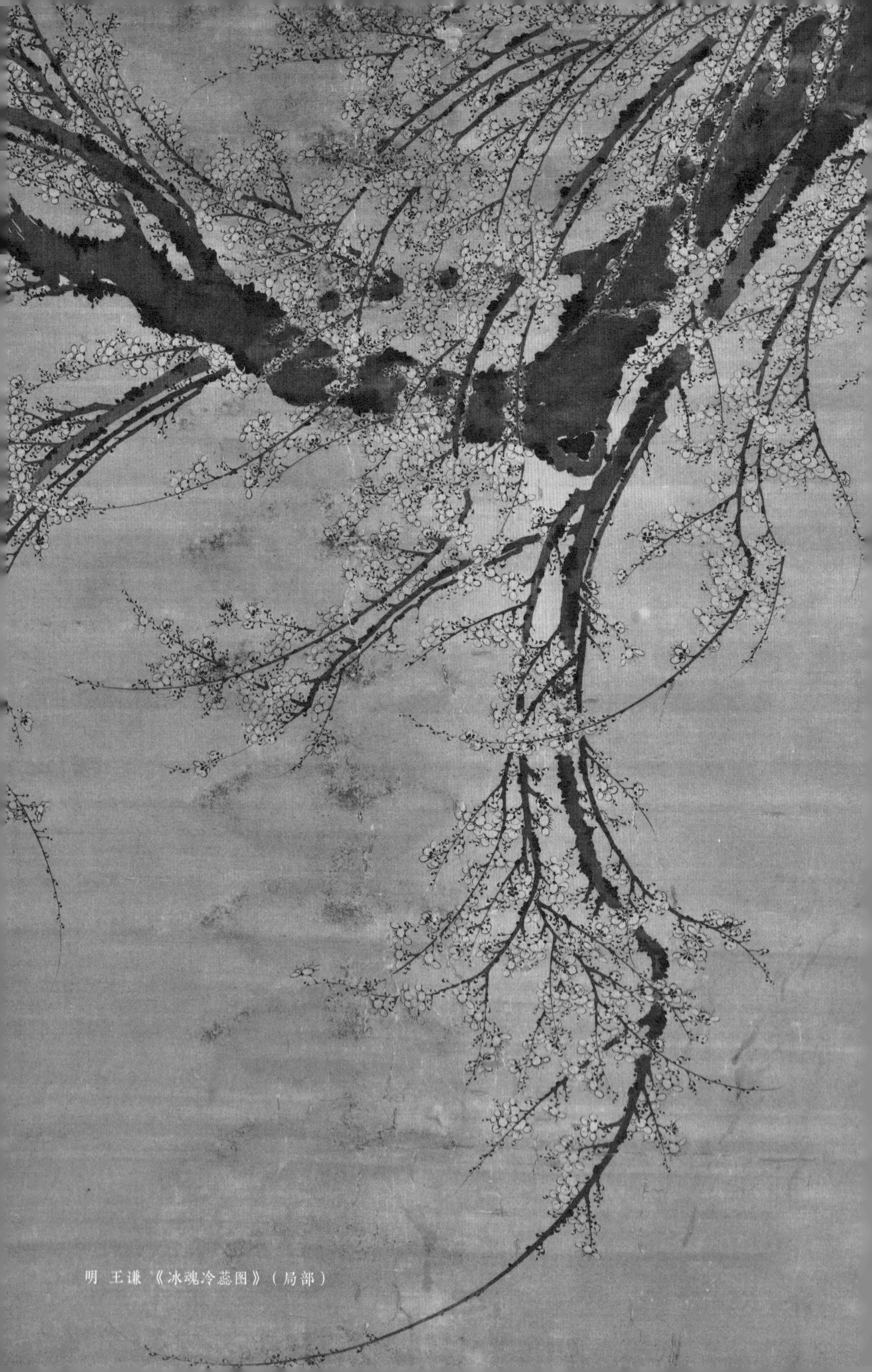

明 王谦《冰魂冷蕊图》（局部）

戏题关门[一]

来亦一布衣，去亦一布衣。[二]

羞见[三]关城吏，还从旧路归。

评

宋人吴子良《荆溪林下偶谈》云："唐诗人类多哀穷悼屈之语。通塞，命也，世间冠佩煌煌，如坐涂炭，可羞者多矣，为布衣何可羞耶？"

[一]关门：潼关之门。
[二]布衣：平民百姓。
[三]羞见：不好意思见。

南宋 佚名 《秋江渔艇图》

观钓翁

扁舟沧浪叟[一]，心与沧浪清。不自道[二]乡里，无人知姓名。
朝从滩上饭[三]，暮向芦中宿[四]。歌竟还复歌，手持一竿竹。
竿头钓丝长丈余，鼓枻乘流[五]无定居。世人那得解深意，此翁取适[六]非取鱼。

评

欧阳修《醉翁亭记》云“醉翁之意不在酒，在乎山水之间也”，与此“取适非取鱼”意同。观今日垂钓爱好者，所取亦不在鱼，其中或亦有隐逸之思乎？

[一]沧浪叟：江上的老翁。

[二]自道：自述。

[三]滩上饭：在滩头用餐。

[四]芦中宿：在芦苇丛中过夜。

[五]鼓枻（yì）乘流：拍打着船舷，顺着江流而行。

[六]取适：追求闲适。

南宋 毛益 《蜀葵游猫图》

蜀葵花歌[一]

昨日一花开，今日一花开。
今日花正好，昨日花已老。
人生不得长少年，莫惜床头沽酒钱[二]。
请君有钱向酒家，君不见蜀葵花。

评

明人沈周拟此诗云：“昨日一花开，今日一花开。但遇有花日，酒到不敢推。花亦劝我饮，飘落手中杯。未尽昨日欢，今日还复来。富贵不如花，时去无再回。君不见，昨日一花开，今日一花开。”

[一]莪（róng）葵：植物名，又名荆葵、蜀葵、芘芣，亦称“一丈红”，花有红、紫、白等色，全草可入药，能清热解毒。

[二]沽酒：买酒。

元 盛懋 《松轩访道图》

偃师东[一]与韩樽[二]同访景云晖上人[三]即事

山阴老僧解楞伽[四]，颍阳归客[五]远相过[六]。
烟深草湿昨夜雨，雨后秋风度漕河[七]。
空山终日尘事少，平郊[八]远见行人小。
尚书碛[九]上黄昏钟，别驾渡[十]头一归鸟。

评

雨后访僧，风景如画，意旨深远。

[一]偃师：县名，今河南洛阳偃师区。

[二]韩樽（zǔn）：不详何人。

[三]景云晖上人：疑即中大云寺释圆晖。上人，上德之人，佛教谓具备德智善行的僧人。

[四]楞伽：佛经名，亦作“楞迦”，即《楞伽经》。

[五]颍阳归客：岑参自谓。

[六]相过：相访，相往。

[七]漕河：运粮之河，亦称漕渠，即洛河。

[八]平郊：平旷开阔的原野。

[九]尚书碛（qì）：地名，应即尚书谷，具体地址待考。

[十]别驾渡：地名，当在洛水上，确址及得名由来未详。

明 佚名 《春江行舟图》

春梦

洞房[一]昨夜春风起，遥忆美人湘江水。
枕上片时[二]春梦中，行尽[三]江南数千里。

评

日有所思，夜有所梦，春风相助，更增相思。前二句写梦前之思，后二句写思后之梦。片刻数千里，思念之力也。思之深切，可见一斑。

[一]洞房：连洞为房，言其深邃。
[二]片时：片刻，一会儿。
[三]行尽：走完。

崔颢

诗人小传

崔颢（？—754），汴州（今河南开封）人，出身博陵崔氏，开元十一年（723）进士及第。曾任许州扶沟县尉、监察御史、司勋员外郎、太仆寺丞等职。其人秉性耿直，才思敏捷，作品激昂豪放，气势宏伟。诗名盛于开元、天宝年间，与王昌龄、孟浩然、王维等并列。早期诗作多写闺情和妇女生活，诗风较轻浮，反映上层统治阶级生活的侧面，后期以边塞诗为主，诗风雄浑奔放，反映边塞的慷慨豪迈、戎旅之苦。《全唐诗》收其诗三十九首，《全唐文》收其文两篇。

清 恽寿平 《花坞夕阳图》（局部）

颢少年为诗，属意浮艳，多陷轻薄；晚节忽变常体，风骨凛然，一窥塞垣，说尽戎旅。至如“杀人辽水上，走马渔阳归。错落金琐甲，蒙茸貂鼠衣”，又“春风吹浅草，猎骑何翩翩。插羽两相顾，鸣弓新上弦”，可与鲍照[一]、江淹[二]并驱也。

崔颢少年的时候写诗，偏向浮华艳丽，常常变得轻薄。晚年的时候突然一改往常的体式，风骨凛然，见识过塞外风光之后，将戎旅体裁写得淋漓尽致。比如“杀人辽水上，走马渔阳归。错落金琐甲，蒙茸貂鼠衣”，又如“春风吹浅草，猎骑何翩翩。插羽两相顾，鸣弓新上弦”，艺术成就可以和鲍照、江淹并驾齐驱。

[一]鲍照（约414—466）：字明远，祖籍东海（郡治今山东郯城北），南朝宋文学家，与颜延之、谢灵运并称“元嘉三大家”。
[二]江淹（444—505）：字文通，宋州济阳考城（今河南民权东北）人，南朝梁辞赋大家、诗人。

宋 佚名 《春游晚归图》

赠王威古[一]

三十羽林将，出身常事边。春风吹浅草，猎骑何翩翩[二]。
插羽[三]两相顾，鸣弓新上弦。射麋入深谷，饮马投荒泉。
马上共倾酒，野中聊割鲜[四]。相看未及醉，杂虏[五]寇幽燕。
烽火去不息，胡山高际天[六]。长驱救东北，战解[七]城亦全。
报国行赴难，古来皆共然。

评

此为赠王威古之诗，故诗中所写，盖是威古之形象。雄姿英发，武艺超群，慷慨戍边，保家卫国，真好男儿也！

[一]王威古：崔颢好友，具体事迹不详。
[二]翩翩：潇洒之貌。
[三]插羽：插箭。
[四]割鲜：割杀畜兽。
[五]杂虏：旧时对边疆、塞外少数民族等的蔑称。
[六]际天：接近天界。
[七]战解：战争结束。

五代 张戡

《解鞍调箭图》

古游侠呈军中诸将

少年负胆气，好勇复知机[一]。
扙剑[二]出门去，孤城逢合围[三]。
杀人辽水上，走马渔阳归。
错落金琐甲[四]，蒙茸[五]貂鼠衣。
还家行且猎，弓矢速如飞。
地迥[六]鹰犬疾，草深狐兔肥。
腰间带两绶[七]，转眄[八]生光辉。
顾谓今日战，何如随建威[九]。

评

此诗所写古游侠，有胆有谋，进能解围城之急，退可猎草莽之兽。潇洒快意，腰绶生辉，真豪杰也。诗人以此呈军中诸将，盖以勉之。

[一]知机：同“知幾”，谓有先见之明，能看出事物发生变化的隐微征兆。
[二]扙剑：即“仗剑”，持剑。
[三]逢合围：恰逢被合围。
[四]金琐甲：用金线连缀的铁甲。
[五]蒙茸：蓬松的样子。
[六]地迥（jiǒng）：大地远阔。
[七]两绶（shòu）：两枚勋章。绶，一种丝质带子，古代常用来系帷幕或印纽，后用来拴勋章。
[八]转眄（miǎn）：顾盼，转动目光。
[九]建威：东汉建威将军耿弇（yǎn），字伯昭，扶风茂陵（今陕西兴平东北）人，东汉开国元勋，败延岑、平齐鲁、定陇右，平定四十六郡，攻取城池三百余座，屡立战功，位列“云台二十八将”第四位。

北宋 佚名 《游骑图》（局部）

送单于裴都护[一]

征马去翩翩，秋城月正圆。
单于莫近塞，都护欲临边。
汉驿[二]通烟火，胡沙乏水泉。
功成须献捷[三]，未必去经年[四]。

评

此诗乃送别之诗，全无离别伤感之情，尽是勉励建功之意。言秋高月满，匈奴犯边，都护临危受命，献捷只在早晚之间。裴氏读此，能不奋勇拒敌乎？

[一]单于裴都护：唐朝设都护府统辖边远诸国。永徽元年（650）置单于都护府，辖狼山、云中、桑干三都督府及苏农等十四州。圣历元年（698），改为安北都护府。开元二年（713），复称单于都护府。都护为都护府最高军事行政长官。裴都护，即裴炎从子裴伷先。

[二]汉驿：汉家驿站，实指唐代驿站。

[三]献捷：古代打胜仗后，进献所获的俘虏及战利品。

[四]经年：过一年或若干年。

南宋 马远 《桃花春水图》

江南曲

君家定何处[一]，妾住在横塘[二]。
停船暂借问，或可[三]是同乡。

评

此诗文字通俗易懂，而妙在于言外。王夫之云："墨气所射，四表无穷，无字处皆其意也。"清人吴乔亦云："绝无深意，而神采郁然，后人学之，即为儿童语矣。"

[一]定：定居。
[二]横塘：古堤名，三国吴大帝时于建业（今江苏南京）南淮水（今秦淮河）南岸修筑，亦为百姓聚居之地。
[三]或可：或许可能。

南宋 佚名 《松荫访道》

赠怀一上人[一]

法师东南秀，世实豪家子。削发十二年，诵经峨眉里。
自此照群蒙[二]，卓然为道雄。观生[三]尽归妄，悟有皆成空。
洗意[四]无众染[五]，苦心归妙宗[六]。一朝敕书[七]至，召入承明宫[八]。
说法金殿里，焚香清禁[九]中。传灯遍都邑，杖锡[十]游王公。

评

诗叙怀一上人弘法事迹，多用佛家语，先需静心读之，以解其意；然后冥想参悟，以明其理。

[一]怀一上人：俗姓史，蜀人，与陈子昂相交。

[二]群蒙：众生。

[三]观生：观照人生。

[四]洗意：涤除心中杂念。

[五]无众染：没有任何杂念。

[六]妙宗：玄妙的宗教，此指佛教。

[七]敕书：皇帝慰谕公卿、诫约朝臣的文书之一。

[八]承明宫：汉未央宫有承明殿，此指唐朝宫殿。

[九]清禁：指皇宫。皇宫中清静严肃，故称。

[十]杖锡：拄着锡杖。

天子揖妙道，群僚趋下风。我本法无着[一]，时来出林壑。
因心得化域[二]，随病皆与药。上启黄屋心[三]，下除苍生缚。
一从入君门，说法无朝昏。帝作转轮王[四]，师为持戒尊[五]。
轩风洒甘露，佛雨生慈根。但有灭度理，而无开济恩。
复闻江海曲，好杀成风俗。帝曰我上人，为除膻腥[六]欲。
是日发西秦，东南至蕲春。风将衡桂接[七]，地与吴楚邻。

[一]法无着：佛法无所执着。

[二]化域：即化土，佛教指三佛土之一的变化土，是佛为化度众生所化现的国土，亦即佛变化身所居之土。

[三]黄屋心：帝王之心。黄屋，帝王车盖。

[四]转轮王：佛教神话中一个很特殊的存在，又称“转轮圣王”“轮王”等。也泛指能威慑四方的国王。

[五]持戒尊：严守戒律，具备德智的僧人。

[六]膻腥（shān xīng）：荤腥。

[七]衡桂：衡州与桂州，治所分别在今湖南衡阳与广西桂林。

旧少清信士[一]，实多渔猎人。一闻吾师至，舍网江湖滨。

作礼忏前恶，洁诚期后因。因成日既久，事济身不守。

更出淮楚间，复来荆河口。荆河马卿岑[二]，兹地近道林。

入讲鸟常狎[三]，坐禅兽不侵。都非缘未尽，曾是教所任。

故我一来事，永永[四]微妙音。竹房见衣钵，松宇清身心。

早悔业志浅，晚成计可寻。善哉远公[五]义，清净如黄金。

[一]清信士：佛教指亲近皈依三宝、接受五戒的在家男居士，也通称一切在家的佛教男信徒。

[二]马卿岑：地名，具体所在不详。

[三]狎（xiá）：亲近。

[四]永永：形容声音悠长。

[五]远公：晋高僧慧远，居庐山东林寺，世人称远公。

元 赵雍 《秋林独骑图》

结定襄狱[一]效陶体[二]

我在河东时，使往定襄里。定襄诸小儿，诤讼纷[三]城市。
长老莫敢言，太守不能理。谤书[四]盈几案，文墨相填委[五]。
牵引[六]肆中翁，追呼[七]田家子。我来折[八]此狱，五听[九]辨疑似。
小大必以情，未尝施鞭棰[十]。是时三月暮，遍野农桑起。
里巷鸣春鸠，田园引流水。此乡多杂俗[十一]，戎夏[十二]殊音旨。
顾问边塞人，劳情[十三]曷云已[十四]。

评

自叙前往定襄折疑狱之经过，其中有悲天悯人之心。

[一]结定襄狱：处理终结定襄县的牢狱案件。

[二]效陶体：仿效陶渊明诗歌体式。

[三]纷：扰乱。

[四]谤书：诽谤和攻讦他人的书函。

[五]填委：堆积。

[六]牵引：牵连引出，此指株连，连累。

[七]追呼：追喊，此指胥吏上门号叫催索。

[八]折：判决，审理。

[九]五听：审察案情的五种方法，即辞听、色听、气听、耳听、目听。听，判断。此指综合运用多种方法进行审讯。

[十]鞭棰（chuí）：鞭打。

[十一]杂俗：各种习俗，此指与汉族不同的风俗。

[十二]戎夏：谓少数民族和汉族。

[十三]劳情：劳费精神。

[十四]曷云已：如何能够休止。

南宋 佚名 《雪山行骑图》

辽西

燕郊芳岁[一]晚，残雪冻边城。
四月青草合，辽阳春水生。
胡人正牧马，汉将[二]日征兵。
露重宝刀湿，沙虚[三]金甲鸣。
寒衣着已尽，春服谁为成[四]。
寄语[五]洛阳使，为传边塞情。

评

诗写辽西边塞早春之景，以见将士之寒苦与艰辛，同情之心溢于言表。结尾一句，则针砭时弊，于兴师开边颇有不满。

[一]芳岁：农历每年的首月。
[二]汉将：此指唐朝将领。
[三]沙虚：黄沙空虚。
[四]谁为成：谁来做。
[五]寄语：传话。

南宋 佚名 《桃李园图》

孟门行[一]

黄雀衔黄花，翩翩傍檐隙。本拟报君恩，如何返弹射。
金罍美酒满座春[二]，平原[三]爱才多众宾。满堂尽是忠义士，何意[四]得有谗谀人。
谀言翻覆[五]那可道，能令君心不自保。北园新栽桃李枝，根株未固何转移。
成阴结子[六]君自取，若问傍人那得知。

评

此叹谗谀之人堵塞贤路，使人不得出也。王夫之云：“宛转兴比，直逼鲍照《行路难》。诗至七言，为句已长，更用巧合砌饰，则当句成累。轻直透脱，毕竟以是为正声。”

[一]孟门：古山名。今陕西宜川东北、山西吉县西，绵亘黄河两岸，又称龙门上口。

[二]满座春：满座喜色。

[三]平原：平原君赵胜，礼贤下士，门下食客三千。

[四]何意：如何能够料到。

[五]翻覆：反覆无常，变化不定。

[六]成阴结子：枝叶茂盛，果实累累，以喻人才长成。

元 李容瑾《汉苑图》

霍将军篇

长安甲第[一]高入云，谁家居住霍将军[二]。
日晚朝回拥宾从，路傍揖拜[三]何纷纷。
莫言炙手[四]手不热，须臾火尽灰亦灭。
莫言贫贱即可欺，人生富贵自有时。
一朝天子赐颜色[五]，世事悠悠应自知。

评

霍将军得势之时，如火热而炙人；及其败也，又如火灭而成灰。诗人睹此，故感慨人生穷达有时，富贵不可恃，贫贱不可欺。

[一]甲第：豪门贵族的宅第。
[二]霍将军：西汉大将军霍光，字子孟，河东平阳（今山西临汾）人。汉武帝临终时，授霍光大将军、大司马，辅佐幼主。昭帝继位后，封博陆侯，专擅朝政。昭帝去世，霍光先立昌邑王刘贺为帝，旋将其废黜，改立刘询，是为汉宣帝。宣帝即位后，霍光宣布归政，但仍掌大权，其女为皇后，霍氏一族炙手可热。地节二年（前68），霍光去世，两年后，其妻霍显毒害皇后许平君母子事发，霍氏全族坐罪处死。
[三]揖拜：拱手而拜，表示恭敬。
[四]炙手：烫手，比喻权势炽盛。
[五]赐颜色：礼遇接见。

明 佚名 《猎骑图》（局部）

雁门[一]胡人歌

高山代郡[二]东接燕，雁门胡人家近边。
解放胡鹰[三]逐塞鸟，能将代马[四]猎秋田。
山头野火寒多烧，雨里孤峰湿作烟。
闻道辽西[五]无斗战，时时醉向酒家眠。

评

诗写雁门边地所见胡人生活场景，放鹰逐鸟，骑马打猎，好不惬意。而如此生活，需胡汉和平共处方可得之。故末句言“辽西无斗战”，始能“醉向酒家眠”。

[一]雁门：郡名，战国赵地，秦置郡，今山西北部皆其地。

[二]代郡：郡名，战国赵灭代，置代郡，秦汉因之。辖今山西代县、繁峙、五台、原平等地。

[三]胡鹰：胡人豢养的苍鹰。

[四]代马：北地所产良马。代，古代郡地，后泛指北方边塞地区。

[五]辽西：郡名，战国燕地，秦置郡，属幽州，汉因之。辖今河北迁西、乐亭以东，长城以南，大凌河下游以西之地。

宋 佚名 《黄鹤楼图》（局部）

黄鹤楼[一]

昔人[二]已乘白云去，此地空遗黄鹤楼。
黄鹤一去不复返，白云千载空悠悠。
晴川历历[三]汉阳树，春草萋萋[四]鹦鹉洲。
日暮乡关[五]何处在，烟波江上使人愁。

评

相传李白过武昌，见崔颢《黄鹤楼》诗，叹云“眼前有景道不得，崔颢题诗在上头”，深为折服，遂不复作。此诗之为绝唱，于此可见一斑。严羽《沧浪诗话》曰：“唐人七言律诗，当以崔颢《黄鹤楼》为第一。”此非虚言。

[一]黄鹤楼：在今湖北武汉武昌区，濒临长江。相传曾有仙人驾鹤经此，遂得名。

[二]昔人：古人、前人，此谓驾鹤的仙人。

[三]历历：清晰分明。

[四]萋萋：形容草木生长茂盛的样子。

[五]乡关：故乡。

薛据

诗人小传

薛据，约生于武后天授、如意年间，河中宝鼎（今山西万荣西南）人。初好栖遁，居高山炼药。开元十九年（731），中进士。天宝六载（747），中风雅古调科第一人。于吏部参选时，自恃才名，请求授予万年录事一职，未获批准，而授涉县令。后任太子司议郎，终水部郎中。薛据为人骨鲠有气魄，诗歌文章也是如此。平生与杜甫、高適、岑参、储光羲、刘长卿等皆有交往，颇受诸家推崇与尊敬。然一生多坎坷，仕途不得志。晚年置别业于终南山下，终老。

清 石涛《对菊图》（局部）

据为人骨鲠[一]，有气魄，其文亦尔。自伤不早达，因著《古兴》诗云："投珠恐见疑，抱玉但垂泣。道在君不举，功成叹何及。"怨愤颇深。至如"寒风吹长林，白日原上没"，又"孟冬时晷短，日尽西南天"，可谓旷代之佳句也。

薛据为人正直刚健，富有气魄，他的诗文也是如此。薛据自我感伤没能早日辉煌腾达，于是写作《古兴》诗说："投珠恐见疑，抱玉但垂泣。道在君不举，功成叹何及。"其中的哀怨悲愤之情很深。像"寒风吹长林，白日原上没"，以及"孟冬时晷短，日尽西南天"之类的诗句，可称得上是绝世的佳句了。

[一]骨鲠（gěng）：原意为鱼骨头，后多用以比喻个性正直、刚健。

南宋 赵伯驹 《王母宴瑶池卷》

古兴

日中望双阙[一]，轩盖[二]扬飞尘。鸣佩[三]初罢朝，自言皆近臣。
光华满道路，意气安可亲。归来宴高堂，广筵罗八珍[四]。
仆妾尽纨绮[五]，歌舞夜达晨。四时自相代，谁能分要津[六]。
已看覆前车，未见易后轮。丈夫须兼济[七]，岂得乐一身。
君今皆得志，肯顾憔悴人[八]。

评

此盖干谒诗。先言近臣华盖高轩，锦衣玉食，春风得意，随后一转，诫其盛衰有时，需居安思危，且得志之时，不可独乐一身，还需兼济天下，流惠下民。

[一]双阙：古代宫殿、祠庙、陵墓前两边高台上的楼观。

[二]轩盖：带篷盖的车，一般为显贵之人所乘坐。

[三]鸣佩：佩玉，比喻出仕。

[四]八珍：古代八种烹饪法，此泛指珍馐美味。

[五]纨绮（wán qǐ）：精美的丝织品，此指衣服华丽。

[六]要津：本意指重要的渡口，此指显要的官位。

[七]兼济：谓使天下民众、万物咸受惠益。

[八]憔悴人：失意之人。

南宋 李迪《雪树寒禽图》（局部）

初去郡斋书情[一]

肃徒[二]辞汝颍，怀古独凄然。尚想文王化[三]，犹思巢父贤[四]。
时移[五]多谗巧，大道竟谁传。况见疾风起，悠悠旌旆[六]悬。
征鸿[七]无返翼，归流[八]不停川。已经霜露下，仍验松柏坚。
回首望城邑，迢迢间[九]云烟。志士不伤物，小人皆自妍[十]。
感时惟责己，在道非怨天。从此适乐土[十一]，东归得几年。

评

盖仕宦不如意，睹时多谗巧，伤大道无传，乃生归隐之心。

[一]郡斋：郡守起居之处。

[二]肃徒：肃步，谓行姿端正。

[三]文王化：文王的教化。周文王姬昌，殷时诸侯，居岐山之下，行仁政，诸侯拥戴，为西方诸侯之长，积善累德，教化推行于南国。

[四]巢父贤：巢父的贤德。巢父，唐尧时隐士，在树上筑巢隐居，时人号曰巢父。传说帝尧以天下让给巢父，巢父不肯接受。

[五]时移：时代转移变换。

[六]旌旆：旗帜。

[七]征鸿：远飞的大雁。

[八]归流：归于大海的河流。

[九]间：隔着。

[十]自妍（yán）：自我美化，自我标榜。

[十一]乐土：安乐的地方。典出《诗经・硕鼠》“逝将去汝，适彼乐土”句。

清　黄慎《湖亭秋兴图》（局部）

落第后口号[一]

十五能文西入秦，三十无家作路人[二]。

时命不将[三]明主合，布衣空惹洛阳尘。

评

此落第之后牢骚语，愤懑之情颇盛。末句自嘲，亦以讥时，可与孟浩然“不才明主弃，多病故人疏”之句相媲美。

[一]口号：古诗标题用语，表示随口吟成，和“口占”相似。

[二]路人：路上行人，喻漂泊失意。

[三]不将：不与。

宋 佚名 《秋兰绽蕊图》

题丹阳陶司马厅[一]

高鉴[二]清洞彻[三]，儒风人进难。
诏书增宠命[四]，才子益能官。
门带山光晚，城临江水寒。
唯余好文客，时得咏幽兰。

评

此为题咏诗，前四句盛赞陶司马儒雅高鉴，深受天子恩宠；后四句写陶司马厅之环境，亦可见其人之雅致。故虽为题咏陶司马厅，实则全在称誉陶司马。

[一]陶司马：陶姓司马，具体何人不详。司马，官名，隋唐时州府佐吏有司马一人，位在别驾、长史之下，掌兵事，或安置贬谪及闲散官员之职。
[二]高鉴：敬词，称他人对事物的明察。
[三]清洞彻：清晰而深入的了解。
[四]宠命：加恩特赐的任命。

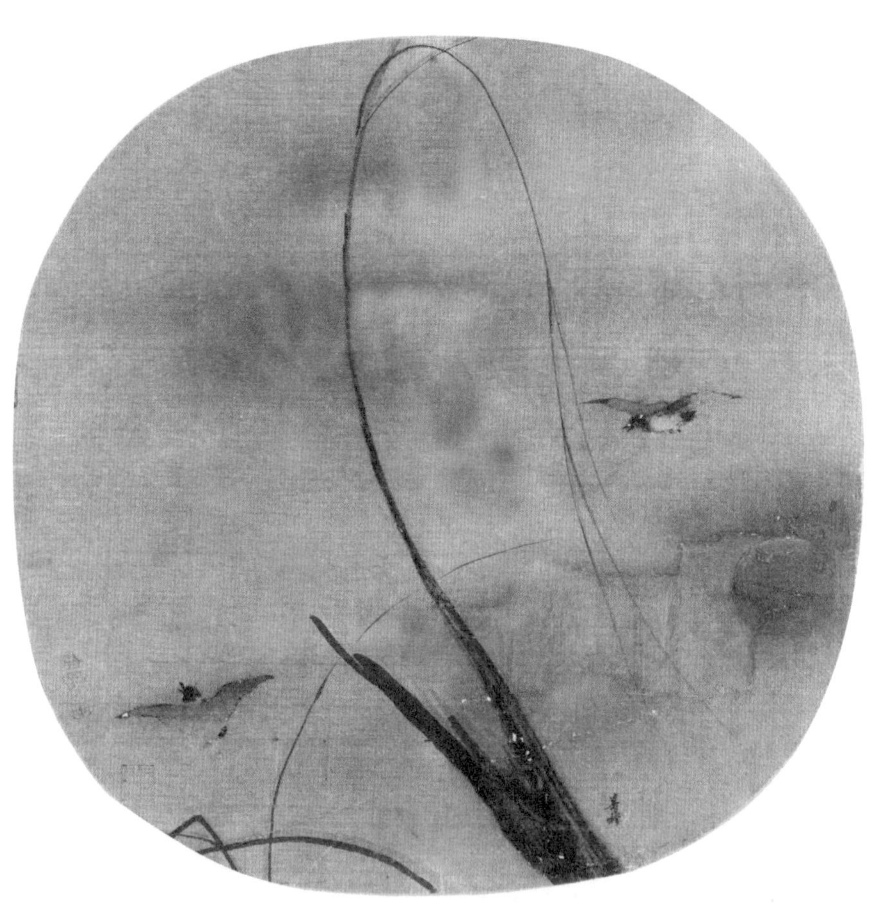

北宋 梁楷 《秋柳双鸦图》

冬夜寓居寄储太祝[一]

自为洛阳客，夫子[二]吾知音。
爱义能下士，时人无此心。
奈何离居[三]夜，巢鸟飞空林。
愁坐至月上[四]，复闻南邻砧[五]。

评

冬夜愁坐，苦无知音，故思储光羲，念其爱义下士之行。盖不为人知，故思伯乐。

[一]储太祝：储光羲（约706—约763），润州延陵（今江苏常州金坛区）人。开元十四年（726）进士，初任冯翊县尉，后转任安宜、下邽、汜水尉。后辞官还乡，隐居终南山，与王维、裴迪畅游。天宝六载（747）拜官太祝，不久转监察御史。安史之乱中为叛军俘获，被迫受职，后脱身归朝，远谪岭南，卒于贬所。

[二]夫子：古时对男子的尊称，此指储光羲。

[三]离居：离开居处，流离失所。

[四]月上：月亮高挂，指深夜。

[五]砧（zhēn）：捶、砸或切东西的时候，垫在底下的器具。此指如舂米、捣衣之类的声音。

清 华嵒 《花鸟草虫图》

怀哉行

明时[一]无废人[二]，广厦无弃材。良工不我顾，有用宁自媒[三]。
怀策望君门，岁晏[四]空迟回。秦城[五]多车马，日夕飞尘埃。
伐鼓千门启，鸣珂[六]双阙[七]来。我闻雷雨施，天泽[八]罔不该[九]。
何意斯人徒[十]，弃之如死灰。主好臣必效，时禁[十一]权必开。
俗流[十二]实骄矜，得志轻草莱[十三]。文王赖多士，汉帝资[十四]群才。
一言并拜将，片善咸居台[十五]。夫君何不遇，为泣黄金台[十六]。

评

怀才不遇，故发此感慨，且多牢骚愤懑之情。

[一]明时：政治清明的时代。
[二]废人：无用之人。
[三]自媒：女子自择配偶，此指自荐以求世用。
[四]岁晏：一年将尽的时候，此指人的暮年。
[五]秦城：秦朝都城，此指长安。
[六]鸣珂（kē）：显贵者所乘的马以玉为饰，行则作响，因名。
[七]双阙：古代宫殿、祠庙、陵墓前两边高台上的楼观。
[八]天泽：上天的恩泽，以喻皇帝的恩泽。
[九]罔不该：没有不包容的。
[十]斯人徒：这些人，指怀策而被弃的人。
[十一]时禁：当时的政令、禁令。
[十二]俗流：庸俗之辈。
[十三]草莱：指杂草，此喻布衣、平民。
[十四]资：凭借，依靠。
[十五]居台：居于台阁之上，意谓得到重用。
[十六]黄金台：古台名，又称金台、燕台，故址在今河北易县东南北易水南。相传乃战国时期燕昭王筑，置千金于台上，延请天下贤士，故名。

南宋 夏圭 《松溪泛月图》

泊镇泽口[一]

日落草木阴，舟徒泊江汜[二]。
苍茫万象[三]开，合沓[四]闻风水。
洄沿[五]值渔翁，窈窱[六]逢樵子。
云开天宇静，月明照万里。
早雁湖上飞，晨钟海边起。
独坐嗟远游，登岸望孤洲。
零落星欲尽，朣朦气渐收。
行藏[七]空自秉，智诚仍未周[八]。
伍胥[九]既伏剑，范蠡[十]亦乘流。
歌竟鼓楫[十一]去，三江[十二]多客愁。

评

诗分两截：上半篇写镇泽之景，气象开阔，境界纯明；下半篇叹人生多艰，行藏皆难，故烦愁耿怀。

[一]镇泽：湖名，即今太湖。
[二]江汜（sì）：江边。
[三]万象：万物景象。
[四]合沓：纷至沓来。
[五]洄沿（huí yán）：谓逆流而上与顺流而下。
[六]窈窱（yǎo tiǎo）：幽远深邃。
[七]行藏：指出处或行止。
[八]未周：尚未周全。
[九]伍胥：伍子胥，春秋末期楚国人，其父伍奢因直谏被楚平王所杀，伍子胥逃至吴国，帮助吴国击败楚军，攻入楚都郢。吴王阖闾病亡后，继任的吴王夫差不先灭越国而执意攻打齐国，遭到伍子胥强烈反对。夫差于是赐剑令伍子胥自尽，而吴国最终被越王勾践击败。
[十]范蠡：春秋末期杰出的政治家、军事家、谋略家，曾辅佐越王勾践兴越灭吴，随即归隐，泛舟江湖。
[十一]鼓楫：划桨，划船。
[十二]三江：众多水道的总称。此指北江（长江）、南江（受北江之水，西南入浙江）、中江（合太湖入海）。

南宋 李嵩 《月夜看潮图》

西陵口观海[一]

浙江漫汤汤[二]，近海势弥广。在昔胚混凝[三]，融[四]为百川长。
地形失端倪[五]，天色潜滉瀁[六]。东南际[七]万里，极目远无象。
山影乍[八]浮沉，潮波忽来往。孤帆或不见，棹歌[九]犹想像[十]。
日暮长风起，客心空振荡。浦口霞未收，潭心月初上。
林屿几邅回[十一]，亭皋时偃仰[十二]。岁晏访蓬瀛[十三]，真游[十四]非外奖[十五]。

评

诗写浙江近海处风景，眼界开阔，气势浑厚，有吞吐宇宙之感。结尾见景感怀，心生隐逸之念。

[一]西陵：浙江萧山西兴镇的古称。
[二]汤汤（shāng shāng）：水势浩大、水流很急的样子。
[三]胚混凝：如胚胎之初，混合凝结为一体，此指天地起初的状态。
[四]融：融化。
[五]端倪（duān ní）：边际。
[六]滉瀁（huàng yǎng）：水深广貌。
[七]际：接。
[八]乍：突然。
[九]棹歌：行船时所唱的歌。
[十]想像：犹设想。
[十一]邅（zhān）回：盘旋萦绕。
[十二]偃仰（yǎn yǎng）：俯仰。
[十三]蓬瀛：神山名，即蓬莱和瀛洲，相传为仙人所居之处。亦泛指仙境。
[十四]真游：意作道教胜地或道观之游，此泛指方外之游。
[十五]外奖：外来的奖劝、激励。

南宋 马远 《雕台望云图》

登秦望山[一]

南登秦望山，目极大海空。朝阳半荡谷[二]，晃朗[三]天水红。

溪壑争喷薄，江湖递交通[四]。而多渔商客，不悟岁月穷[五]。

振缗[六]迎早潮，弭棹[七]候远风。予本萍泛者[八]，乘流任西东。

茫茫天际帆，栖泊何时同。将寻会稽迹[九]，从此访任公[十]。

评

前三句写登山所见之景，气势恢宏；后五句写登山所思之事，意旨萧远。

[一]秦望山：刻石山，在浙江绍兴平水镇，是会稽山脉的名山，土名“燕子岩头”。

[二]荡谷：即汤谷、旸谷，古代传说日出之处。

[三]晃朗：明亮貌。

[四]交通：交相通达。

[五]岁月穷：岁月穷尽，时光流逝。

[六]振缗（mín）：抖动钓鱼绳。

[七]弭棹（mǐ zhào）：停泊船只。

[八]萍泛者：如浮萍般漂泊不定的人。

[九]会稽迹：传说中善钓者任公子的踪迹。

[十]任公：古代传说中善于捕鱼的人，亦称任公、任父，典出《庄子·外物》。

清 王原祁 《南山积翠图》（局部）

出青门[一]往南山[二]下别业[三]

旧居在南山，夙驾[四]自城阙。榛莽[五]相蔽亏，去尔渐超忽[六]。
散漫[七]余雪晴，苍茫季冬月。寒风吹长林，白日原上没。
怀抱旷莫伸，相知阻胡越[八]。弱年[九]好栖隐[十]，炼药[十一]在岩窟。
及此离垢氛[十二]，兴来亦因物。末路[十三]期赤松[十四]，斯言庶不伐[十五]。

评

出青门，远离朝堂也；往南山，欲往归隐也；下别业，自我安顿也。前半篇写景，后半篇抒怀。

[一]青门：汉长安城东南门，本名霸城门，因其门色青，故俗呼为“青门”或“青城门”，后以此泛指京城东门。
[二]南山：终南山，位于陕西省境内秦岭山脉中段，是中国重要的地理标志。
[三]别业：别墅。
[四]夙驾：早起驾车出行。
[五]榛莽（zhēn mǎng）：丛杂的草木。
[六]超忽：迅速貌。
[七]散漫：零散的，分散的。
[八]胡越：胡地在北，越在南，比喻疏远隔绝。
[九]弱年：弱冠之年，年少。
[十]栖隐：隐居。
[十一]炼药：炼制丹药。
[十二]垢氛：污浊的气氛。
[十三]末路：路途的终点，此谓人生之暮年。
[十四]赤松：即赤松子，相传为上古时神仙，神农时的雨师。
[十五]庶不伐：或许不自矜夸。

綦毋潜

诗人小传

綦毋潜，字孝通，唐虔州南康（今江西赣州南康区）人。开元十四年（726）登进士第，授宜寿尉，迁右拾遗，入为集贤待制，复授校书郎，终著作郎。后见兵乱，遂挂冠归隐江东别业。平生喜结同道，与王维、李颀、张九龄、储光羲、孟浩然、卢象、高適、韦应物等过从甚密。綦毋潜富有诗才，名盛当时，其诗清丽典雅，恬淡适然。《全唐诗》收其诗一卷二十六首，内容多为寻幽访隐，代表作《春泛若耶溪》选入《唐诗三百首》。

南宋 马麟 《秉烛夜游图》

潜诗屹崒峭蒨[一]，足佳句，善写方外之情。至如“松覆山殿冷”，不可多得。又“塔影挂清汉，钟声和白云”，历代未有。荆南分野，数百年来，独秀斯人。

綦毋潜的诗雄健高峻，多佳言妙句，擅长描写世俗之外的情感。像“松覆山殿冷”，乃是不可多得的佳句。又如“塔影挂清汉，钟声和白云”，历代都未曾有过。荆州南部地区，几百年历史上，唯此人一枝独秀。

[一]屹崒峭蒨（yì zú qiào qiàn）：形容诗文风格雄健高峻。屹崒，高峻之貌。峭蒨，高耸挺立。

明 唐寅 《花溪渔隐图》(局部)

春泛若耶[一]

幽意无断绝，此去随所偶[二]。晚风吹行舟，花路入溪口。际夜[三]转西壑，隔山望南斗[四]。潭烟飞溶溶[五]，林月低向后。生事且弥漫[六]，颇为持竿叟[七]。

评

春日夜游若耶溪，风景清幽，因生退隐之心。章云仙云："首四句总起，中四句正写'泛'字。末二句因泛溪旋生幽隐之心也。"

[一]若耶：溪名，在浙江绍兴境内，出若耶山，北流入运河。溪边有浣纱石，相传西施浣纱此处，故又名浣纱溪。
[二]所偶：所遇。
[三]际夜：至夜。
[四]南斗：星名，即斗宿，有星六颗。在北斗星以南，形似斗，故称。
[五]溶溶：汽雾流动貌。
[六]弥漫：辽远，意谓放任之。
[七]持竿叟：钓鱼老翁，此指隐居不仕。典出《庄子》，楚王派使者聘请庄子，庄子持竿不顾。

清 查士标 《空山结屋图》（局部）

题招隐寺[一]绚公房[二]

开士[三]度人久，空山花雾深。
徒知宴坐处，不见有为心。
兰若[四]门对壑，田家路隔林。
还言澄法性[五]，归去比黄金。

评

写景写人，浑然一体。观绚公所居，亦可想见其为人也。

[一]招隐寺：在江苏省镇江市南郊招隐山腰，南朝音乐家戴颙曾在此隐居，谱就《游弦》《广陵》《止息》三部千古绝唱，宋武帝刘裕屡加诏聘，戴颙均拒诏不出，故称为招隐寺。

[二]绚公：未详具体何人。

[三]开士：菩萨的异名。以能自开觉，又可开他人生信心，故称。后用作对僧人的敬称。

[四]兰若：佛寺，即梵语“阿兰若”的省称。

[五]法性：佛教语。真实不变、无所不在的体性。

明 张宏 《岁朝轴》

题鹤林寺[一]

道门[二]隐形胜[三]，向背[四]临层霄。松覆山殿冷，花藏溪路遥。
珊珊[五]宝幡[六]挂，焰焰[七]明灯烧。迟日[八]半空谷，春风连上潮[九]。
少凭[十]水木兴，暂添身心调。愿谢[十一]携手客[十二]，兹山禅侣饶[十三]。

评

《全唐诗》卷一百三十五录此诗，题綦毋潜作；而卷二百五十三又录之，乃题薛据作，必有一误。潘德舆论此诗云："三、四句后来好手可为，七、八句则唯盛唐人独造也。此意须悟后解。"

[一]鹤林寺：寺名，在今江苏镇江南郊。旧名竹林寺，位于黄鹤山麓，创建于东晋元帝大兴四年（321）。相传南朝宋武帝刘裕幼年家贫，到黄鹤山砍柴时，头顶常有黄鹤翩翩飞舞，称帝后，遂改寺名为鹤林寺。

[二]道门：指寺观。

[三]形胜：指山川壮美之地。

[四]向背：向北。

[五]珊珊：轻盈飘逸之貌。

[六]宝幡：佛寺中悬挂的旗幡。

[七]焰焰：明亮貌。

[八]迟日：春日。

[九]上潮：涨潮。

[十]少凭：稍微凭借。

[十一]谢：谢别，辞别。

[十二]携手客：携手同行游乐的朋友。

[十三]饶：多。

清 石涛 《山水图册 · 登灵隐寺飞来峰下作》

綦毋潜

题灵隐寺山顶院[一]

招提[二]此山顶，下界[三]不相闻。
塔影挂清汉[四]，钟声和白云。
观空[五]静室掩，行道[六]众香焚。
且驻西来驾[七]，人天[八]日未曛[九]。

评

诗写灵隐寺胜景，超出凡间，庄严净土，令人心生敬仰之情。“钟声和白云”一句之“和”字，潘德舆云：“可解不可解，所以高也。”“和”或作“扣”，其实亦妙。

[一]灵隐寺：中国佛教古寺，位于浙江省杭州市，背靠北高峰，面朝飞来峰，始建于东晋咸和初年，开山祖师为西印度僧人慧理和尚。

[二]招提：寺院。梵语“佳拓斗提奢”，省作“拓提”，后误为“招提”，意译为“四方”。四方之僧称招提僧，四方僧的住处称为招提僧坊。北魏太武帝造伽蓝，创招提之名，后遂为寺院的别称。

[三]下界：人间。

[四]清汉：天河，霄汉。

[五]观空：参悟佛理。

[六]行道：践行佛法。

[七]西来驾：灵隐寺开山祖师为西印度僧人慧理和尚，故称西来驾。

[八]人天：佛教语，指六道轮回中的人道和天道。亦泛指诸世间、众生。

[九]曛（xūn）：暮，昏暗。

元 佚名 《寒江待渡图》

送储十二还庄城[一][二]

西坂何缭绕[三]，青林问子家[四]。
天寒噪野雀，日晚度城鸦[五]。
寂历[六]道傍树，曈昽[七]原上霞。
兹情不可说，长恨隐沦赊[八]。

评

诗人送别友人，心念其所经之处，如目见耳闻，一往情深。

[一]储十二：即储光羲。开元二十一年（733），储光羲辞官回故乡延陵，潜作此诗赠行。
[二]庄城：储光羲在润州所居之地，在今江苏常州金坛区。
[三]缭绕：回环盘旋。
[四]青林：苍翠的山林间。
[五]度：飞度，经过。
[六]寂历：寂静，冷清。
[七]曈昽（tóng lóng）：光线微弱不明的样子。
[八]隐沦赊：见友人辞官还乡，诗人心中亦有辞官隐居之意，只恨依旧未能弃官而去，故有此言。隐沦，隐居。赊，迟缓。

宋 佚名 《溪旁闲话图》

若耶溪逢孔九[一]

相逢此溪曲[二]，胜托[三]在烟霞。
潭影竹里动，岩阴檐际斜。
人言上皇代[四]，犬吠武陵家[五]。
借问淹留[六]日，春风满若耶。

评

此诗以对句取胜，第三句尤出人意外，潘德舆谓此诗"对法超极"，亦非过誉。

[一]孔九：不详具体何人。
[二]溪曲：若耶溪水流曲折处。
[三]胜托：能够寄托。
[四]上皇代：上古三皇五帝的时代。
[五]武陵家：居于武陵桃花源之人家，典出陶渊明《桃花源记》。
[六]淹留：长期逗留，羁留。

孟浩然

诗人小传

孟浩然（689—740），字浩然，号孟山人，襄州襄阳（今湖北襄阳）人。唐代著名的山水田园派诗人，世称『孟襄阳』。因他未曾入仕，又称之为『孟山人』。少隐鹿门山，后游历长江南北，干谒公卿，寻求推荐。开元十五年（727）入京赴考，不第，失意而归。后一度入张九龄幕府，但不久便辞去，从此不再入仕，终老于山水之间。孟浩然诗歌多以山水田园风光和隐逸生活为题材，风格冲淡自然，与王维并称为『王孟』，有《孟浩然集》三卷传世。

余尝谓祢衡[一]不遇，赵壹[二]无禄，其过在人也。及观襄阳孟浩然罄折[三]谦退，才名日高，天下籍甚[四]，竟沦落明代，终于布衣，悲夫！浩然诗，文彩丰茸[五]，经纬绵密，半遵雅调，全削凡体。至如“众山遥对酒，孤屿共题诗”，无论兴象，兼复故实。又“气蒸云梦泽，波动岳阳城”，亦为高唱。

我曾经认为祢衡不遇明主，赵壹不得厚禄，其过错在于个人。等看到襄阳的孟浩然，为人虚心谦恭，才能名声一天比一天高，天下无出其右，竟然在此政治清明的时代沉沦于下潦，终身只不过一介布衣，真让人悲叹啊！孟浩然的诗，文彩繁茂，结构布局细密周到，大半遵循高雅的高调，而无半点庸俗之气。比如“众山遥对酒，孤屿共题诗”一句，不仅富于兴象，还兼有典故事实。又比如“气蒸云梦泽，波动岳阳城”一句，也

[一]祢衡（173—198）：字正平，平原般（今山东东陵西南）人，东汉末年名士。孔融向曹操推荐祢衡，但祢衡称病不往，曹操封他为鼓手，想要羞辱祢衡，反被祢衡羞辱。后来曹操将他遣送刘表，刘表也受不了祢衡的恃才傲物，于是又把他遣送至江夏太守黄祖处，后因与黄祖冲突而被杀，时年二十六岁。

[二]赵壹（122—196）：字元叔，东汉汉阳西县（今甘肃天水西南）人。体貌魁梧，美须

《建德江宿》云："移舟泊烟渚，日暮客愁新。野旷天低树，江清月近人。"

是高昂之声。又如《建德江宿》诗中说："移舟泊烟渚，日暮客愁新。野旷天低树，江清月近人。"

豪眉，性情耿直，恃才倨傲，屡屡得罪。在河南尹羊陟极力延誉下，名动京师。后西归，州郡公府十次征辟皆不应召，死于家中。

[三]罄折（qìng shé）：罄，通"磬"。曲躬如磬，表示谦恭。

[四]籍甚：盛大，盛多。

[五]菶茸（fēng róng）：茂盛，茂密。此形容文采繁茂。

明 蓝瑛《山水画册》

过景空寺故融公兰若[一][二][三]

池上青莲宇[四]，林间白马泉[五]。
故人成异物[六]，过憩[七]独潸然[八]。
既礼新松塔[九]，还寻旧石筵[十]。
平生竹如意[十一]，犹挂草堂前。

(评)

旧物犹在，故人不存，不禁泪流。诗人只将所见、所历淡笔写出，而其悲伤自现。李梦阳曰：“无限悲痛，皆在言外。”

[一]景空寺：亦作“景光寺”，在襄州（今属湖北襄阳）。

[二]融公：即融上人。孟浩然好友，其集中《题融公兰若》《过融上人兰若》《游景空寺兰若》三诗皆叙二人交往事。

[三]兰若：梵文“阿兰若”的简称，意为寂静处，因指僧人居处曰兰若，也泛指佛寺。

[四]青莲宇：佛教以青莲花比佛眼，青莲宇指佛寺。

[五]白马泉：景空寺泉水名。佛教有白马驮经故事，盖因此命名。

[六]异物：指去世之人。

[七]过憩：往访并憩息。

[八]潸（shān）然：流泪的样子。

[九]新松塔：寺庙中安葬僧人遗骨的塔形建筑物。这里指安葬融公遗骨的塔屋。

[十]石筵（yán）：石制的几筵，用以安放灵座。

[十一]如意：僧人讲经时所持的一种器具，长约三尺，一端为柄，一端作心形或云形。

清 王鉴
《拟范华原秋林萧寺图》

过融上人兰若

山头禅室挂僧衣，窗外无人越鸟飞。[一]
黄昏半在下山路，却听松声联翠微。[二]

评

禅室挂衣，则僧在其中；窗外飞鸟，愈见禅室清静。日落西山之时，忽闻钟声于松涛之际，亦以动衬静。

[一]越鸟：意指南方的鸟。
[二]翠微：本指青翠的山气，因亦指青山。

明 佚名 《月映松台图》

裴司士见寻[一]

府僚[二]能枉驾[三]，家酝[四]复新开。
落日池上酌，清风松下来。
厨人[五]具鸡黍，稚子[六]摘杨梅。
谁道山翁醉，犹能骑马回。

评

诗写友人来访之事，亲切自然，其乐融融。“厨人具鸡黍，稚子摘杨梅”一句，历来论者多认为乃假对，即假“杨”为“羊”，以与“鸡”字相对。俞弁《逸老堂诗话》又云如“残春红药在，终日子规啼”，以“红”对“子”（紫），如“住山今十载，明日又迁居”，以“十”对“迁”（千）。此亦有趣。

[一] 裴司士：即孟浩然好友裴朏，开元中，官怀州司马，入为侍御史。二十八年（740），迁礼部员外郎。司士，官名，此处应是州府判司司士参军的省称。

[二]府僚：王府或府署辟置的僚属。

[三]枉驾：敬辞。屈尊相访。

[四]家酝：自家酿的酒。

[五]厨人：厨师，此厨师可能是孟浩然之妻。

[六]稚（zhì）子：幼子。

清 恽寿平 《花坞夕阳图》（局部）

永嘉[一]上浦馆逢张子容[二]

逆旅[三]相逢处，江村日暮时。
众山遥对酒，孤屿[四]共题诗。
廨宇[五]邻鲛室[六]，人烟接岛夷[七]。
乡关万余里，失路[八]一相悲。

评

谢灵运有《登江中孤屿》诗，世之名篇，浩然此作，显受其影响。方回《瀛奎律髓》云：“永嘉得孤屿中川之名，自谢康乐始。”然方氏最推崇者，仅在此诗五六句。纪晓岚就此云：“雍容闲雅，清而不薄，此是盛唐人身分。虚谷但赏五六，是仍以摘句之法求古人。”

[一]永嘉：地名，即今浙江省温州市。

[二]张子容：襄阳人，行八，孟浩然好友。年轻时曾与孟浩然同隐鹿门山，为生死交，诗篇唱答颇多。

[三]逆旅：客舍，旅店。

[四]孤屿：孤屿山，在永嘉县北江中，与城相对，东西两峰，上各有塔。谢灵运诗有“孤屿媚中川”之句。

[五]廨宇（xiè yǔ）：官舍。

[六]鲛室：谓鲛人水中居室。邻鲛室，意谓靠近水边。

[七]岛夷：古指我国东部近海一带及海岛上的居民。

[八]失路：迷失道路，谓失意不得志。当时张子容贬乐城尉，孟浩然应举落第，故称失路相悲。

清 华嵒 《疏树归禽图》

九日怀襄阳

去国[一]似如昨，倏焉[二]经杪秋[三]。
岘山[四]望不见，风景令人愁。
谁采篱下菊[五]，应闲池上楼[六]。
宜城[七]多美酒，归与葛强游[八]。

评

诗写怀乡之情，故所见风景，皆增乡愁。因登高不见襄阳，唯有想象家中情景，故云篱下之菊无人采，池上之楼无人临。又思襄阳美酒，愈生归心。潘德舆云：“真情溢于简外，非以词工。”此言得之。

[一]去国：离开故乡。

[二]倏（shū）焉：忽然。

[三]杪（miǎo）秋：晚秋。

[四]岘（xiàn）山：山名，又名岘首山。在湖北襄阳襄城区南。东临汉水，为襄阳南面要塞。西晋羊祜镇襄阳时，常登此山，置酒吟咏。

[五]篱下菊：典出陶渊明“采菊东篱下”句。

[六]池上楼：谢灵运有《登池上楼》诗。

[七]宜城：故城在襄州，当今湖北宜城南，盛产美酒。

[八]葛强：晋将军名。晋山简镇襄阳，曾与其爱将葛强游高阳池。

南宋 佚名 《笔耕园山水图》

归故园作

北阙[一]休上书，南山[二]归弊庐[三]。
不才明主弃，多病故人疏[四]。
白发催年老，青阳[五]逼岁除[六]。
永怀愁不寐，松月[七]夜窗虚。

评

宋人刘辰翁评此诗云："他人有此起，无此结，每见短气，其亦最得意之诗，最失意之日，故为明主诵之。"清人冯舒则尝诵"不才明主弃，多病故人疏"一句，并云此乃"一生失意之诗，千古得意之句"。二氏所言，皆得作者之心矣。

[一]北阙：古代宫殿北面的门楼，是臣子等候朝见或上书奏事之处，后亦用作宫禁或朝廷的别称。

[二]南山：岘山，在襄阳城南，故孟浩然称作南山。

[三]弊庐：破旧的房屋，此自谦之辞。

[四]疏：疏远。

[五]青阳：谓春天。

[六]岁除：谓年终。

[七]松月：松间明月。

清　石涛　《陶渊明诗意图》

夜归鹿门歌[一]

山寺鸣钟昼已昏，鱼梁[二]渡头争渡喧。
人随沙道向江村，予亦乘舟归鹿门。
鹿门月照烟中树，忽到庞公[三]栖隐处。
岩扉松径[四]长寂寥，唯有幽人[五]夜来去。

评

此诗布局紧凑，然又衔接自然。章燮云：“（前四句）以人归引起自归。（后四句）前解欲归鹿门，虚描；后解已归鹿门，实做。”唐仲言则云：“不加斧凿，字字超凡。”

[一]鹿门：鹿门山，在今襄阳市东南，孟浩然曾隐居于此。
[二]鱼梁：小洲名，即鱼梁洲，在沔水中。
[三]庞公：又称庞德公，东汉末隐居襄阳。
[四]岩扉松径：石窟之门，松林之路。
[五]幽人：隐士。

清 萧云从 《烟鬟秋色图》

夜渡湘江

客行贪利涉[一]，夜里渡湘川。
露气闻芳杜[二]，歌声识采莲。
榜人[三]投岸火，渔子宿潭烟。
行侣[四]遥相问，涔阳[五]何处边？

评

诗人所写湘江夜景，不独目见，亦有耳闻、鼻嗅，全部感官皆为所用，故能画出真情景。清人吴修坞云："乘夜以涉，芳杜不见其花而闻其气，采莲不见其人而识其声，皆暗中之景也。于是榜人望岸火而投，渔子就潭烟而宿；我侪恐暗中失道，故问浔阳所在耳。"

[一]利涉：顺利渡河。
[二]芳杜：指杜若，香草名。因其气味芳香，故称芳杜。
[三]榜人：船工。
[四]行侣：出行的伴侣。
[五]涔（cén）阳：洲渚名，在澧州（治今湖南澧县）。

南宋 佚名 《秋浦停舟图》

渡浙江问舟中人

潮落[一]江平未有风，扁舟共济与君同。
时时引领[二]望天末[三]，何处青山是越中[四]。

评

潮落江平之后，一面眺望天边，一面与同舟共济之人闲话，问越中所在。情景自然，不增修饰，而别有一番意趣。所问既是越中，亦是前途，反复读之，又觉蕴有哲理。

[一]潮落：浙江入海处，潮水汹涌奔腾，蔚为奇观。

[二]引领：犹引颈，伸长脖子远望。

[三]天末：天的尽头，指极远之地。

[四]越中：越州地区，即今浙江绍兴。

崔国辅

诗人小传

崔国辅，生卒年不详，山阴（今浙江绍兴）人，一说吴郡（今江苏苏州）人。开元十四年（726）进士。官山阴尉，后擢许昌令。天宝十载（751），迁礼部员外郎，加集贤殿直学士。次年，权臣王鉷因罪赐死，崔国辅坐为近亲，被贬竟陵郡（今湖北仙桃西南）司马。其五绝在唐代独标一格，《唐诗品汇》将其与李白、王维、孟浩然并列为『正宗』。今存五言绝句二十三首，多为乐府诗，又多写宫闱儿女之情，用思委婉，深得南朝乐府民歌《子夜歌》《读曲歌》遗意。

元 盛懋 《秋溪钓艇图》

国辅诗婉娈[一]清楚，深宜讽味。乐府数章，古人不能过也。

崔国辅的诗深挚清朗，非常值得讽诵品味。他所作的几篇乐府诗，即使是古人也不能超越。

[一]婉娈（wǎn luán）：深挚。

南宋 马远 《舟人形图》

崔国辅

杂诗

逢着平乐儿，[一]论交鞍马前。
兴酣一斗酒，恰用十千钱。
后余在关内，作事多迍邅。[二]
何处肯相救，徒闻宝剑篇。[三]

评

前四句写与平乐儿相交甚欢，真以为意气相投；后四句写自身遇困，而不见相救，始悟侠客之不可信。前后对比，令人感慨不已。

[一]平乐儿：谓纨绔子弟。平乐，汉宫观名。汉高祖时始建，在未央宫北。东汉永平五年（62），明帝于长安迎取飞廉、铜马，置洛阳西门外，筑平乐观为游乐、赐宴之所。到汉末及曹魏时期，贵游子弟仍于此宴饮。

[二]迍邅（zhūn zhān）：处境不利，困顿。

[三]宝剑篇：诗题名，一作《古剑篇》。唐郭震作。诗咏古剑弃置，叹人才埋没，托物言志，辞气慷慨。

南宋 马远 《秋江待渡图》

石头濑作[一]

怅矣秋风时，余临石头濑。日高见超远，望尽此州内。
羽山[二]数点青，海岸杂光碎。离离[三]树木少，漭漭[四]波潮大。
日暮千里帆，南飞落天外。须臾遂入夜，楚色有微霭[五]。
寻远迹已穷，遗荣[六]事多昧。一身犹未理，安得济时代[七]。
且泛[八]朝夕潮，荷衣蕙为带。

评

诗先写秋日登高所见之景，后即景抒怀，有隐遁独善之意。《历代诗发》云："登眺之诗，以此种为上驷，为其写实事有虚神也。"

[一]石头濑（lài）：地名，当在今江苏连云港云台山附近。

[二]羽山：山名，舜杀鲧之处，在今江苏连云港东海县与山东临沂临沭县交界。

[三]离离：清晰貌。

[四]漭漭（mǎng mǎng）：水广大貌。

[五]霭（ǎi）：通"霭"。云气。

[六]遗荣：抛弃荣华富贵，超脱尘世。

[七]时代：世时。

[八]泛：泛游。

清 胡湄《鹦鹉戏蝶图》（局部）

魏宫词[一]

朝日点红妆，拟上铜雀台[二]。
画眉犹未竟[三]，魏帝[四]使人催。

评

此诗明写魏事，实则讽刺当朝。高步瀛《唐宋诗举要》云：“此诗刘海峰以刺曹丕，然丕已腐骨，又安足刺?其殆意感武才人之事，不能明言，而姑托于丕乎?”此说应可成立。

[一]魏宫：魏王宫殿，此指曹操所居宫殿，在今河北邯郸临漳县。
[二]铜雀台：亦作“铜爵台”，故址在今临漳西南古邺城的西北隅，汉末建安十五年（210）冬曹操所建。高十丈，有殿屋一百间。
[三]未竟：没有完成。
[四]魏帝：指曹丕。延康元年（220）正月，曹操去世，曹丕继位为魏王。十月，曹丕受禅称帝，改元黄初。

明 沈周《青山红树图》（局部）

崔国辅

怨词

妾有罗衣裳，秦王[一]在时作。

为[二]舞春风多，秋来不堪着[三]。

评

诗写宫人之怨，有班婕妤《团扇诗》之遗风。《唐诗归折衷》引吴敬夫云：“无限盛衰新故之感，从一罗衣上说来，便蕴藉，便委婉。”

[一]秦王：一般指秦始皇，这里泛指古代帝王。

[二]为：因为。

[三]着：穿。

明 唐寅 《山水图·春游》（局部）

崔国辅

少年行

遗却[一]珊瑚鞭[二]，白马骄不行。
章台[三]折杨柳，春日路傍情。

评

折柳盖隐喻寻花问柳之事，此少年遗弃珊瑚鞭，转而折杨柳，只为路旁春情，亦一纨绔风流公子耳。

[一]遗却：遗失。
[二]珊瑚鞭：用珊瑚装饰柄部的马鞭。
[三]章台：秦宫殿名，汉有章台街，后世常以章台代指妓馆聚集之处。

明 仇英 《长信宫词图》（局部）

长信草

长信宫[一]中草，年年愁处生。
时侵珠履[二]迹，不使玉阶[三]行。

评

此亦宫怨诗。《唐诗选脉会通评林》："君幸不至，宫多生草。'不使'二字归怨于草，妙。'愁处生'三字尤妙。"

[一]长信宫：汉太皇太后所居宫殿名，后泛指帝后所居之处。
[二]珠履：用珍珠装饰的鞋子。
[三]玉阶（jiē）：玉石砌成的台阶，此形容台阶之奢华。

明 陈洪绶 《梨花图》

香风词

洛阳梨花落如霰[一]，河阳[二]桃叶生复齐。
坐怨玉楼[三]春欲尽，红绵粉絮裛妆啼[四]。

评

自古士多悲秋，而女多伤春。此诗写闺中女子见春日梨花落尽，伤春不已，不觉落泪。女子所伤何事，所思何人，皆凭读者揣测。

[一]霰（xiàn）：小冰粒，多在下雪前或下雪时出现。

[二]河阳：县名，治今河南孟州西。西晋潘岳为河阳令，遍栽桃李于县境，有“河阳一县花”之称。

[三]玉楼：华丽的楼阁。

[四]裛（yì）妆：犹浥妆。裛，通“浥”。沾湿。

明 徐端本 《杂画册》

对酒吟

行行日将夕，荒村古冢无人迹。
蒙笼[一]荆棘一鸟吟，屡劝提壶[二]酤酒吃。
古人不达[三]酒不足，遗恨精灵[四]传此曲。
寄言世上诸少年，平生且尽杯中绿[五]。

评

诗之主旨，只在劝诫世人：人生苦短，当及时行乐。

[一]蒙笼：即朦胧，模糊不清。
[二]提壶：鸟名，即鹈鹕，其叫声若呼“提壶”，古人遂以为劝酒鸟。
[三]不达：不明白。
[四]精灵：魂魄。
[五]杯中绿：杯中酒。绿，指酒上泛起的绿色泡沫，称绿蚁。

南宋 佚名 《柳岸荷塘图》

漂母岸[一]

泗水[二]入淮处，南边古岸存。秦时有漂母，于此馈王孙[三]。
王孙初未遇，寄食[四]何多论[五]。后为楚王[六]来，黄金答母恩。
事迹贵在此，空伤千载魂。前临双小渚，上有一孤墩[七]。
遥望淮阴口，苍苍雾树昏[八]。几年崩冢色[九]，每日落潮痕[十]。
古地多堙厄[十一]，时哉[十二]不敢言[十三]。向夕[十四]泪沾裳，只宿芦洲村。

评

此咏史怀古之诗，写韩信报恩漂母之事。诗人登漂母岸，见漂母墓，思及此段历史。末句泪流沾裳，盖多有感慨，交集于心，然不知如何说来。

[一]漂母岸：地名，在今江苏淮安。漂母，水边漂洗衣物的老妇。

[二]泗水：水名，发源于山东泗水东蒙山南麓。古泗水经曲阜、济宁、徐州，至淮阴入淮水。

[三]王孙：泛指贵族子孙，也用来尊称一般青年男子。此处指韩信。史载韩信未发达时，落魄失意，在河边钓鱼充饥。有一位洗衣服的老妇人见他可怜，连续几十天给他食物，韩信非常开心，对老妇人说，日后一定重报恩情。老妇人却生气地说道："大丈夫不能自食，吾哀王孙而进食，岂望报乎！"

[四]寄食：依赖别人过日子。

[五]何多论：何必多说。

[六]楚王：汉高祖五年（前202），韩信被改封为楚王。

[七]孤墩（dūn）：即漂母冢，又名泰山墩。墩，土堆。

[八]昏：昏暗。

[九]崩冢色：坟墓的墓碑掉色。

[十]落潮痕：潮涨潮落，墓碑上留下了水痕。

[十一]堙厄（yīn è）：险阻。

[十二]时哉：时光啊！此感叹时光流逝。

[十三]不敢言：不忍言。

[十四]向夕：傍晚，薄暮。

北宋 郭熙 《烟雨江帆图》

湖南曲[一]

湖南送君去，湖北送君归。
湖里鸳鸯鸟[二]，双双他自飞。

评

由湖南送君至湖北，而后独自从湖北而归。途中见湖中鸳鸯双宿双飞，而自身则孤独一人，不禁慨叹人不如鸟。

[一]湖南曲：一作《古意》。湖南，即湖之南。
[二]鸳鸯：雌雄偶居，常不相离，古人又称之为“匹鸟”。

明 仇英 《东林图》(局部)

秦中感兴寄远上人[一]

一丘常欲卧，[二]三径苦无资。[三]
北上非吾愿，[四]东林怀我师。[五]
黄金燃桂尽，[六]壮志逐年衰。
日夕凉风至，闻蝉但益悲。

评

此诗《文苑英华》《唐诗品汇》《全唐诗》皆题为孟浩然之作，未知孰是。诗人欲隐而无资，被迫北上以求仕，旋又囊中羞涩，壮志受挫。一闻秋蝉之声，愈增心中之悲。

[一]远上人：东林寺僧人。
[二]一丘：一座小山，谓隐者所居。
[三]三径：院子中的三条小路，此代指归隐者的家园。
[四]北上：谓到秦中。
[五]东林：指庐山东林寺。
[六]黄金燃桂：即买桂树作为柴火。苏秦游说至楚国，等了三个月才见到楚王，谈话结束之后就打算离开。楚王问他为何如此仓促，苏秦说："楚国的食物比宝玉还贵，柴火比桂树还贵。见到管事的人比见鬼还难，见到大王比见到天帝还难。"这里是说自己北上秦中之后，花销巨大，已到了囊中羞涩的地步。

储光羲

诗人小传

储光羲（约706—约763），祖籍兖州（今山东济宁兖州区），开元十四年（726）进士，初任冯翊县尉，后转任汜水、安宜、下邽尉。深感身沉下僚，济世抱负难图，遂辞官还乡，后隐居终南山，与王维、裴迪优游吟咏。天宝六载（747），拜官太祝，不久转监察御史。安史之乱中，为叛军俘获，被迫受署，后脱身归朝，远谪岭南，卒于贬所。光羲以田园山水诗著称，尤擅五言古体，风格生动自然，超逸高远。他也是一位学者，著有《正论》《九经外义疏》等书。

北宋 赵令穰 《橙黄橘绿图》

储公诗，格高调逸，趣远情深，削尽常言，挟风雅[一]之道，得浩然之气。《述华清宫》诗云："山开鸿蒙色，天转招摇星。"又《游茅山》诗云："山门入松柏，天路涵虚空。"此例数百句，已略见《荆杨集》，不复广引。璠尝睹储公《正论》十五卷，《九经外义疏》二十卷，言博理当，实可谓经国之大才。

储先生的诗，格调高远俊逸，情趣深远，淘汰了寻常言语，而含有风雅之道，深得浩然正气。《述华清宫》诗说："山开鸿蒙色，天转招摇星。"又《游茅山》诗说："山门入松柏，天路涵虚空。"像此类的句子有数百处，在《荆杨集》中已经大略可见，不再作更广泛地引证。殷璠我曾见过储先生所著《正论》十五卷，《九经外义疏》二十卷，内容博大，道理至当，真可称得上是治国理政的大才。

[一]风雅：《诗经》有《国风》《大雅》《小雅》等，后世常以"风雅"来评价风格或思想接近《诗经》的文学作品。

明 仇英 《猿戏图》（局部）

杂诗二章

其一

秋气肃天地，太行高崔嵬[一]。猿狖[二]清夜吟，其声一何哀。
寂寞掩圭荜[三]，梦寐游蓬莱[四]。琪树[五]远亭亭，玉堂云中开。
洪崖[六]吹箫管，素女[七]飘飖来。雨师[八]既洗后，道路无纤埃。
鄙哉楚襄王[九]，独如[十]云阳台[十一]。

(评)

前四句写太行山势险阻，其后便因之而梦游蓬莱仙境。先实后虚，盖诗人现实受挫，不得已而求诸梦境。

[一]崔嵬（cuī wéi）：高大，高耸。

[二]猿狖（yòu）：泛指猿猴。

[三]圭荜（bì）：圭，圭窦，即墙洞。荜，荜门，即柴门。圭荜，指简陋的居所。

[四]蓬莱：又称“蓬壶”，神话中渤海里仙人居住的三座神山之一。

[五]琪树：仙境中的玉树。

[六]洪崖：传说中的仙人名，即黄帝臣子伶伦的仙号。

[七]素女：传说中的古代神女，与黄帝同时，善于弦歌。

[八]雨师：传说中司雨的神。

[九]楚襄王：芈姓，熊氏，名横，又名陵。楚怀王熊槐之子，战国时期楚国第二十二任君主。

[十]如：到，往。

[十一]云阳台：传说中的台名。史载今重庆巫山北有阳台山，高百丈，山上有云阳台遗址。宋玉《高唐赋》谓楚襄王曾于此梦遇巫山神女。

清 夏鼎《摹忘庵老人法》(局部)

其二

浑胚[一]本无象，末路多是非。达士[二]志寥廓，所在能忘机[三]。

耕凿[四]时未至，还山聊采薇[五]。虎豹对我蹲，鸑鷟[六]傍我飞。

仙人空中来，谓我勿复归。格泽[七]为君驾，云霓为君衣。

西近昆仑墟[八]，可与世人违[九]。

评

末路多艰，故隐居山野以避是非。所写隐居环境，虎豹鸑鷟相伴，如入《山海经》中。又言遇仙人指点，更增神秘。

[一]浑胚：天地未辟之时的混沌状态。

[二]达士：明智达理之士。

[三]忘机：没有巧诈的心思，与世无争。

[四]耕凿：耕田凿井，泛指耕种、务农。

[五]采薇：伯夷、叔齐义不食周粟，隐于首阳山，采薇而食。后因以“采薇”指归隐或隐遁生活。

[六]鸑鷟（yuè zhuó）：中国古代民间传说中的五凤之一，身为黑色或紫色，象征着坚贞不屈的品质。

[七]格泽（hè duó）：星名。又音格宅。

[八]昆仑墟：昆仑山的基部，亦指昆仑山。

[九]违：离别。

南宋 佚名 《柳下双牛图》

效古二章

其一

晨登凉风台，[一]目走邯郸道。曜灵[二]何赫烈，四野无青草。
大军北集燕，天子西居镐。[三]妇人役州县，丁男[四]事征讨。
老幼相别离，泣哭无昏早。稼穑既殄绝，[五]川泽复枯槁。
旷哉远此忧，冥冥商山皓。[六]

评

民遭大旱，天子非但不恤，反而穷兵黩武。诗人目睹百姓倒悬，心中忧虑不已，故盼有如商山四皓之贤人，以济时难。

[一]凉风台：汉长安台名，在长安故城西，建章宫北。
[二]曜灵：太阳。
[三]镐（hào）：西周国都镐京。此指唐都长安。
[四]丁男：成年男子。
[五]殄（tiǎn）绝：灭绝。
[六]商山皓：指秦末隐居商山的东园公、甪里先生、绮里季、夏黄公，四人须眉皆白，故称“商山四皓”。

五代十国　黄筌
《竹林鹁鸽图》

其二

东风吹大河，河水如倒流。河洲尘沙起，有若黄云浮。
赪霞[一]烧广泽，洪曜[二]赫高丘。野老[三]泣相逢，无地可荫休[四]。
翰林有客卿[五]，独负苍生忧。中夜起踯躅[六]，思欲献厥谋[七]。
君门峻且深，踠足[八]空夷犹[九]。

评

旱灾甚为严重，民不聊生。有翰林客卿欲献计抗灾，而宫门峻深，无缘得入。故知此虽天灾，实亦人祸。

[一]赪（chēng）霞：赤霞，红霞。赪，同“赬”，红色。
[二]洪曜：大太阳。
[三]野老：村野的老百姓，农夫。
[四]荫休：荫庇休憩。
[五]客卿：官名，春秋战国时授予非本国人而在本国当高级官员的人。后亦泛指在本国做官的外国人。
[六]踯躅（zhí zhú）：徘徊不前。
[七]厥谋：其谋，他的计谋。
[八]踠足：谓马曲腿举蹄，意欲奔驰。此喻贤士隐居，意在待时。
[九]夷犹：犹豫迟疑不前。

五代十国 牧溪 《虎图》（局部）

猛虎词

寒亦不忧雪，饥亦不食人。人肉岂不甘，所恶伤明神。
太室[一]为我宅，孟门[二]为我邻，百兽为我膳，五龙[三]为我宾。
象马[四]一何威，浮江亦以仁。彩章[五]曜朝日，牙爪雄武臣。
高云逐气浮，厚地随声震。君能贾余勇[六]，日夕长相亲。

评

此虽猛虎，然勇猛之外，更极有操守，寒不忧雪，饥不食人，敬畏神明，远过豺狼之辈。诗人盖以猛虎自喻，而鄙薄当道之豺狼鹰犬也。

[一]太室：山名，即嵩山，在今河南登封北。
[二]孟门：山名，在今陕西宜川东北、山西吉县西。因位于龙门之北，故称“龙门上口”。
[三]五龙：传说中五个人面龙身的仙人，道教称为五行神。
[四]象马：海象与海马。
[五]彩章：猛虎的五彩皮毛。
[六]贾余勇：购买我多余的勇气。《左传》载齐国高固勇猛过人，齐晋鞌之战中，他冲入晋军，用石头砸伤敌军，并抢夺了敌方战车，然后在齐军军营中炫耀，并说：“想要勇敢的人，可以购买我多余的勇气。”此处用该典故，以形容虎的勇猛。

明 周全 《射雉图》

射雉词

曝暄[一]理新翳[二]，迎春射鸣雉。原田遥一色，皋陆[三]旷千里。
远闻咿喔[四]声，时见双飞起。幂歷[五]疏蒿下，陪鳃[六]深麦里。
顾敌仍忘生，争雄方决死。仁心贵勇义，岂复能伤此。
超遥[七]下故墟，迢递[八]回高轨。丈夫昔何苦，取笑欢妻子。[九]

评

野雉双宿双飞，虽遭围射，仍不愿舍下伴侣独自逃生，故诗人以勇义许之，猎者亦动仁心而不伤。末尾二句，陡结以贾大夫射雉以取乐妻子之事，又不下以评语，出人意料，耐人寻味。刘辰翁云："只如此，自极余味。"

[一]曝（pù）暄：晒太阳。

[二]翳：射雉时用的掩蔽物。

[三]皋陆：平原，平地。

[四]咿喔（yī wō）：象声词，禽鸟声。

[五]幂歷（mì lì）：即幂历，分布覆盖貌。

[六]陪鳃（péi sāi）：鸟羽奋张貌。

[七]超遥：高远，遥远。

[八]迢递（tiáo dì）：遥远貌。

[九]"丈夫"二句：典出《左传·昭公二十八年》，贾大夫貌丑，娶妻而美，妻三年不言不笑。贾大夫驾着马车带妻去射雉，射中了，其妻才开始有说有笑。

明 陈淳 《采莲图》（局部）

采莲词

浅渚荇花繁[一]，深塘菱叶疎。独往方自得，耻邀淇上姝[二]。
广江无术阡[三]，大泽绝方隅[四]。浪中海童语[五]，泪下鲛人居[六]。
春雁时隐舟[七]，新荷复满湖。采采乘日暮，不思贤与愚。

评

日暮采莲，独往独来，纵横莲叶之间，绝迹湖泊之中，自得其乐，不复思贤愚之事。

[一]荇（xìng）花：荇菜的花。荇菜，多年生水生草本植物，叶略呈圆形，浮在水面，根生水底，夏天开黄花。
[二]淇上姝：淇水之上的美女。
[三]术阡：道路。
[四]方隅：四方与四隅。
[五]海童：传说中的海中神怪。
[六]鲛人：神话传说中的人鱼。
[七]隐舟：隐藏在舟边莲花丛中。

南宋 李唐 《牧牛图》

牧童词

不言牧田远[一]，不道牧陂深[二]。所念牛驯扰[三]，不乱牧童心。
圆笠覆我首，长蓑[四]披我襟。方将[五]忧暑雨，亦以惧寒阴。
大牛隐层坂[六]，小牛穿近林。同颜相鼓舞，触物成讴吟[七]。
取乐须臾[八]间，宁问声与音。

评

此诗人所见之牧童生活，自然天真，率性快活，令人读之如面见。然农村牧童，多为贫民之子，苦中作乐，亦不得已而为之耳。故诗人所见，亦非全面，劳心者不知劳力者之苦，但羡其中之乐而已。

[一]牧田：古代授予民众为公家放牧的场地，后泛指牧场。
[二]牧陂（bēi）：牧牛饮水的池塘。
[三]驯扰：驯服柔顺。
[四]蓑（suō）：蓑衣。
[五]方将：正要。
[六]层坂：层山重岭。
[七]讴吟：歌咏。
[八]须臾：片刻。

明 佚名 《江南农事图》

田家事

蒲叶[一]日已长，杏花日已滋。老农要看此，贵不违天时。
迎晨起饭牛[二]，双驾耕东菑[三]。蚯螾[四]土中出，田乌随我飞。
群鸽乱啄噪[五]，嗷嗷如道饥。我心多恻隐[六]，顾此两伤悲。
拨食与田乌，日暮空筐归。亲戚更相笑，我心终不移。

评

诗写老农耕作时，见群乌嗷嗷待哺，于是将土中蚯蚓拨出，以饲群乌，己则空手而归。此事甚奇，故沈德潜疑云："爱物之心，胜于爱己，田父中不易有此人。"因其不易，方为可贵。

[一]蒲叶：菖蒲的叶子。
[二]饭牛：喂牛。
[三]东菑（zī）：东边初耕的田地，亦泛指田园。
[四]蚯螾：即蚯蚓。
[五]啄噪：啄食鸣叫。
[六]恻隐：怜悯，同情。

明 吴彬 《迎春图》（局部）

寄孙山人[一]

新林[二]二月孤舟还，水满清江花满山。
借问故园隐君子[三]，时时来去在人间。

评

起句清新，确有隐逸之风。然既是隐士，何故又来往于人间？盖非真隐也。言语之中，盖有调侃之意。潘德舆云"此诗讽在言中而自不尽"，盖谓此乎？

[一]孙山人：隐士，不详具体何人。
[二]新林：开春后刚抽芽长叶的树林。
[三]隐君子：隐士。

明 仇英《渔隐图》（局部）

酬綦毋校书梦游耶溪见赠之作[一]

校文在仙掖[二]，每有沧洲心[三]。况以北窗下[四]，梦游清溪阴。

春看湖口漫，夜入回塘深[五]。往往缆垂葛[六]，出舟望前林。

山人[七]松下饭，钓客芦中吟。小隐何足贵，长年[八]固可寻。

还车首东道，惠然若南金[九]。以我采薇意[十]，传之天姥岑[十一]。

评

綦毋潜梦游耶溪，作诗赠储光羲，储于是作此诗以答。储非亲见耶溪之景，故其所写皆是想象之辞，然所发则应是平日素有之意。二人皆有东山之意，故能闲逸淡雅如此。綦毋以诗相赠，盖引储为知己，而储之所答，亦确能知綦毋之心也。

[一]綦毋校书：綦毋潜，字孝通，虔州（今江西赣州）人，时任秘书省校书郎，故称。

[二]仙掖：唐时门下、中书两省在宫中左右掖，因以“仙掖”借称门下、中书两省。

[三]沧洲心：归隐之心。

[四]北窗下：陶渊明高卧北窗之下，自谓羲皇上人，故以“北窗下”代指隐逸。

[五]回塘：环曲的水池。

[六]缆垂葛：谓葛藤垂如缆绳。

[七]山人：隐士。

[八]长年：长寿。

[九]南金：南方出产的铜，此喻南方的优秀人才。

[十]采薇意：归隐的心意。

[十一]天姥岑：天姥山，在今浙江绍兴新昌县。

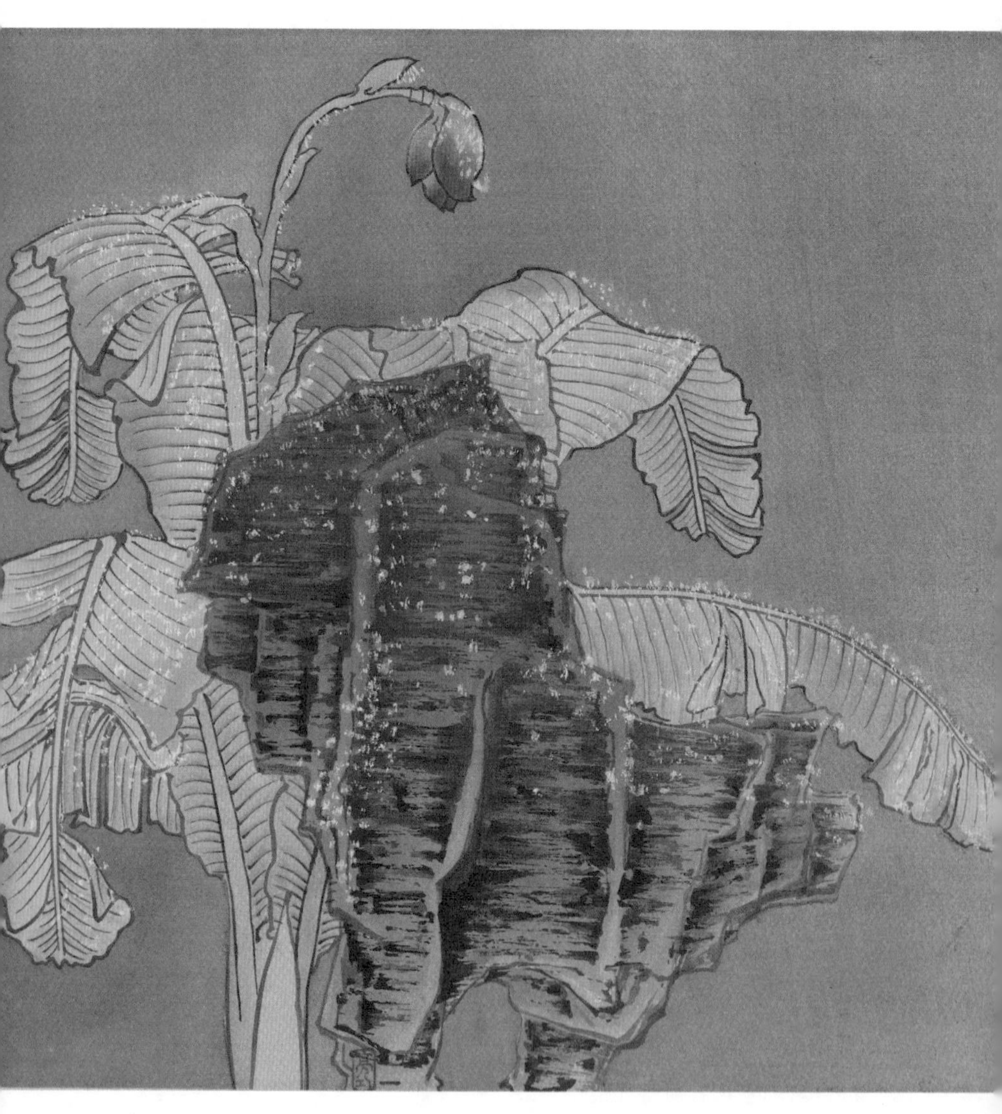

明 陈洪绶 《雪蕉图页》

使过弹筝峡作[一]

鸟雀知天雪[二]，群飞复群鸣。原田无遗粟，日暮满空城。
达士忧世务，鄙夫[三]念王程[四]。晨过弹筝峡，马足凌兢[五]行。
双壁[六]隐灵耀[七]，莫能知晦明。皑皑[八]坚冰色，漫漫阴云平。
始信故人[九]言，苦节不可贞[十]。

评

诗人奉公务出使，但见群鸟哀鸣，田无遗粟，日满空城，一片荒凉凄冷之景。晨过弹筝峡之时，马匹战栗不敢前行，峡谷两壁如冰，谷顶阴云密布，充斥令人恐怖之象。故末句用典，极言此行之苦。

[一]弹筝峡：古地名，即今宁夏固原三关口。因峡谷之中水流如弹筝之声，故谓之弹筝峡。
[二]天雪：天将要下雪。
[三]鄙夫：人品鄙陋、见识浅薄的人。此作者自谓。
[四]王程：奉公命差遣的行程。
[五]凌兢（líng jīng）：战栗、恐惧的样子。
[六]双壁：弹筝峡两边的崖壁。
[七]灵耀：日月。
[八]皑皑（ái ái）：洁白之貌。
[九]故人：古人。
[十]苦节不可贞：《易・节卦》卦辞。意谓俭约过甚，不可得于正道。

王昌龄

诗人小传

王昌龄(？—756)，字少伯，京兆长安（今陕西西安）人。开元十五年（727）进士，曾任秘书省校书郎、汜水县尉、江宁县丞、龙标县尉等职。安史之乱后，弃官居江夏，后为濠州刺史闾丘晓所杀。王昌龄诗境开阔，自成一格。尤擅七言绝句，可与李白媲美，被后人誉为『七绝圣手』『诗家夫子』。其边塞诗慷慨豪迈，气势雄浑，格调高昂，与高適、王之涣、岑参并称四大边塞诗人。

元嘉以还，四百年内，曹、刘、陆、谢，风骨顿尽。顷有太原王昌龄、鲁国储光羲，颇从厥迹。且两贤气同体别，而王稍声峻。至如“明堂坐天子，月朔朝诸侯。清乐动千门，皇风被九州。庆云从东来，泱漭抱日流”，又“云起太华山，云山互明灭。东峰始含景，了了见松雪”，又“楮楠无冬春，柯叶连峰稠。阴壁下苍黑，烟含清江楼。叠沙积为冈，崩剥雨露幽。石脉尽横亘，潜潭何时流”，又“京门望西岳，百里见郊树。飞雨祠上来，霭然关中暮”，又“奸雄乃得志，遂使群心摇。赤风荡中原，烈火无遗巢。一人计不用，万里空萧条”，又“百泉势相荡，巨

南朝宋元嘉（424—453）年以来，四百多年中，曹植、刘桢、陆机、谢灵运以来的风骨消失殆尽。近来有太原的王昌龄、山东的储光羲，颇能接续这一传统。两位贤才气质相同而体式有别，王昌龄的声调稍微高峻一些。比如“明堂坐天子，月朔朝诸侯。清乐动千门，皇风被九州。庆云从东来，泱漭抱日流”，又如“云起太华山，云山互明灭。东峰始含景，了了见松雪”，又如“楮楠无冬春，柯叶连峰稠。阴壁下苍黑，烟含清江楼。叠沙积为冈，崩剥雨露幽。石脉尽横亘，潜潭何时流”，又如“京门望西岳，百里见郊树。飞雨祠上来，霭然关中暮”，又如“奸雄乃得志，遂使群心摇。赤风荡中原，烈火无遗巢。一人计不用，万里空萧条”，又如

石皆却立。昏为蛟龙怒，清见云雨入”，又“去时三十万，独自还长安。不信沙场苦，君看刀箭瘢”，又“芦荻寒苍江，石头岸边饮”，又“长亭酒未酣，千里风动地。天仗森森练雪拟，身骑铁骢白鹰臂”，斯并惊耳骇目。今略举其数十句，则中兴高作可知矣。余尝睹王公《长平伏冤文》《吊枳道赋》，仁有余也。奈何晚节不矜细行，谤议沸腾，再历遐荒[一]，使知音叹惜。

“百泉势相荡，巨石皆却立。昏为蛟龙怒，清见云雨入”，又如“去时三十万，独自还长安。不信沙场苦，君看刀箭瘢”，又如“芦荻寒苍江，石头岸边饮”，又如“长亭酒未酣，千里风动地。天仗森森练雪拟，身骑铁骢白鹰臂”，这些句子，耳闻目见之后，都足以使人震惊。现在稍微举出他的几十句诗来，那么他复兴风骨的优秀作品便可见一斑了。我曾见过王先生的《长平伏冤文》《吊枳道赋》，都仁义有余。为什么晚年的时候不顾及小节，使得诽谤言论纷纷扬扬，两次被贬到僻远蛮荒之地，使得知音叹息遗憾。

[一]再历遐荒：两次贬至偏远蛮荒之地。开元二十七年（739），王昌龄因事被贬谪岭南。次年遇赦北返长安，改授江宁县丞。数年后，又受谤毁，被贬为龙标县尉。

清 佚名《龙豹图》（局部）

咏史

荷畚[一]至洛阳，胡马屯北门。天下裂其七，豺狼满中原。
明夷[二]方济世，敛翼[三]黄埃昏。披云见龙颜，始蒙国士恩。
位重谋亦深，所举无遗奔[四]。长策[五]寄临终，东南不可吞。
贤智苟有时，贫贱何所论。唯然嵩山老[六]，而后知我言。

评

诗咏北朝十六国时名臣王猛之事，“贤智苟有时，贫贱何所论”一句，乃全篇诗眼所在。

[一]荷畚（běn）：背着畚箕。畚，用木、竹、铁片做成的容器。此指自备粮草。

[二]明夷：六十四卦之一，离下坤上。后因以比喻昏君在上，贤人遭受艰难或不得志。

[三]敛翼：收拢翅膀。比喻隐退。

[四]遗奔：犹奔逃。

[五]长策：效用长久的策略。

[六]嵩山老：王猛少时家境贫寒，以卖畚箕为生。有一次他在洛阳市场上遇到一买主，出高价买畚箕，但说身上没带钱，要王猛跟着他到家中去取。王猛跟着买主走，不知不觉进入深山，见到一位老者，须发皆白，十多个人侍立于旁，其中一人引导王猛拜见老者。老者说：“王先生因何机缘来拜见我呀？”于是用十倍的价钱买下了王猛的畚箕，并派人送他出山。等王猛出了山林，一回首，发现后面竟是离洛阳两百里的嵩山。

清 弘仁 《黄山图册》

观江淮名山图

刻意吟云山，尤知隐沦[一]妙。公远[二]何为者，再诣临海峤[三]。
而我高其风，披图得遗照[四]。援毫无逃境[五]，遂展千里眺。
淡扫荆门壁[六]，明摽[七]赤城烧[八]。青葱林间岭，隐见淮海徼[九]。
但指香炉[十]顶，无闻白猿啸。沙门[十一]既云灭，独往岂殊调。
感对怀拂衣[十二]，胡宁[十三]事渔钓。安期[十四]始遗舄，千古谢荣耀。
投迹[十五]庶可齐，沧浪有孤棹[十六]。

评

观江淮名山图，如临真山水，故生隐逸之心。一则见画作之妙，二则见诗人神思之远。

[一]隐沦：隐居。

[二]公远：不详何人，疑作“远公”，即东林寺高僧慧远。

[三]临海峤：临海，郡名。峤，山顶也。

[四]遗照：遗容。此指画中人物肖像。

[五]逃境：遗落的地方。

[六]荆门壁：赤壁，在今湖北省赤壁市。

[七]摽（biāo）：通“标”。

[八]赤城烧：赤壁之战中，孙刘联军采用火攻，击败曹操军队。

[九]徼（jiào）：边界。

[十]香炉：指庐山香炉峰。

[十一]沙门：佛门。

[十二]怀拂衣：向往隐逸。拂衣而去，隐于江湖，故以“拂衣”代指隐遁。

[十三]胡宁：为何。

[十四]安期：指安期生，得道仙人。秦始皇东游，遇到安期生，与之交谈了三日三夜，赠以金帛、璧玉，价值千万。安期生离去时，皆弃而不取，并留下玉鞋一双，书信一封，说“后数年求我于蓬莱山”。舄（xì）：鞋。

[十五]投迹：投身。

[十六]孤棹（zhào）：孤舟。

清 髡残 《禅机画趣图轴》（局部）

香积寺[一]礼拜[二]万回[三]、平等[四]二圣僧塔

真无[五]御化[六]来，借有乘化[七]归。如彼双塔内，孰能知是非。

愚也骇苍生[八]，圣哉为帝师。当为时世出，不由天地资。

万回至此方，平等性无违[九]。今我一礼心，亿劫[十]同不移。

肃肃松柏下，诸天[十一]来有时。

评

诗写拜谒万回、平等二圣僧塔时之所思所感，虔诚敬畏之心昭然。

[一]香积寺：在今陕西西安，是净土宗祖庭，唐代著名的樊川八大寺之一。寺名源于《维摩诘经》“天竺有众香之国，佛名香积”之句。

[二]礼拜：顶礼膜拜。

[三]万回：僧人法号。阌乡（今河南灵宝）人，俗姓张氏。

[四]平等：僧人法号。事迹不详。

[五]真无：佛教语，即空无。指事物的虚幻不实。

[六]御化：顺应教化。

[七]乘化：顺应自然。

[八]愚也骇苍生：万回天生若愚，举止令世人惊骇。

[九]性无违：不违背本性、本心。

[十]亿劫：谓极长久的时间。佛教以天地形成到毁灭为一劫。

[十一]诸天：佛教语。指护法众天神。佛经言欲界有六天，色界之四禅有十八天，无色界之四处有四天，其他尚有日天、月天、韦驮天等诸天神，总称之曰诸天。

南宋 夏圭
《月下松亭图》

斋心[一]

女萝[二]覆石壁，溪水幽蒙胧[三]。
紫葛[四]蔓黄花，娟娟[五]寒露中。
朝饮花上露，夜卧松下风。
云英[六]化为水，光彩与我同。
日月荡精魄[七]，寥寥天府[八]空。

评

斋心即心斋，语出《庄子·人间世》："颜回曰：'回之家贫，唯不饮酒、不茹荤者数月矣。若此，则可以为斋乎？'曰：'是祭祀之斋，非心斋也。'回曰：'敢问心斋。'仲尼曰：'若一志，无听之以耳而听之以心，无听之以心而听之以气。听止于耳，心止于符。气也者，虚而待物者也。唯道集虚。虚者，心斋也。'"

[一]斋心：祛除杂念，使心神凝寂。
[二]女萝：又名松萝，地衣类植物，全体为无数细枝，状如线，长数尺，靠依附他物生长。
[三]蒙胧：即朦胧，模糊不清。
[四]紫葛：紫色葛藤。
[五]娟娟：姿态柔美之貌。
[六]云英：云气的精华，甘露。
[七]精魄：精神气魄。
[八]天府：天庭。

南宋 马和之 《柳溪春舫图》

缑氏尉沈兴宗置酒南溪留赠[一]

林色与溪古，深篁[二]引幽翠。山樽[三]在渔舟，棹月[四]情已醉。

始穷清源口，壑绝[五]人境异。春泉滴空崖，萌草坼[六]阴地。

久之风榛寂[七]，远闻樵声至。海雁时独飞，永然[八]沧洲意[九]。

评

前半篇写所见南溪风光，幽深超远；后半篇抒由景而生隐遁之思，洒脱自在。

[一]沈兴宗：人名，籍贯、生卒年皆不详。时任缑氏尉。

[二]深篁（huáng）：幽深丛生的竹林。

[三]山樽：犹山杯，以竹节、葫芦等制作的粗陋饮器。

[四]棹月：月下泛舟。

[五]壑绝：溪谷尽头。

[六]坼（chè）：裂开。

[七]风榛寂：风吹榛树之声停了下来。

[八]永然：悠然长远的样子。

[九]沧洲意：隐居之意。

元 佚名 《江城夜泊图》

古时青冥客，[一]灭迹沦一尉。[二][三]吾子踌躇心，岂其纷埃事。[四]
缑岑[五]信所克，[六]济北[七]余乃遂。齐物[八]可任今，息肩[九]理犹未。
卷舒[十]形性表，脱略[十一]贤哲议。仲月期角巾，[十二]饭僧[十三]嵩阳寺。[十四]

[一]青冥客：指山中隐者。
[二]灭迹：隐蔽踪迹。
[三]沦一尉：沦落到担任一县尉。
[四]纷埃事：为尘杂琐事烦乱。
[五]缑岑：即缑氏山，亦名缑岭，在今河南偃师。相传王子乔在此得道升仙。
[六]克：能。
[七]济北：济水之北。汉张良遇黄石公，得授《太公兵法》。黄石公对张良说："十三年孺子见我济北，谷城山下黄石即我矣。"此或以"济北"代指黄石公，言得道成仙之事。
[八]齐物：春秋、战国时老庄学派的一种哲学思想。认为宇宙间一切事物，如生死寿夭，是非得失，物我有无，都应当同等看待。
[九]息肩：让肩头得到休息，比喻卸除责任或免除劳役。
[十]卷舒：犹进退、隐显。
[十一]脱略：放任，不拘束。
[十二]角巾：方巾，有棱角的头巾，为古代隐士冠饰。此借指归隐。
[十三]饭僧：施斋饭给僧人。
[十四]嵩阳寺：寺名，在今河南登封嵩山太室山下。

清 金廷标 《仙舟笛韵图》

江上闻笛

横笛怨江月，扁舟何处寻。声长楚山外，曲绕胡关深[一]。
相去万余里，遥传此夜心。寥寥浦溆寒[二]，响尽惟幽林。
不知谁家子，复奏邯郸音。水客皆拥棹[三]，空霜遂盈襟。
羸马[四]望北走，迁人[五]悲越吟[六]。何当[七]边草白，旌节[八]陇城阴[九]。

(评)
诗人江上闻笛，思绪随笛声飞驰于天地间，不独见江月、扁舟等眼前之景，更见楚山、胡关之外。听者不独江上之客，更有羸马、迁人。笛声之感人，于此可见一斑。

[一]胡关：西北边地之关隘。
[二]浦溆（xù）：水边。
[三]拥棹：手持船桨。
[四]羸（léi）马：瘦弱的马。
[五]迁人：迁徙到外地落户的人，或被贬谪的官吏。
[六]越吟：战国时越人庄舄仕楚，爵至执珪，虽富贵，不忘故国，病中吟越歌以寄乡思。后因以喻思乡忆国之情。
[七]何当：何日，何时。
[八]旌节：古代使者所持的符节，以为凭信。此指被任命掌管一方。
[九]陇城阴：陇城以北地区，泛指边塞。陇城，古县名，治今甘肃秦安东北陇城镇。

清 弘仁 《新安逸韵册》（局部）

东京[一]府县诸公与綦毋潜、李颀相送至白马寺宿[二]

鞍马上东门，徘徊入孤舟。贤豪相追送，即棹[三]千里流。
赤峰落日在，空波微烟收[四]。宦薄[五]忘机括[六]，醉来却淹留[七]。
月明见古寺，林木登高楼。南风开长廊[八]，夏夜如凉秋。
江月照吴县[九]，西归[十]梦中游。

评

开元二十九年（741），诗人赴江宁上任，东京府县诸公与綦毋潜、李颀等为他送行，此诗上半篇即叙此。下半篇写酒醒之后，诗人独上高楼，明月照古寺，南风入胸怀，于是心生思乡之情。宴会之热闹，酒醒后之清冷，恍如隔世。

[一]东京：唐朝东都洛阳。
[二]白马寺：位于河南洛阳东郊白马寺镇，始建于东汉永平十一年（68），是佛教传入中国后兴建的第一座官办寺院。
[三]即棹：犹言随船。
[四]收：消失。
[五]宦薄：官卑职微。
[六]机括：计谋，心思。
[七]淹留：滞留，停留。
[八]开长廊：吹进长廊中。
[九]吴县：此指江宁，该地春秋时属吴国。
[十]西归：返回京城长安。

南宋 米友仁 《云山图》（局部）

赵十四[一]见寻

客来舒长簟[二]，开阁延凉风。但见无弦琴[三]，共君尽樽中。

晚来常读易，顷[四]者欲还嵩[五]。世事何须道，黄精[六]且养蒙[七]。

嵇康[八]殊寡识，张翰[九]独知终。忽忆鲈鱼脍[十]，扁舟往江东。

评

此篇笔法多不合常规，故有出人意料之效果。潘德舆云："起笔不似起笔。'晚来尝读《易》'，忽对以'顷者欲还嵩'，不似对笔。'张翰'句下竟就此衍成结句，他手必疑为复沓不似结笔。种种变化，令人惊绝。"

[一]赵十四：人名，姓赵，排行十四。

[二]长簟（diàn）：长的竹席。

[三]无弦琴：没有弦的古琴。

[四]顷者：近来。

[五]还嵩：隐居嵩山。

[六]黄精：药草名。多年生草本植物，根茎入药。

[七]养蒙：谓以蒙昧自隐，修养正道。

[八]嵇康(223—262)：字叔夜，谯郡铚县嵇山（今属安徽涡阳）人，"竹林七贤"之一。娶魏武帝曾孙女长乐亭主。官至中散大夫，世称"嵇中散"。司马氏掌权后，拒不出仕。遭钟会构陷，被司马昭处死，时年四十岁。

[九]张翰：字季鹰，吴郡吴县（今江苏苏州）人，西晋文学家。西晋末年，齐王冏执政，辟张翰为大司马东曹掾。张翰以思念家乡的菰菜、莼羹、鲈鱼脍（kuài）为由，辞官还乡，从而躲过八王之乱，避免于祸。

[十]鲈鱼脍：细切的鲈鱼肉。此用张翰典故，见上。

南宋 夏圭 《春游晚归图》

少年行

西陵[一]侠少年，客过短长亭[二]。
青槐夹两路，白马如流星。
闻道羽书[三]急，单于寇井陉[四]。
气高轻赴难，谁顾燕山铭[五]。

评

沈德潜尝云："少伯塞上诗，多能传出义勇。"此诗中的少年侠客，闻边塞有敌军来犯，毅然奔赴前线，全然不顾功名，忠义侠勇之英姿跃然纸上。

[一]西陵：汉代帝王陵墓多在长安西北，故称西陵。尤其是汉元帝以前，每立陵墓，便迁四方富豪及外戚于此以供奉，称陵县。其中最有名的乃长陵、安陵、阳陵、茂陵、平陵等五陵。是以后世常以"西陵""五陵"借指豪侠巨富聚居之地。

[二]短长亭：古时道路隔十里、五里置亭，为饯别及行人休息之所，谓之长、短亭。

[三]羽书：古代插有鸟羽的紧急军事文书。

[四]井陉（xíng）：太行山的支脉，有要隘名井陉关，又称土门关，秦汉时为军事要地。

[五]燕山铭：东汉窦宪破北匈奴、登燕然山刻石记功时，班固所撰的《封燕然山铭》。

清 王炳 《澄波月泛图》（局部）

听流人[一]水调子[二]

孤舟微月对枫林，分付[三]鸣筝与客心。
岭色千重万重雨，断弦收与泪痕深[四]。

㊟评

清黄生《唐诗评》云："对景寂寞，此际闻筝，倍难为情，若为微月、枫林所判付也，是以泪痕不禁如雨之多耳。只说闻筝下泪，意便浅；说泪如雨，语言平常。看他句法、字法运用之妙，便使人涵泳不尽。今人只知立新意，用新字，如唐人即旧意而语趣一新，亦知之乎？"

[一]流人：离开家乡，流浪外地的人。
[二]水调子：曲调名。传说隋炀帝杨广开凿大运河时曾作《水调》，后发展为宫廷大曲。
[三]分付：发付，安排。
[四]深：犹多也。

元 赵雍 《挟弹游骑图》（局部）

长歌行

旷野饶[一]悲风，飕飕[二]黄蒿草。系马倚白杨，谁知我怀抱[三]。
所是[四]同怀者[五]，相逢尽衰老。况登汉家陵[六]，南望长安道。
下有枯树根，上有鼯鼠[七]窠。高皇[八]子孙尽，千岁无人过。
宝玉频发掘，精灵[九]其奈何。人生须达命[十]，有酒且长歌。

评

诗人行于旷野之中，见悲风吹黄草，乃系马于白杨，回顾往日知己，皆已衰老。再登汉家皇陵，但见陵生枯树，鼯鼠结巢其上。昔日煊赫如高祖，今日子孙亦不见。陵中纵有陪葬之宝玉，终难逃被掘之厄运。凡此种种，不禁使人感慨人生需知命，行乐须及时。

[一]饶：多，丰富。
[二]飕飕（sōu sōu）：象声词，疾风之声。
[三]怀抱：胸中志向。
[四]所是：所有。
[五]同怀者：同心合意的人，知己。
[六]汉家陵：汉帝王陵墓。
[七]鼯（wú）鼠：鼠名。别名夷由，俗称大飞鼠。外形像松鼠，生活在高山树林中。
[八]高皇：汉高祖刘邦。
[九]精灵：精气神灵。
[十]达命：知天命。

南宋 佚名 《骑士猎归图》

城傍曲

秋风鸣桑条，草白狐兔骄。
邯郸饭来酒未消，城北原平掣皂雕[一]。
射杀空营两腾虎[二]，回身却月[三]佩弓弰[四]。

评

诗有英雄气，是盛唐风度。唐汝询云：“此见城傍猎客而赋其事，言木落草枯，狐兔狡健，猎者乘醉而来，手接皂雕，箭联双虎，向月而归，得意如此。”

[一]掣（chè）皂雕：拉着黑雕。雕，一种大型猛禽。
[二]腾虎：奔腾的猛虎。
[三]却月：半圆的月亮。
[四]弰（shāo）：弓的末端。此指弓。

明 佚名 《虎马斗图》

望临洮[一]

饮马度秋水，水寒风似刀。
平沙日未没，黯黯[二]见临洮。
当昔[三]长城战，咸言意气高。
黄尘是今古，白骨乱蓬蒿。

评

本篇一名《塞下曲》。起手二句，便将全篇格局打开，真大手笔。周珽云：“少伯慧心甚灵，神力亦劲，此篇及《少年行》与新乡此题诗（指李颀《塞下曲》）极简、极纵、极古、极新，俱在汉魏之间。”

[一]临洮（táo）：古称狄道，自古为西北名邑，陇右重镇。
[二]黯黯：光线昏暗。
[三]当昔：往昔，从前。

清 袁耀 《汉宫秋月图》

长信秋[一]

奉帚[二]平明秋殿开，暂将[三]团扇[四]共徘徊。
玉颜[五]不及寒鸦色，犹带昭阳[六]日影来。

评

此诗向来被视为唐人绝句中的压卷之作，虽为怨辞，然不失诗人丽则。明人谢枋得云："此篇怨而不怒，有风人之义。"清人施补华亦云："怨而不怒，诗人忠厚之旨也。"

[一]长信秋：长信宫的秋天。
[二]奉帚：持帚洒扫。多指嫔妃失宠而被冷落。
[三]暂将：暂且持着。
[四]团扇：此用西汉班婕妤《团扇歌》诗意。夏季炎热时团扇是有用之物，待到秋来转凉便被弃置，以此形容宫女得宠时皇恩眷顾，失宠时则被冷落。
[五]玉颜：形容美丽的容貌，此指长信宫女。
[六]昭阳：宫名，汉成帝宠妃赵合德居处。

清 梅清 《鸣弦泉图》（局部）

郑县陶大公馆中赠冯六、元二[一][二][三][四]

儒有轻王侯，脱略当世举[五]。本家蓝溪下[六]，非为渔弋故[七]。
无何困躬耕，且欲驰永路[八]。幽居与君近，出谷同所务[九]。
昨日辞石门，五年变秋露。云龙未相感[十]，干谒亦已屡[十一]。
子为黄绶羁[十二]，余忝蓬山顾[十三][十四]。京门望西岳，百里见郊树。

评

开元二十年（732），诗人因事赴郑县，宿于陶翰家中，作诗以赠冯六、元二。先忆往昔，以见皆仕途不得意，同为天涯沦落人，且又曾相识，故必有同感共鸣。其后言多勉励，亦以自慰。

[一]陶大：陶翰，开元十八年（730）进士，开元十九年（731）与王昌龄同中博学宏词科，官至礼部员外郎。

[二]公馆：指仕宦寓所或公家所造馆舍。

[三]冯六：人名，冯姓，排行第六。

[四]元二：人名，元姓，排行第二。

[五]脱略：超脱，不以为意。

[六]蓝溪：亦名蓝溪水、牧护关水。源出今陕西蓝田东蓝田谷，西北入灞水。

[七]渔弋（yì）：捕鱼猎禽。

[八]永路：远路。

[九]出谷：出石门谷。石门谷在陕西蓝田西南，近崖口潭。

[十]云龙：云和龙。云从龙，风从虎，后因以“云龙”比喻君臣风云际会。

[十一]干谒（gān yè）：有所干求而请见。

[十二]黄绶：古代官员系官印的黄色丝带，此处借指官位。

[十三]忝：有愧于，常用作谦辞。

[十四]蓬山：官署名，秘书省的别称。

明 蓝瑛《法赵令穰湖庄烟柳笔意》（局部）

飞雨祠上来，霭然[一]关中暮。驱车郑城宿，秉烛论往素[二]。

山月出华阴[三]，开此河渚雾。清光比故人，豁达展心晤[四]。

冯公[五]尚戢翼[六]，元子[七]仍局步[八]。拂衣[九]易为高，论迹[十]难有趣。

张范[十一]善终始，吾等岂不慕。罢酒当凉风，屈伸[十二]备冥数[十三]。

[一]霭（ǎi）然：昏暗的样子。

[二]往素：往昔，往常。

[三]华阴：华山北面。

[四]展心晤：畅叙怀抱，以诚相见。

[五]冯公：即冯六。

[六]戢翼（jí yì）：收拢翅膀，不再飞翔，此比喻未能施展才能。

[七]元子：即元二。

[八]局步：小心翼翼地走。此比喻处境窘迫。

[九]拂衣：振衣，代指隐居遁世。

[十]论迹：推究其事迹。

[十一]张范：指张良、范蠡，二人皆功成身退，得以明哲保身。

[十二]屈伸：屈曲与伸舒，谓人生之进退。

[十三]冥数：上天所定的气数或命运。

清 王翚 《长江万里图卷》（局部）

从军行

烽火城西百尺楼，黄昏独坐海风秋。[一]
更吹横笛[二]关山月，[三]无那[四]金闺[五]万里愁。

评

四句皆佳，故成高响。陆时雍云：“‘烽火城西百尺楼’一绝，‘黄昏独坐’一绝，‘海风秋’一绝，‘更吹羌笛关山月’一绝，‘无那金闺万里愁’一绝，昌龄作绝句往往襞积其意，故觉其情之深长而辞之饱决也，法不与众同。”

[一]海风：西北内陆湖泊之风，此当指青海湖之风。

[二]横笛：即今七孔横吹之笛，与古笛之直吹者相对而言。

[三]关山月：汉乐府横吹曲名，属《横吹曲辞》。内容多写边塞士兵久戍不归伤离怨别的情景。

[四]无那（nuó）：无奈，无可奈何。

[五]金闺：闺阁的美称。

贺兰进明

诗人小传

贺兰进明，生卒年不详，开元十六年（728）进士，任主客员外郎。天宝后，曾官衢州刺史、北海太守。安史乱起，授御史大夫，河南节度使，出守临淮。至德二载（757），安史叛军围困睢阳，守将张巡派人求援，贺兰进明嫉张巡声威，竟拥兵坐视，致使睢阳陷落，张巡等被害。乾元二年（759）坐第五琦党，贬溱州员外司马。后不知所终。生平著文一百余篇，古诗乐府数十篇，今《全唐诗》录其诗七首，《全唐文》存其文二篇。

清 梅清 《九龙潭图》（局部）

员外好古博雅，经籍满腹，其所著述一百余家，颇究天人之际。又有古诗八十首，大体符于阮公[一]，又《行路难》五首，并多新兴。

贺兰进明员外司马好古博雅，满腹诗书，他的著作有一百多种，很能究察天道与人事之间的关系。又作有古诗八十首，总体上来说与阮籍风格相像。又有《行路难》五首，大都自出机杼。

[一]阮公：即阮籍（210—263），字嗣宗，陈留尉氏（今属河南）人，三国时期魏国诗人，名列“竹林七贤”之中。阮籍写有《咏怀》八十二首，主要抒写他在魏晋易代之际黑暗现实生活中的各种感慨，抒发诗人在险恶政治环境中的痛苦与愤懑之情。这组诗被视为正始之音的代表，在中国诗歌史上具有开创性意义。

明 戴琛《山水画册》

古意二章

其一

秦庭初指鹿，[一]群盗满山东。[二]
忤意皆诛死，[三]所言谁肯忠。
武关犹未启，[四]兵入望夷宫。[五]
为祟非泾水，[六]人君道自穷。

评

前篇咏秦末之事，盖有寄寓存焉。后篇以兰花自比，伤身美而不遇。仅就诗文而言，亦有可观。然观进明平生行事，实为小人，只可与赵高比肩，而不可辱兰花之高洁。潘德舆怒云：“虽无舛戾，亦少风神，徒以诗论，弃之亦不足惜。何为录此凶人之诗污其纂辑哉？”

[一]此句用赵高指鹿为马的典故。赵高想要造反，担心群臣不从，于是献了一头鹿给秦二世，却说这是一匹马。秦二世认为赵高说错了，然后问群臣。群臣有的说是马，有的说是鹿。说是鹿的人，后来都遭到了赵高的毒手。后以指鹿为马，比喻故意颠倒黑白，混淆是非。

[二]陈胜吴广起义，山东群起响应，当时使者向秦二世汇报，称山东谋反，秦二世认为在自己治理之下绝不会发生谋反的事情，于是就杀了使者。后面的使者看到这种情况，便报告说不是谋反，而是群盗为乱，并且很快就能抓住。

[三]忤意：违背旨意。

[四]武关：古关名，在今陕西丹凤东南。秦末刘邦由此入咸阳。

[五]望夷宫：秦宫名。以临泾水，可望北夷，故名。故址在今陕西泾阳东南。秦末赵高杀二世胡亥于此。

[六]为祟（suì）：迷信说法指鬼神给人带来的灾祸。秦二世梦到白虎咬杀了他的马，心中闷闷不乐，于是就询问占梦师。占梦师说，这是泾水在作祟。

明 文徵明《松石高士图》

其二

崇兰[一]生涧底，香气满幽林。
采采[二]欲为赠，何人是同心。
日暮徒盈抱[三]，徘徊幽思深。
慨然纫杂佩[四]，重奏丘中琴[五]。

[一]崇兰：丛兰，丛生的兰草。
[二]采采：采了又采。
[三]盈抱：装满怀抱。
[四]纫（rèn）杂佩：将各种佩玉连缀在一起。纫，连缀。
[五]丘中琴：左思《招隐诗》有“岩穴无结构，丘中有鸣琴”之句，这里以“丘中琴”代指隐居。

南宋 梁楷 《雪栈行骑图》

行路难五首

其一

君不见岩下井，百尺不及泉。

君不见山上苗，数寸凌云烟。

人生相命[一]亦如此，何苦太息[二]自忧煎。

但愿亲友长含笑，相逢莫乏杖头钱[三]。

寒夜邀欢须秉烛[四]，岂不长思花柳年[五]。

评

人生有命，富贵在天。及时行乐，以经天年。

[一]相命：品相命运。

[二]太息：叹气。

[三]杖头钱：晋代阮修经常步行，以百钱挂杖头，至酒店，便独酣畅。后因以“杖头钱”称买酒钱。

[四]秉烛：举着蜡烛。此指秉烛夜游。

[五]花柳年：花柳年华短暂易逝，故以此提醒自己应及时行乐。

南宋 马麟 《历朝画幅集册 · 暗香疏影》

其二

君不见门前柳，荣耀暂时萧索久[一]。
君不见陌上花，狂风吹去落谁家。
邻家思妇见之叹，蓬首不梳心历乱。
盛年夫婿长别离，岁暮[二]相逢色凋换。

评

思妇触景生情，思念在外之夫婿。

[一]萧索：衰败，冷落。
[二]岁暮：指岁末，一年将终时。此指年老。

北宋 王居正 《调鹦图》

其三

君不见芳树枝，春花落尽蜂不窥。
君不见梁上泥，秋风始高燕不栖。
荡子[一]从军事征战，蛾眉[二]婵娟守空闺。
独宿自然堪下泪，况复时闻乌夜啼[三]。

评

亦思夫之诗。

[一]荡子：辞家远出、羁旅忘返的男子，此指出征的丈夫。

[二]蛾眉：像蚕蛾触须一样细长弯曲的眉毛，此指家中妻子。

[三]乌夜啼：乌鸦在夜晚啼叫。又为乐府清商曲辞名，多写思妇怀人之情。

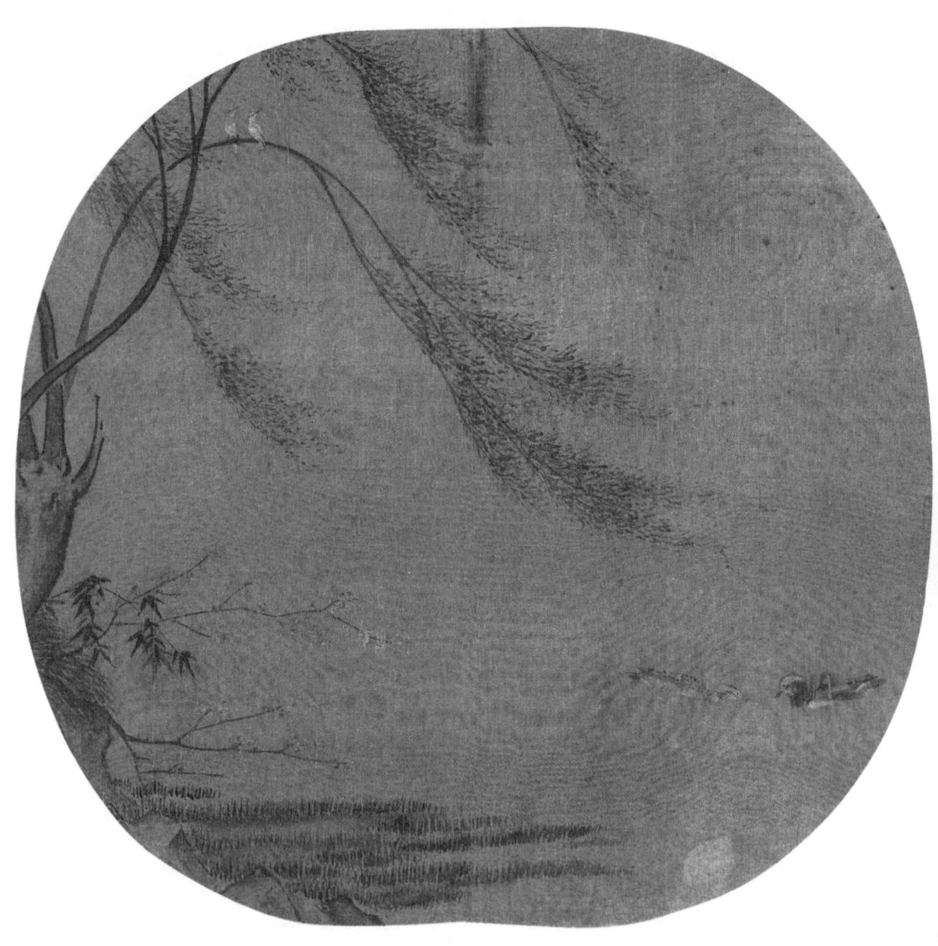

南宋 马和之《柳塘鸳戏图》

其四

君不见云间月，暂盈[一]还复缺。
君不见林下风，声远意难穷。
亲故平生或聚散，欢娱未尽樽酒空。
叹息青青陵上柏[二]，岁寒能有几人同。

评

人生苦短，转眼成空。

[一]暂盈：暂时圆满。
[二]青青陵上柏：陵墓上青翠的柏树。《古诗十九首》其三有云："青青陵上柏，磊磊涧中石。人生天地间，忽如远行客。"

南宋 朴庵 《烟江欲雨图》

其五

君不见东流水，一去无穷已。
君不见西郊云，日夕空氛氲。[一]
群雁徘徊不能去，一雁惊鸣复失群。
人生结交在终始，[二]莫以升沉中路分。[三]

评

以东流水、西郊云、南归雁起兴，论结交当善始善终，不可因升沉半途而废。

[一]氛氲（fēn yūn）：繁盛。此指云雾迷蒙貌。
[二]终始：善始善终。
[三]升沉：上升、下降，谓人生的成功和失败，显赫和落魄。

崔署

诗人小传

崔署（？—739），一作崔曙。宋州（治今河南商丘南）人，原籍博陵（治今河北安平）。早年孤贱，曾在终南山随道士邢和璞学法术，后定居宋州，曾在少室山读书。开元二十六年（738）以第一名的成绩登进士第，官河内尉，次年病逝。平生喜交游，与薛据等友善。有诗名，多悲凉之意。《全唐诗》录其诗一卷共十五首，《全唐文》载其《瓢赋》一篇。

南宋 马麟 《观瀑图》

署诗言词款要[一]，情兴悲凉。送别登楼，俱堪泪下。

崔署的诗，言辞真挚，情感兴起之后，使人有悲凉之感。他的送别和登楼题材的诗歌，都能使人落泪。

[一]款要：指感情真挚。

南宋 佚名 《雪溪古寺图》

宿大通和尚塔[一]，敬赠如上人[二]，兼呈常、孙二山人

支公[三]已寂灭，塔影山上古。更有真僧[四]来，道场[五]救诸苦。
一承微妙法[六]，寓宿清净土[七]。身心能自亲，色相[八]了无取。
森森松映月，漠漠云近户。云外飞电明，夜来前山雨。
然灯[九]见栖鸽，作礼闻信鼓[十]。晚霁南轩开，秋华[十一]净天宇。
愿言长出世[十二]，谢[十三]尔及申甫[十四]。

评

此诗中间写景数句，最为出彩，其中“云外飞电明，夜来前山雨”一句，潘德舆以为“超妙不可及”。

[一]大通和尚：神秀（约606—706），俗姓李，汴州尉氏（今属河南开封）人。唐代高僧，为禅宗五祖弘忍弟子，禅宗北宗创始人。在洛阳天宫寺圆寂，唐中宗赐“大通禅师”谥号，并根据神秀遗愿，下诏归葬当阳度门寺，赐钱为其建砖石塔（俗称国师塔）。

[二]如上人：僧人，具体待考。

[三]支公：即支遁（314—366），字道林，世称支公。东晋高僧、佛学家、文学家。此以“支公”借指神秀。

[四]真僧：真正的僧人，此指如上人。

[五]道场：道士或和尚做法事的场所。

[六]微妙法：精妙的佛法。

[七]清净土：佛教谓远离罪恶烦恼，庄严洁净的世界。

[八]色相：佛教指事物的形状外貌。

[九]然灯：即燃灯。

[十]信鼓：佛教礼忏时击鼓以唤起虔敬信仰之心，故称此鼓为信鼓。

[十一]秋华：秋天的花。

[十二]出世：佛教谓达到超脱生死的境界。

[十三]谢：辞让。

[十四]申甫：周代名臣申伯和仲山甫。

清 沈振麟
《蓉塘立鹭图》

颍阳东溪怀古

灵溪[一]氛雾歇，皎镜[二]清心颜。空色不映水，秋声多在山。
世人久疏旷[三]，万物皆自闲。白鹭寒更浴，孤云晴未还。
昔时让王者[四]，此地闲玄关[五]。无以蹑高步[六]，凄凉岑壑[七]间。

评

此诗冲融洒脱，故周珽曰：“通篇心闲手敏，觉纶巾羽扇便可破敌。”

[一]灵溪：即东溪。
[二]皎镜：谓溪水清明可鉴。
[三]疏旷：疏远，隔离。
[四]让王者：辞让天下的人，如巢父、许由之类。
[五]玄关：修真养性之所。
[六]蹑高步：跟上如巢父、许由之类高人的步伐。
[七]岑壑：山谷。

明 沈周 《落花图》（局部）

途中晚发

晚霁[一]长风里，劳歌[二]赴远期。
云轻归海疾，月满下山迟。
旅望[三]因高尽，乡心遇物悲。
故林遥不见，况在落花时[四]。

评

诗写暮春时节旅途所见所闻，因生思乡之情。末句不见故林，却又偏见落花，是遗憾之上又增悲情也。

[一]晚霁：谓傍晚雪止或雨停，天气晴朗。
[二]劳歌：忧伤、惜别之歌。
[三]旅望：羁旅者登高望远。
[四]落花时：晚春时节。

明 仇英《浔阳送别图》（局部）

送薛据之宋州[一]

无媒嗟失路，[二]有道亦乘流。[三]
客处不堪别，异乡应共愁。
我生早孤贱，[四]沦落居此州。
风土至今忆，山河皆昔游。
一从文章士，两京春复秋。[五]
君去问相识，几人成白头。

评

人生忧患识字始，更何况久为文章士。旧日相识，唯有诗人白头，则历年所受艰辛倍于常人可知也。

[一]薛据：唐河中宝鼎（今山西万荣西南）人，开元十九年（731）登进士第，授永乐主簿，迁涉县令。历官大理司直，太子司议郎，终水部郎中。大历初，客居荆南，晚隐终南山。
[二]无媒：无人引荐。
[三]乘流：顺流而下。
[四]孤贱：孤苦低贱。
[五]两京：谓长安和东都洛阳。

明 文徵明《绿阴草堂图》(局部)

早发交崖山还太室作[一]

东林气微白，寒鸟急高翔。吾亦自兹去，北山[二]归草堂。
杪冬[三]正三五[四]，日月遥相望。萧萧过颍上，昽昽[五]辨少阳[六]。
川冰生积雪，野火出枯桑。独往路难尽，穷阴[七]人易伤。
伤此无衣客，如何蒙[八]雨霜。

评

写尽寒士之悲，盖天宝以后诗。谭元春谓有《三百篇》气脉，亦当是变风变雅之类。

[一]太室：山名。即嵩山，在今河南登封北。
[二]北山：即太室山。
[三]杪（miǎo）冬：暮冬，农历十二月的别称。
[四]三五：即十五日。
[五]昽昽（lóng lóng）：微明的样子。
[六]少阳：东方极远之地。
[七]穷阴：深冬。
[八]蒙：蒙受。

唐 杨昇《画山水卷》（局部）

登水门楼[一]，见亡友张真期[二]题望黄河作，因以感兴[三]

吾友东南美[四]，昔闻登此楼。人随川上去，书[五]在壁中留。
严子[六]好真隐，谢公[七]耽远游。清风初作颂，暇日复消忧。
时与文字古[八]，迹随山水幽。已孤[九]苍生望，坐见黄河流。
流落[十]年将晚，悲凉物已秋。天高不可问，掩泣[十一]赴行舟。

评

诗人登水门楼，见亡友旧日题诗犹在，感慨其人虽为东南之美，而天妒英才，未达而先逝。物是人非，尽付黄河之水。物伤其类，不堪悲物之秋。本欲问苍天何以如此无情，而天高不可问，唯有掩泣回舟，行于大化之中。

[一]水门楼：临水的城门楼。
[二]张真期：人名，事迹不详。
[三]感兴：感物寄兴。
[四]东南美：东南地区的俊才。
[五]书：书法，墨迹。
[六]严子：东汉严光，字子陵，会稽余姚（今属浙江）人。少与光武帝刘秀同游学，有高名。秀称帝，光变姓名隐遁。秀使人访得，征召至京，授谏议大夫，不受，退隐富春山。
[七]谢公：即谢灵运，南朝阳夏（今河南太康）人，谢玄之孙，袭封康乐公。博览群书，工书画，初为武帝太尉参军，后贬为永嘉太守。既不得意，乃肆意遨游，寄情山水之间，开创了文学史上的山水诗一派。
[八]古：作古，成为过去。
[九]已孤：已经辜负了。
[十]流落：穷困失意，在外漂泊。
[十一]掩泣：掩面哭泣。

王湾

诗人小传

王湾（693—751），号为德，洛阳（今属河南）人。玄宗先天年间进士，授荥阳县主簿。曾参与编纂《群书四部录》，与刘仲丘共同负责集部图书。书成后，因功授洛阳尉。又与陆少伯等一起编校丽正书院藏书，对南朝梁、齐以后的诗文集做了大量的编校工作。其诗风格清秀，气象高远，情景交融，以歌咏山水者最为人称道。《全唐诗》存诗十首，其中最有名的是《次北固山下》。

湾词翰早著，为天下所称最者，不过一二。游吴中，作《江南意》诗云："海日生残夜，江春入旧年。"诗人已来，少有此句。张燕公[一]手题政事堂，每示能文，令为楷式。又《捣衣篇》云："月华照杵空随妾，风响传砧不到君。"所有众制，咸类若斯。非张[二]、

王湾很早便有文名，但被天下最为称赞的，不过一两首而已。他在吴中地区游览时，作《江南意》诗说："海日生残夜，江春入旧年。"自从有诗人以来，很少有能够写出这类诗句的。燕国公张说亲手将此诗题写在政事堂的墙壁上，经常展示给文章之士看，让他们以此为楷模。又如《捣衣篇》说："月华照杵空随妾，风响传砧不到君。"王湾所作的各种文体，都像这样。这不仅是张衡、蔡邕

[一]张燕公：张说（667—731），字道济，一字说之。原籍河东（今属山西），后徙居洛阳。进士出身，武则天时，历任太子校书，累官凤阁舍人。睿宗时，进同中书门下平章事，监修国史。玄宗时，拜中书令，封燕国公。

[二]张：张衡（78—139），字平子，南阳西鄂（今河南南阳石桥镇）人。东汉时期杰出的天文学家、数学家、发明家、地理学家、文学家。在文学史上，他与司马相如、扬雄、班固并称"汉赋四大家"。

蔡[三]之未曾见也，觉颜[四]、谢之弥远乎！

辈所未曾见过的，而且让人感觉到颜延之、谢灵运相差愈加遥远了！

[三]蔡：即蔡邕（132—192），字伯喈，陈留圉（今河南杞县西南）人。东汉时期著名文学家、书法家、音乐家。善辞赋，所作抒情小赋取材多样，切近生活，语言清新；散文长于碑记，工整典雅，多用排偶，颇受推重。

[四]颜：即颜延之（384—456），字延年，琅邪临沂（今属山东）人，南朝宋文学家。其诗文辞藻艳丽，喜用典故。在文学史上，与谢灵运齐名，世称“颜谢”。

清 樊圻《山水册页》

晚春诣苏州敬赠武员外[一]

苏台[二]忆季常[三]，飞棹[四]历江乡[五]。持此功曹掾[六]，幼称华省郎[七]。
贵门生礼乐，明代[八]秉文章。嘉郡[九]位先进[十]，洪儒名重扬。
爰[十一]从姻娅[十二]贬，岂失忠信防。万里汗马足，十年睽[十三]凤翔[十四]。

评

盛赞武平一才行之美，并致仰慕之情。若常人写来，便是阿谀之辞。

[一]武员外：即武平一，名甄，以字行，武则天族孙，颍川郡王载德子。武后在位时，畏祸不与事，隐嵩山，修佛法，屡诏不应。中宗复位，召为起居舍人。景龙二年（708），兼修文馆直学士，后迁考功员外郎。

[二]苏台：即姑苏台，在苏州西南姑苏山上，相传为吴王阖闾所筑。

[三]季常：即三国时蜀国马良（187—222），字季常，襄阳宜城（今属湖北）人。曾奉命出使东吴，为巩固孙刘联盟作出了重要贡献。

[四]飞棹：急速行驶的船。

[五]江乡：江东水乡。

[六]功曹掾（yuàn）：官名。功曹，汉代郡守下有功曹史，简称功曹，除掌人事外，并得与闻一郡的政务。北齐后称功曹参军。唐时，在府的称为功曹参军，在州的称为司功。掾，古代属官的通称。

[七]华省郎：清贵官署的郎官。

[八]明代：政治清明的时代。

[九]嘉郡：美好的郡望。

[十]先进：位于前列，可为表率。

[十一]爰：及，到。

[十二]姻娅（yīn yà）：亲家和连襟，泛指姻亲。

[十三]睽（kuí）：张目注视，形容拭目以待。

[十四]凤翔：比喻君子得用。

明 唐寅 《琵琶行图》（局部）

回迁翼[一]元圣，入拜伫[二]惟良。别业[三]对南浦，群书满北堂。

意深投客[四]盛，才重接筵光。陋学叨铅简[五]，弱龄词翰场[六]。

神驰劳旧国，颜展利殊方[七]。际晚[八]杂氛散，残春众物芳。

烟和踈树满，雨续[九]小溪长。旅拙[十]感成慰，通贤[十一]顾不忘。

从来琴曲罢，开匣为君张[十二]。

[一]翼：辅佐。

[二]伫：伫立，侍立。

[三]别业：别墅。

[四]投客：来投靠的客人。

[五]铅简：书写工具，此指点校书文。

[六]翰场：科场，文坛。

[七]殊方：远方，异域。

[八]际晚：傍晚时分。

[九]雨续：雨水连续不断地下。

[十]旅拙：守拙。

[十一]通贤：通达贤能之人。

[十二]张：打开弹奏。

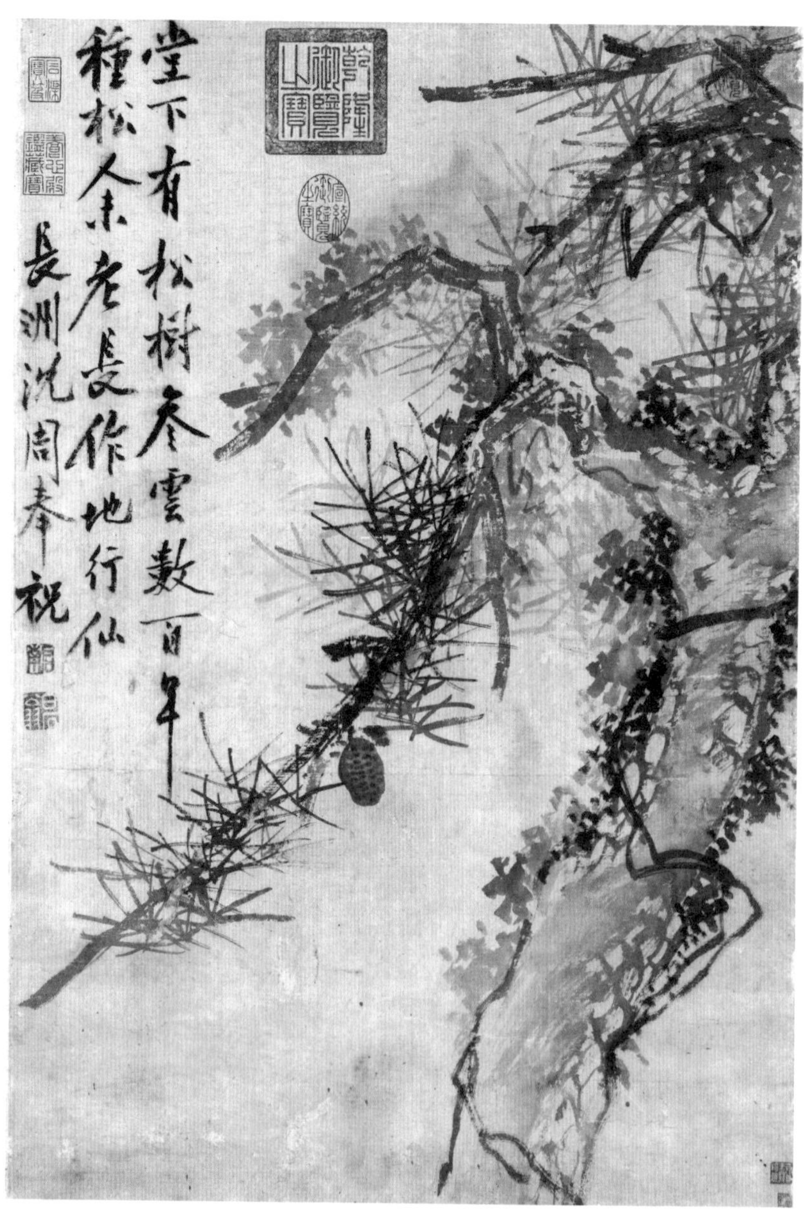

明　沈周　《古松图》

哭补阙[一]亡友綦毋学士[二]

明代资[三]多士，儒林得异材。书[四]从金殿出，人向玉墀[五]来。

词学[六]张平子[七]，风仪[八]褚彦回[九]。崇仪希上德[十]，近侍接元台[十一]。

曩契[十二]心期早，今游宴赏陪。屡迁君擢桂[十三]，分尉我从梅[十四]。

(评)

此诗痛悼亡友綦毋潜，先言其生前才德之美，次忆二人交往之深，末伤其身后之寂。语调颇缓，情思甚悲。

[一]补阙：官名。唐武则天时始置，掌供奉、讽谏。有左右之分。左补阙属门下省，右补阙属中书省。

[二]綦毋学士：即綦毋潜。

[三]资：供给。

[四]书：诏书，文书。

[五]玉墀（chí）：宫殿前的石阶，亦借指朝廷。

[六]词学：词章之学，文学，才学。

[七]张平子：即张衡（78—139），字平子，东汉著名辞赋家，与司马相如、扬雄、班固并称“汉赋四大家”。

[八]风仪：风度，仪容。

[九]褚彦回：即褚渊（435—482），字彦回，河南阳翟（今河南禹州）人，南朝宋、齐时大臣，外戚。仪态优美，俯仰进退，咸有风则。

[十]上德：至德，盛德。

[十一]元台：指三台星中的上阶二星。三台六星两两而居。其上阶二星，上星象征天子，下星象征女主。又称天柱星，象征三公之位。后世遂以“元台”喻天子、女主或首辅。

[十二]曩（nǎng）契：早已契合。

[十三]擢（zhuó）桂：犹折桂，指科举及第。

[十四]从梅：跟随梅福。西汉末年，南昌县尉梅福上书朝廷，指陈政事，非但未被采纳，反而险遭杀身之祸，遂挂冠而去。

明 姚绶 《竹图》

王湾

忽遇乘轺客[一]，云倾构厦材[二]。泣为洹水化[三]，叹作太山颓[四]。

冀善[五]初将慰，寻言[六]半始猜。位联[七]情易感，交密痛难裁[八]。

远日寒旌[九]暗，长风古挽[十]哀。寰中[十一]无旧业，行处[十二]有新苔。

反哭[十三]魂犹寄，终丧[十四]子尚孩。葬田[十五]门吏给，坟木[十六]路人栽。

遽[十七]泄悲成往，俄传宠令[十八]回。玄经[十九]贻石室[二十]，朱绂[二十一]耀泉台[二十二]。

地古[二十三]春长闭，天明夜不开。登山一临哭[二十四]，挥涕满蒿莱[二十五]。

[一]乘轺（yáo）客：乘坐轺车的人，此指使者。轺车，奉使者和朝廷急命宣召者所乘的车。

[二]构厦材：栋梁之材。

[三]洹（huán）水：古水名。即今安阳河，在河南北部。源出林州，流经安阳至内黄，入卫河。

[四]太山颓：泰山崩塌，比喻众所敬仰的人去世。

[五]冀善：向往善良。

[六]寻言：推究旧日言语。

[七]位联：地理位置相连。

[八]裁：割舍，抑制。

[九]寒旌：寒风中的旌旗。

[十]古挽：古人的挽辞。

[十一]寰（huán）中：宇内，天下。

[十二]行处：所行之处。

[十三]反哭：古代丧葬仪式之一。安葬死者后，丧主捧神主归而哭。

[十四]终丧：服满父母去世后的三年之丧。

[十五]葬田：埋葬用的田地，即坟地。

[十六]坟木：坟墓旁的树木。

[十七]遽（jù）：迅速，仓猝。

[十八]宠令：恩宠的命令，即天子施恩特赐的诏令。

[十九]玄经：西汉扬雄所作《太玄经》。

[二十]石室：古代藏图书档案处。

[二十一]朱绂（fú）：古代礼服上的红色蔽膝，后多借指官服。

[二十二]泉台：墓穴。亦指阴间。

[二十三]地古：墓地久远。

[二十四]临（lìn）哭：哭吊死者。

[二十五]蒿莱：野草，杂草。

清　杜湘《山水册页》（局部）

晚夏马升卿池亭即事，寄京都一二知己[一]

忝职[二]畿甸淹[三][四]，滥陪[五]时俊后。才轻策疲劣[六]，势薄常驱走[七]。
牵役[八]劳风尘，秉心在岩薮[九]。宗贤[十]开别业，形胜代希偶[十一]。
竹绕清渭湄[十二]，泉流白渠口[十三]。逡巡[十四]期赏会，挥忽[十五]变星斗。
逮此乘务闲，因而访幽叟[十六]。入来殊景物，行复[十七]洗纷垢。
林静秋色多，潭深月光厚。盛香莲近坼[十八]，新味瓜初剖。
滞拙[十九]怀隐沦，书之寄良友。

评

夏末之时，群贤毕至，会于池亭，雅致非常。见绿竹清泉，品莲香新瓜，好不惬意。故虽身在风尘之中，而心游岩薮之下，厌倦世役之感已生，隐遁山林之意已浓。

[一]马升卿：人名，事迹不详。
[二]忝职：愧居其职。
[三]畿甸：京城地区。
[四]淹：淹留，滞留。
[五]滥陪：滥竽充数地陪衬。
[六]策疲劣：献策疲软低劣。
[七]驱走：驱遣奔走，犹役使。
[八]牵役：被拉去从事劳役。
[九]岩薮（sǒu）：山林草野，指隐居。
[十]宗贤：宗师贤人，此指马升卿。
[十一]代希偶：举世无双。
[十二]清渭：清澈的渭水。
[十三]白渠：汉代关中平原的人工灌溉渠道，在今陕西省境。汉白公建议所开，故名。
[十四]逡巡：因为有所顾虑而徘徊不前或退却。
[十五]挥忽：倏忽，飘忽。
[十六]幽叟：隐居的老人。
[十七]行复：且又。
[十八]近坼：临近绽放。
[十九]滞拙：迟钝笨拙。多用作谦辞。

清 樊圻 《山水册页》

奉使登终南山

常爱南山游，因而尽原隰[一]。数朝至林岭，百仞[二]登嵬岌[三]。

石壮[四]马经[五]穷，苔色步缘入。物奇春貌改，气远天香[六]集。

虚洞策杖鸣，低云拂衣湿。倚岩见庐舍，入户欣拜揖。

问姓矜勤劳，示心教澄习[七]。玉英[八]时共饭，芝草为余拾。

评

诗写登终南山所见所思，故钟惺云：“自首至尾，一篇游山记。”所见之景奇，所见之人亦奇，故所营造之境界亦奇。因此奇景，故有奇思；因有奇思，愈见奇景。

[一]原隰（xí）：平原和低湿的地方。

[二]百仞（rèn）：形容极深或极高。周制八尺为一仞。

[三]嵬岌（wéi jí）：高耸。亦指高耸的山。

[四]石壮：石头壮丽。

[五]马经：即马径，谓小路。

[六]天香：芳香的美称。

[七]澄习：澄心静意地学习。

[八]玉英：玉之精英。古代有食玉英之说，谓能长生。

清 恽寿平 《山水册页》

境绝人不行，潭深鸟空立。一乘[一]从此授，九转[二]兼是给。
辞处若轻飞，憩来唯吐吸[三]。闲襟超已胜，回路倏[四]而及。
烟色松上深，水流山下急。渐平逢车骑，向晚睨[五]城邑。
峰在野趣繁，尘飘宦情湿[六]。辛苦久为吏，荣进[七]何妄执[八]。
日暮怀此山，倏然赋斯什[九]。

[一]一乘：佛教语。谓引导教化一切众生成佛的唯一方法或途径。

[二]九转：九次提炼。道教谓丹的炼制有一至九转之别，而以九转为贵。

[三]吐吸：吐纳吸气。

[四]倏（shū）：忽然。

[五]睨（nì）：斜着眼睛看。

[六]湿：令人流泪，沾湿巾帕。

[七]荣进：荣升高位。

[八]妄执：佛教语。虚妄的执念。

[九]斯什：这首诗。什，诗篇。

南宋 李嵩 《松坞延宾图》

奉同贺监[一]林月清酌

华月[二]当秋满，朝轩[三]假兴[四]同。
净林[五]新霁入，规院[六]小凉通。
碎影行筵里，摇花落酒中。
清宵[七]照人意，并此助文雄[八]。

评

月下与友人清酌，人生大快意事。此诗写所见美景，细腻清新，“碎影行筵里，摇花落酒中”一句，妙不可言，真神仙境中也。

[一]贺监：即贺知章（659—约744），唐朝诗人。字季真，晚年自号“四明狂客”“秘书外监”，越州永兴（今浙江杭州萧山区西）人。武则天证圣元年（695）中乙未科状元，授予国子四门博士，迁太常博士。后迁礼部侍郎，加集贤院学士，改授工部侍郎，俄迁秘书监。

[二]华月：皎洁的月亮。

[三]朝轩：朝臣所乘的车。

[四]假兴：休沐时的兴致。

[五]净林：清净的树林。

[六]规院：守戒静修之所，此指禅院。

[七]清宵：清静的夜晚。

[八]文雄：犹文豪。

南宋 佚名 《江天春色图》

江南意

南国多新意，[一]东行伺早天。[二]
潮平两岸失，[三]风正数帆悬。
海日生残夜，[四]江春入旧年。[五]
从来观气象，惟向此中偏。[六][七]

评

此诗因练字而入佳境，非寻常笔墨可比。沈德潜云：“江中日早，客冬立春，本寻常意，一经锤炼，便成奇绝。与少陵‘无风云出塞，不夜月临关’一种笔墨。”

[一]南国：南方。
[二]伺早天：趁着天早启程。
[三]失：消失，隐去。
[四]残夜：夜将尽时，即拂晓时分。
[五]旧年：去年。
[六]此中：指长江。
[七]偏：最，特。

明 仇珠 《女乐图》（局部）

观搊筝[一]

虚室有秦筝[二]，筝新月复清。
弦多弄委曲[三]，柱促语分明。
晓怨[四]拟繁手[五]，春娇[六]入慢声[七]。
近来惟此乐，传得美人情。

评

此篇亦精于练字，故唐汝询赞云："字字炼，字字响，切而不滞，缓而有情，堪于乐谱中压卷。"结尾一句，言有尽而意无穷，故钟惺谓"结得无意而深"。

[一]搊（chōu）：弹拨。
[二]秦筝：古秦地（今陕西一带）的一种弦乐器。似瑟，传为秦时蒙恬所造，故名。
[三]委曲：筝声曲折委婉。
[四]晓怨：黎明时的忧怨之音。
[五]繁手：一种变化复杂的弹奏乐器手法。
[六]春娇：女子娇柔的声音。
[七]慢声：缓慢悠扬的音乐。

北宋 佚名《乞巧图》

闰月七日织女[一]

耿耿[二]曙河[三]微，神仙此会稀。
今年七月闰，应得两回归[四]。

评

咏七夕事，假想神仙无暇干预，故牛郎织女应得相会。此中别有一番情趣，或亦有所寄托。

[一]织女：即织女星。
[二]耿耿：明亮的样子。
[三]曙河：拂晓时的银河。
[四]两回归：谓牛郎织女相会。

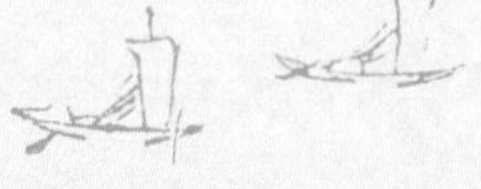

祖咏

诗人小传

祖咏(699—746)，洛阳（今属河南）人。开元十二年(724)进士及第，长期未授官。后因张说推荐而入仕，曾任驾部员外郎，但很快遭迁谪，仕途落拓，于是归隐汝水一带，以渔樵自终。少有文名，与王维、储光羲、卢象友善。擅长诗歌创作，以赠答酬和、羁旅行役、山水田园之作为主，风格清新洗练，颇见锻炼之功。《全唐诗》录存其诗一卷，共三十六首。

清 恽寿平《瓯香馆写生册》

咏诗剪刻[一]省静，用思尤苦，气虽不高，调颇凌俗。至如“霁日园林好，清明烟火新”，亦可称为才子也。

祖咏的诗歌剪裁得省约简练，思索得非常艰苦，气韵虽不是很高，但格调很是脱俗。比如“霁日园林好，清明烟火新”，也可以称得上是才子之作了。

[一]剪刻：犹剪裁。指对文词的取舍安排。

元　佚名
《梅花仕女图》

古意二首

其一[一]

楚王[二]意何去，独自留巫山。偏使世人见，迢迢江水间。
驻舟春潭里，誓愿拜灵颜。梦寐睹神女，金沙[三]鸣珮环。
闲艳[四]绝世姿，令人气力微。含笑默不语，化作朝云[五]飞。

评

诗写楚王梦遇巫山神女之事，从《高唐赋》中化出。

[一]此诗又见宋临安本《常建诗集》，《全唐诗》亦认为是常建所作。

[二]楚王：楚国某位君王。宋玉《高唐赋》中曾描述楚王于巫山梦遇神女之事，诗歌所咏即其事。

[三]金沙：含有金子的沙砾。

[四]闲艳：娴雅美丽。闲，通“娴”。

[五]朝云：早晨之云。《高唐赋》中神女说自己“旦为朝云，暮为行雨”。

元 钱选 《贵妃上马图》（局部）

其二

夫差日淫放，[一]举国求妃嫔。自谓得王宠，代间[二]无美人。
碧罗[三]象天阁，[四]坐辇乘芳春。宫女数千骑，常游江水滨。
年深[五]玉颜老，时薄[六]花妆新。拭泪下金殿，娇多[七]不顾身。
生前妒歌舞，死后同灰尘。冢墓令人哀，哀于铜雀台。

评

诗写吴王妃嫔之悲，语多哀怨。盖诗人以妃嫔自比，而恨己不遇。

[一]夫差：春秋时吴王，姬姓，吴氏，姑苏（今江苏苏州）人，吴王阖闾之子。他曾在姑苏台置春宵宫，宫妓数千人，为长夜之饮。又作天池，池中造青龙舟，舟中盛陈妓乐，日与西施为水嬉。

[二]代间：世间，世上。

[三]碧罗：绿色绸缎。

[四]天阁：天宫。

[五]年深：年久。

[六]时薄：时间短。

[七]娇多：君王宠幸的女子众多。

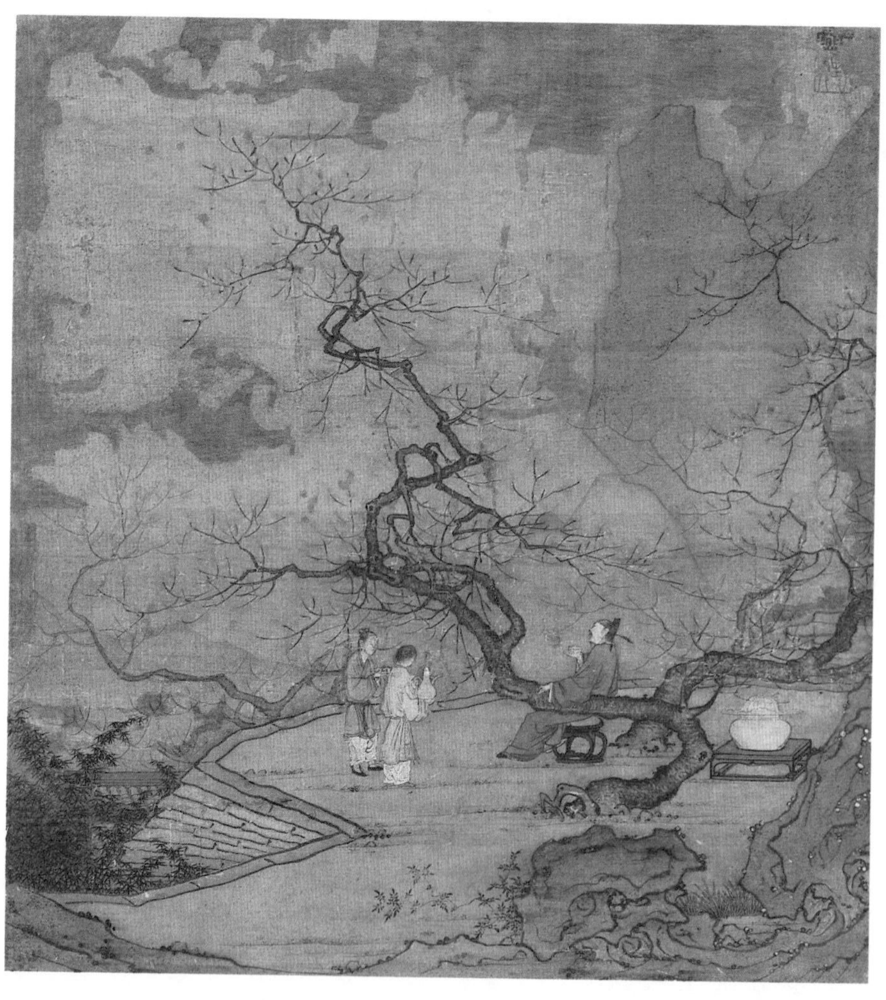

南宋 鲁宗贵 《买春梅苑图》

游苏氏别业[一]

别业本幽处，到来生隐心。
南山当户牖，沣水[二]映园林。
竹覆经冬雪，庭昏未夕阴[三]。
寥寥人境外，闲坐听春禽[四]。

评

后二联初读只觉一般，细品则味道无穷，真奇句也。别业之幽，全赖此二句写出，而诗人隐心之生，亦在于此。

[一]苏氏：不详何人。
[二]沣（fēng）水：水名，又名沣河，发源于今陕西西安长安区西南秦岭中，北流至西安西北汇入渭河。
[三]夕阴：傍晚阴晦的气象。
[四]春禽：春鸟。

南宋 佚名 《杨柳溪堂图》

清明宴司勋刘郎中别业[一]

田家复近臣，行乐不违亲。[二]霁日园林好，清明烟火新。[三]

以文常会友，唯德自成邻。池照窗阴晚，杯香药味春。

檐前花覆地，竹外鸟窥人。何必桃源里，[四]深居作隐沦。[五]

评

诗写刘郎中身居庙堂之高，而又能处江湖之远，营别业于乡间，以文会友，以德为邻。钟惺云："此诗弱在后四句，而'檐前'二语反为浅人所吟赏。"

[一]司勋刘郎中：不详何人。司勋，官名。《周礼》夏官之属，主管功赏之事。北周因周制置司勋，掌六勋之事。隋置司勋侍郎，属吏部。唐宋改为郎中。明清称稽勋司。清末废。

[二]违亲：不侍奉父母。

[三]烟火新：清明前一二日为寒食节，禁火，故至清明时再度起火，便成了新烟火。

[四]桃源里：即桃花源里。陶渊明有《桃花源记》，描写了一个世外之地桃花源。

[五]隐沦：隐居。

南宋 赵伯骕 《风檐展卷图》

宿陈留[一]李少府[二]厅作

相知有叔卿[三]，讼简[四]夜弥清。
旅泊倦愁卧，空堂闻曙更[五]。
风帘摇烛影，秋雨带虫声。
归思那堪说，悠悠恨洛城[六]。

评

诗人旅居于外，留宿他乡，独卧不眠，见风帘烛影，闻秋雨虫声，遂生思乡之情。

[一]陈留：唐代县名，在今河南开封祥符区东南。
[二]李少府：不详何人。少府，官名，唐代为县尉的通称。
[三]叔卿：即李少府。
[四]讼简：诉讼案件少。
[五]曙更：黎明时的更柝声。
[六]洛城：即洛阳城。

南宋 佚名 《雪园图》

终南[一]望余雪作

终南阴岭[二]秀，积雪浮云端。

林表[三]明霁色[四]，城中增暮寒[五]。

评

此咏雪诗中佳作，全篇关键在“余雪”之“余”字。终南高峻，故尚有余雪，如积于云端，此一“余”也。天色方晴，因有余雪，故林表显现明霁之色，此二“余”也。余雪融化，温度下降，故黄昏之时，城中增寒，此三“余”也。四句之中无一“余”字，而全篇之意全是“余”字，诚为妙笔。

[一]终南：即终南山。

[二]阴岭：背阳的山岭，山的北侧。

[三]林表：林梢，林外。

[四]霁色：天晴后的明朗之色。

[五]暮寒：夜色寒冷。

卢象

诗人小传

卢象，生卒年待考，字纬卿，行八，祖籍范阳（治今河北涿州），后居汶上（今属山东济宁）。开元间进士及第，补秘书省校书郎。历左补阙、司勋员外郎、膳部员外郎等职。安史之乱中，被迫受伪职，被贬果州长史，再贬永州司户，移吉州长史，后召为主客员外郎，赴京途中病逝于武昌。卢象有诗名，与王维、李颀、李白、祖咏、裴迪等交从甚密。《全唐诗》存诗一卷，《全唐文》录其文二篇。

明 仇英 《宴乐图卷》（局部）

象雅而不素，有大体，得国士之风。曩在校书，名充秘阁[一]。其“灵越山最秀，新安江甚清”，尽东南之数郡。

卢象为人高雅而不朴素，识大体，深得国士风貌。以前在任校书郎时，名声遍传整个秘书省。他的诗句“灵越山最秀，新安江甚清”，把江南一带的风光全都展现出来了。

[一]秘阁：宫中收藏图书之处，此指唐秘书省。

唐 卢鸿 《草堂十志图》

家叔征君[一]东溪草堂[二]二首

其一

开山十余里，青壁[三]森相倚。欲识尧时天[四]，东溪白云是。

雷声转[五]幽壑，云气香流水。涧影生虫蛇，岩端翳[六]柽梓[七]。

大道终不易，君恩曷能已。鹤羡无老时，龟言摄生[八]理。

浮年[九]笑六甲[十]，元化[十一]潜一指[十二]。未暇扫云梯[十三]，空惭阮家子[十四]。

评

诗写东溪草堂之景，以见征君之超逸。潘德舆以为“家叔”二字入诗题，未可为训，然又云：“三、四造句奇雄，百炼不到。‘雷声’一接，挺横。”

[一]家叔征君：指卢象的叔叔卢鸿（一作卢鸿一），字颢然，一作浩然。嵩山隐士，玄宗屡次征召，皆不至。开元五年（717）再召，始至东都见驾，拜谏议大夫，固辞不受，仍还山归隐。因其屡征不至，故称“征君”。

[二]东溪草堂：卢鸿在嵩山隐居时的居处。

[三]青壁：黑色山崖。

[四]尧时天：帝尧时代的天空。

[五]转：回转。

[六]翳：遮蔽，障蔽。

[七]柽梓（chēng zǐ）：柽柳和梓树。

[八]摄生：养生。

[九]浮年：谓逝去的岁月。

[十]六甲：古时用天干地支配成六十组干支，其中以“甲”起头的有甲子、甲戌、甲申、甲午、甲辰、甲寅六组，称为六甲。历经六甲，意味着六十岁。

[十一]元化：造化，天地。

[十二]一指：《庄子·齐物论》中说：“天地一指也，万物一马也。”意谓天下虽大，一指可以蔽之；万物虽多，一马可以理尽。故无是无非。后世因以“一指”为齐是非得失的典实。

[十三]云梯：云做的梯子，指得道升仙之路。

[十四]阮家子：即阮肇，刘义庆《幽明录》中记载的人物。汉明帝永平五年（62），会稽郡剡县刘晨、阮肇共入天台山采药，遇两丽质仙女，被邀至家中，并招为婿。留宿十余日后返家，发现亲戚旧友都已去世，家乡面貌也都发生巨大改变，完全不复当初模样。

唐 卢鸿 《草堂十志图》

其二

今朝共游者，得性[一]闲未归。已到仙人家，莫惊鸥鸟飞。

水深严子[二]钓，松挂巢父[三]衣。云气转幽寂，溪流无是非。

名理[四]未足羡，腥臊[五]讵[六]所稀。自惟负贞意[七]，何岁当食薇[八]。

[一]得性：合其情性。

[二]严子：即东汉高士严光，字子陵，隐居后垂钓于富春江畔。

[三]巢父：传说为尧时隐士，因筑巢而居，人称巢父。尧以天下让之，不受。

[四]名理：魏晋及其后清谈家辨析事物名和理的是非同异。

[五]腥臊：腥臭的气味，借喻丑恶的事物，此指名利场。

[六]讵：岂是。

[七]贞意：忠贞的情意。此指持身守正，隐居不仕。

[八]食薇：用伯夷、叔齐采薇而食典故，以"食薇"代指隐居不仕。

清 董诰《开部集庆册》(局部)

送綦毋潜[一]

夫君[二]不得意，本自沧海来。高足未云聘，虚舟空复回。
淮南枫叶落，灞岸[三]桃花开。出处暂为间[四]，沉浮安系哉。
如何天覆物[五]，还遣[六]世遗才[七]。欲识秦将汉[八]，尝闻王与裴[九]。
离筵对寒食[十]，别雨乘春雷。会有辟书[十一]至，荷衣[十二]莫漫裁[十三]。

评

“淮南枫叶落，灞岸桃花开”一句，读来如横空出世，天外飞来。

[一]綦毋潜：卢象好友，兵乱起时，归隐江东别业。

[二]夫君：朋友。

[三]灞岸：灞水的岸边。灞水，即霸水、灞河，渭河的支流，发源于蓝田县东秦岭北麓。流经西安市东，过灞桥北汇入渭河。

[四]为间：谓相隔甚远。

[五]天覆物：上天覆盖万物，比喻天子之恩泽施于万民。

[六]遣：使，让。

[七]世遗才：世有遗才，即人才不得重用，如被遗弃。

[八]秦将汉：秦变为汉，即秦汉嬗变之事。

[九]王与裴：晋代的王戎、裴楷。王戎（234—305），字濬冲，琅琊临沂（今山东临沂北）人，魏晋时期大臣、名士，“竹林七贤”之一。裴楷（237—291），字叔则，河东闻喜（今属山西）人，魏晋时期大臣、名士。王戎喜欢谈论季札、张良之事，裴楷擅谈《老子》《易经》。钟会曾说，裴楷清明通达，王戎简要省约。

[十]寒食：节日名，在清明前一日或二日。

[十一]辟书：征召的文书。

[十二]荷衣：传说中用荷叶制成的衣裳，借指高人、隐士之服。

[十三]漫裁：随意裁剪。

清 萧晨《江田种秋图》（局部）

送祖咏[一]

田家宜伏腊[二]，岁晏[三]子言归。
石路雪初下，荒林鸡共飞。
东原多烟火，北涧隐寒晖[四]。
满酌野人[五]酒，倦闻邻女机[六]。
胡为[七]困樵采，几日被朝衣[八]。

评

送别祖咏，想象其所过之处，所见之景，所历之事，真情自在其中。

[一]祖咏：诗人，卢象好友。
[二]伏腊：指伏祭和腊祭之日。“伏”在夏季伏日，“腊”在农历十二月。后用来泛指节日。
[三]岁晏：岁末，年尾。
[四]寒晖：冬日微弱的阳光。
[五]野人：山野之人。
[六]机：织布机的声音。
[七]胡为：为何。
[八]朝衣：君臣上朝时穿的礼服。

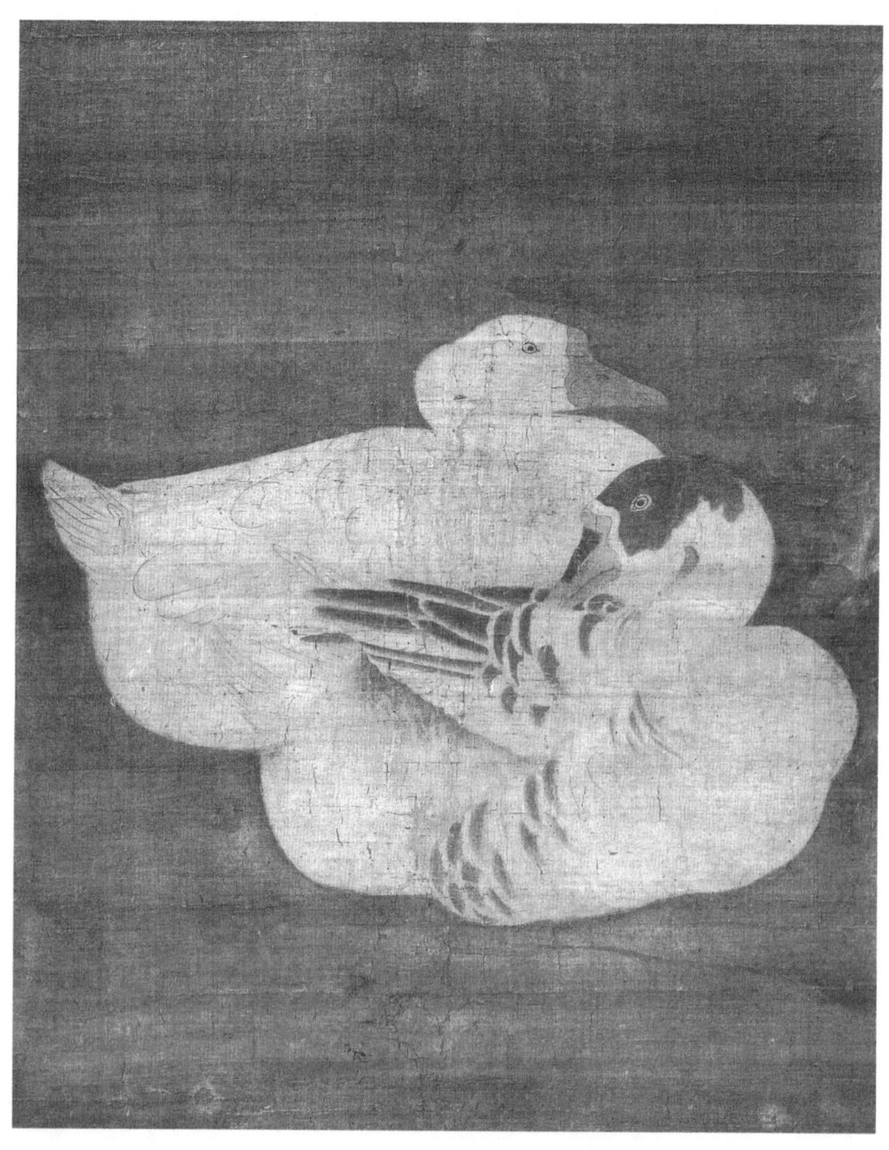

北宋 赵昌 《双鹅图》（局部）

赠程校书[一]

客自岐阳来，[二]吐音若鸣凤。[三]孤飞畏不偶，[四]独立谁见用。
忽从披褐中，[五]召入承明宫。[六]圣人借颜色，[七][八]言事无不通。[九]
殷勤极黎庶，[十][十一]感激论诸公。[十二]将相猜贾谊，[十三]图书归马融。[十四]
顾今久寂寞，一岁麒麟阁。[十五]且共歌太平，勿嗟名宦薄。[十六][十七]

评

诗写程校书之遭遇。前半段写其因才华而深受重用，后半段写其因遭猜忌而被黜落，对比鲜明。末句于浮沉之后，邀其共歌太平，语颇冷，有讽世之意。

[一]程校书：不详何人。校书，官名，东汉时，征召学士至兰台或东观宫中藏书处校勘典籍，其职为郎中者称校书郎中，其职为郎者则称校书郎。三国魏始置校书郎官职，司校勘宫中所藏典籍诸事。唐因之。

[二]岐阳：唐太宗贞观七年（633）割扶风岐山二县置岐阳县，因皆在岐山之南，故称。

[三]鸣凤：鸣叫的凤凰。相传周将兴起之时，有凤凰鸣叫于岐山之下。

[四]不偶：没有同伴。

[五]披褐（hè）：身穿短褐，多指生活贫苦。

[六]承明宫：汉宫殿名，臣子在此等候皇帝接见。此代指唐代宫殿。

[七]圣人：此指天子。

[八]借颜色：假以颜色，谓礼遇接见。

[九]言事：建言时事。

[十]殷勤：情意恳切。

[十一]黎庶：平民百姓。

[十二]感激：感动，激发。

[十三]贾谊（前200—前168）：洛阳（今属河南）人，西汉初年政论家、文学家，世称贾生。汉文帝时任博士，迁太中大夫，受大臣周勃、灌婴排挤，谪为长沙王太傅。

[十四]马融（79—166）：字季长，右扶风茂陵（今陕西兴平东北）人，东汉时期著名经学家。安帝永初四年（110），拜为校书郎，典校东观藏书。

[十五]麒麟阁：汉代阁名，在未央宫中。汉宣帝时曾画霍光等十一功臣像于阁上，以表扬其功绩。此处代指唐代的秘书省。

[十六]勿嗟：不要感叹。

[十七]名宦薄：名声、官职卑下。

明 仇英 《枫溪垂钓图》（局部）

赠张均员外[一]

公门世业昌[二]，才子冠裴王[三]。
出自平津邸[四]，还为吏部郎。
神仙余气色，列宿[五]动辉光。
夜直南宫[六]静，朝趋北禁[七]长。
时人窥水镜[八]，明主赐衣裳。
翰苑[九]飞鹦鹉，天池[十]侍凤凰。
承欢畴日[十一]顾，未纪后时[十二]伤。
去去[十三]图南[十四]远，微才[十五]幸不忘。

评

全篇奉承，而关键只在末句，冀其荐举以求仕途也。

[一]张均员外：即燕国公张说长子张均，开元中历官大理卿。后受禄山伪命为中书令。肃宗立，免死，长流合浦。员外，正员以外官员之称。
[二]世业：世代相传的事业。此指张家世代为官。
[三]裴王：晋代的裴楷和王戎，二人皆为当时英才。
[四]平津邸：西汉平津侯公孙弘的府邸。此代指燕国公张说府邸。
[五]列宿：众星宿。
[六]南宫：指尚书省。
[七]北禁：唐代的宫禁在朝官衙署之北，故称。
[八]水镜：犹明镜，明澈如水之映物，故称。
[九]翰苑：即翰林院。
[十]天池：指中书省。
[十一]畴日：昔日，往日。
[十二]后时：后来，今后。
[十三]去去：渐行渐远。
[十四]图南：即往南飞。《庄子·逍遥游》中称鹏击水三千里，乘风盘旋而上九万里，背负青天，而后图南。后世遂以“图南”比喻人的志向远大。
[十五]微才：微小的才智。多用作谦词。

南宋 李嵩 《水末孤亭图》

追凉[一]历下[二]古城西北隅，此地有清泉乔木、历下舜林[三]

谢朓[四]出华省[五]，王祥[六]贻佩刀。前贤真可慕，衰疾[七]意空劳。贞悔[八]不自卜，游随共尔曹[九]。未能齐得丧[十]，时复诵离骚。

评

多用典故，可资博学。末句虽语含怨愤，然亦是实情。

[一]追凉：乘凉，纳凉。

[二]历下：古邑名，在今山东济南东南，因南对历山，城在山下得名。

[三]舜林：相传舜耕于历山之下，故其地林木所在之处名为舜林。

[四]谢朓（464—499）：字玄晖，陈郡阳夏（今河南太康）人，南齐诗人，出身陈郡谢氏，与“大谢”谢灵运同族，世称“小谢”。建元四年（482）“解褐入仕”，为豫章王萧嶷太尉行参军。永明五年（487），从竟陵王萧子良西邸之游，为“竟陵八友”之一。

[五]华省：指清贵的官署。

[六]王祥（184—268）：字休徵，琅邪临沂（今山东临沂北）人。魏晋时大臣，历任县令、大司农、司空、太尉等职，封爵睢陵侯。西晋建国，拜太保，进封睢陵公。魏徐州刺史吕虔曾有一把很好的佩刀，见到王祥之后，看出他日后必登三公，于是以佩刀相赠。

[七]衰疾：衰老疾病。

[八]贞悔：吉祥。此指吉凶。

[九]尔曹：你们，大家。

[十]齐得丧：等齐得失，即不计得失。

明 唐寅 《煎茶图》

闲阴[一]七贤地，醉餐三士桃[二]。苍苔虞舜井[三]，乔木古城壕。渔父偏相狎[四]，尧年[五]不可逃。蝉鸣秋雨霁，云白晓山[六]高。咫尺[七]传双鲤[八]，吹嘘[九]借一毛[十]。故人[十一]皆得路，谁肯念同袍。

[一]闲阴：闲适的林荫下。
[二]三士桃：三士争桃。春秋时齐景公将两个桃子赐给公孙接、田开疆、古冶子，让他们论功而食，三人互不相让，最后都弃桃自刎。
[三]虞舜井：又名舜泉，位于今济南舜井街中段西侧。相传舜年幼丧母，父亲、后母与弟弟多次想杀害舜而占其财产。他们骗舜淘井，然后落井下石，幸亏舜预先开凿地道通往别的井，才得以逃生。舜也因此发掘出一处甘泉，人们称之为舜泉，也叫舜井。
[四]相狎：相互亲近而态度不庄重。
[五]尧年：传说尧时天下太平，因以“尧年”比喻盛世。
[六]晓山：早上的山峰。
[七]咫尺：比喻相距很近。
[八]双鲤：鱼形木板，一底一盖，古人把书信夹在里面。常指代书信。
[九]吹嘘：夸张地宣扬或编造优点、长处等。
[十]一毛：指微不足道的事物。
[十一]故人：故旧友人。

李嶷

诗人小传

李嶷，生卒年不详，约唐玄宗开元末前后在世，赵郡赞皇（今属河北石家庄）人，李承胤之子，李巽之父。开元十五年（727）登进士第，是当年的状元，同榜者有王昌龄、常建等，时严挺之任知贡举考功员外郎。李嶷曾任右武卫录事参军，终真定令。工诗，有侠气，今《全唐诗》存其诗六首。

桃紅不是武陵春多事花溪遠問
津若道于今無隱士青蓑蒻笠
是何人
鷗波老人有苹溪漁隱圖在
婁東王奉常家設色古秀風
韻清娟非近人所能擬議

清 恽寿平 《仿古山水册》

嶷诗鲜净，有规矩[一]。其《少年行》三首，词虽不多，翩翩然侠气在目[二]也。

李嶷的诗鲜明纯净，很合乎体制。他的《少年行》三首，文词虽然不多，但读来翩翩然有侠士之气。

[一]规矩：规则，法度，此指合乎诗歌创作的要求。

[二]侠气在目：读李嶷的诗歌，感受到侠义之气，犹如侠气充溢于目中。

明 蓝瑛《秋亭诗思图》（局部）

林园秋夜作

林卧[一]避残暑，白云长在天。
赏心[二]既如醉，对酒非徒然。
月色遍[三]秋露，竹声兼夜泉。
凉风怀袖里，兹意[四]与谁传。

评

“月色遍秋露，竹声兼夜泉”一句，钟惺谓“看得出，说不出”。谭元春则谓此诗“清彻到底，不减高、岑”。

[一]林卧：睡在林间。
[二]赏心：娱悦心志。
[三]遍：遍布。
[四]兹意：此中真意。

明 沈周 《江山清远图卷》（局部）

淮南秋夜呈同僚

天净河汉高，[一]夜闲砧杵发。[二]
清秋忽如此，离恨应难歇。[三]
风乱池上萤，露光竹间月。
与君共游处，勿作他乡别。

(评)

士多悲秋，“清秋忽如此，离恨应难歇”，即是如此。“风乱池上萤，露光竹间月”一联，为写景佳句。

[一]河汉：银河。
[二]砧杵（zhēn chǔ）：捣衣的垫石和棒槌。
[三]难歇：难以停歇、停止。

明 沈周 《韩愈画记图》（局部）

少年行三首

其一

十八羽林郎[一]，戎衣侍汉王。
臂鹰[二]金殿侧，挟弹[三]玉舆傍。
驰道[四]春风起，陪游出建章[五]。

评

少年风姿，大唐意气。

[一]羽林郎：汉代所置官名，是皇家禁卫军军官。
[二]臂鹰：手臂上架着雄鹰。
[三]挟弹：夹着弹弓。
[四]驰道：古代供君王行驶车马的道路。
[五]建章：即建章宫，汉代长安宫殿名。汉武帝太初元年（前104）建造，武帝曾在此朝会、理政。

明 沈周 《韩愈画记图》（局部）

其二

侍猎长杨[一]下，承恩更射飞[二]。
尘生马影灭，箭落雁行稀。
薄雾随天仗[三]，联翩[四]入琐闱[五]。

[一]长杨：即长杨宫，旧址在今陕西周至东南。宫中有垂杨数亩，因以为宫名。此地为秦汉游猎之所。
[二]射飞：箭射飞鸟。
[三]天仗：天子的仪仗。
[四]联翩：鸟飞翔时的一种姿态，形容连续而迅疾之貌。
[五]琐闱：宫中镌刻连琐图案的旁门，此泛指宫廷。

明 沈周 《韩愈画记图》（局部）

其三

玉剑膝边横，金杯马上倾。
朝游茂陵道[一]，夜宿凤凰城[二]。
豪吏[三]多猜忌，毋劳[四]问姓名。

[一]茂陵：汉武帝陵墓，在今陕西兴平东北。北面远依九嵕山，南面遥屏终南山。
[二]凤凰城：指长安城。
[三]豪吏：豪横的官吏。
[四]毋劳：不必劳烦。

阎防

诗人小传

阎防，生卒年不详，行九，河中（治今山西永济）人，郡望常山（今河北正定）。开元二十二年（734）登进士第，颜真卿对其颇为敬爱。曾任大理评事、长沙司户等职，但仕途并不顺畅。后信命不务进取，隐于终南山丰德寺终老。阎防为人好古博雅，诗语真素，魂清魄爽。放旷山水，与孟浩然、储光羲、岑参等皆有交往。《全唐诗》存其诗五首。

南宋 佚名 《松下憩寂图》

防为人好古博雅，其警策语多真素[一]。至如“荒庭何所有，老树半空腹”，又“熊椪庭中树，龙蒸栋里云”，皎然可信也。

阎防为人好古博雅，他诗歌中含义深切动人的文句大都真率自然。像“荒庭何所有，老树半空腹”，又如“熊椪庭中树，龙蒸栋里云”，清晰明白，真切可感。

[一]真素：真率自然，此指诗歌风格。

明 周臣 《松岩飞瀑图》

晚秋石门礼拜[一]

轻策[二]凌绝壁，招提[三]谒金仙。舟车无游径，崖峤[四]乃属天。
踯躅[五]淹昃景[六]，夷犹[七]望新弦[八]。石门变暝色[九]，谷口生人烟。
阳雁[十]叫平楚[十一]，秋风急寒川。驰晖[十二]苦代谢[十三]，浮脆[十四]暂贞坚。
永欲卧丘壑[十五]，息心[十六]依梵筵[十七]。誓将历劫愿[十八]，无以物外牵[十九]。

评

诗写石门晚秋景象，险峰之上，无限风光，见此而觉浮生短暂，乃生皈依佛门之心。

[一]石门：地名，即终南山石鳖谷。

[二]轻策：轻便的手杖。

[三]招提：梵语“拓斗提奢”，省作“拓提”，后误为“招提”，其义为四方。四方之僧称招提僧，四方僧之住处称为招提僧坊。北魏太武帝造伽蓝，创招提之名，后遂为寺院的别称。

[四]崖峤（jiào）：峭壁尖峰。

[五]踯躅（zhí zhú）：徘徊不前。

[六]淹昃景：逗留到日影斜。景，同“影”。

[七]夷犹：犹豫迟疑不前。

[八]新弦：初生的弦月。

[九]暝色：暮色，夜色。

[十]阳雁：大雁。《尚书》将大雁称为“阳鸟”，故又称“阳雁”。

[十一]平楚：平野。

[十二]驰晖：飞逝的时光、光阴。

[十三]代谢：人世更替，世事变换。

[十四]浮脆：虚幻脆弱。此指人生。

[十五]丘壑：山丘和溪谷。代指自然山水之间。

[十六]息心：除掉杂念，专心致志。

[十七]梵筵：做佛事的道场。此代指佛门。

[十八]历劫：佛教语。谓宇宙在时间上一成一毁叫“劫”，经历宇宙的成毁为“历劫”。后统谓经历各种灾难。

[十九]牵：束缚，牵制。

明 佚名《岩壑清晖册 · 明人柳岸村舍》

宿岸道人[一]精舍[二]

早岁参道风[三]，放情[四]已寥廓。重经因息侣，遂果岩中诺[五]。
敛迹[六]辞人间，杜门[七]守寂寞。秋风剪兰蕙，霜气冷淙壑[八]。
山牖[九]见然灯，竹房闻捣药。愿言[十]舍尘事，所趣[十一]非龙蠖[十二]。

评

诗写岸道人超凡脱俗，因而对其心生仰慕，欲效仿之。

[一]岸道人：不详何人。
[二]精舍：僧道居住或说法布道的处所。
[三]参道风：参悟道家教义。
[四]放情：纵情。
[五]岩中诺：岩石间的承诺，指隐居。
[六]敛迹：隐蔽形迹，指退隐。
[七]杜门：闭门。
[八]淙（cóng）壑：有泉水流过的山谷。
[九]山牖（yǒu）：山间房子的窗户。
[十]愿言：思念殷切貌。
[十一]所趣：所取、所向往的。
[十二]龙蠖（huò）：《周易》有“尺蠖之屈，以求信也；龙蛇之蛰，以存身也”的说法，后世遂以“龙蠖”代指以屈求伸，走捷径。信，通“伸”。

明 仇英《桃村草堂图》(局部)

夕次[一]鹿门山[二]作

庞公[三]嘉遁所，浪迹[四]难追攀。浮舟暝[五]始至，抱杖[六]聊自闲。

双阙[七]开鹿门，百谷[八]集珠湾[九]。喷薄[十]湍上水，春容[十一]漂里山。

焦原[十二]不足险，梁壑[十三]未成艰。我行自中春[十四]，仲夏鸟绵蛮[十五]。

蕙草[十六]色已晚，客心殊未还。远游非避地[十七]，访道爱童颜。

安能徇机巧[十八]，争夺锥刀间[十九]。

评

诗写夜宿鹿门山所见之景、所思之理，前十句以景为主，后八句以思为主。其景幽深，其思别致。

[一]夕次：晚上留宿、止宿。
[二]鹿门山：山名，在今湖北襄阳。东汉庞德公携妻子登鹿门山，采药不返。后因以指隐士所居之地。
[三]庞公：庞德公，东汉末年隐士。
[四]浪迹：形迹不定。
[五]暝：黄昏。
[六]抱杖：拄着拐杖。
[七]双阙：鹿门山神祠前之双阙。
[八]百谷：众多山谷。
[九]珠湾：地名，具体所在不详。
[十]喷薄：汹涌激荡。
[十一]舂容（chōng róng）：用力撞击。
[十二]焦原：地名，在今山东莒县南，亦名横山、峥嵘谷。《尸子》说："莒国有石焦原者，广寻，长五十步，临百仞之溪。"
[十三]梁壑：地名，即吕梁壑。《庄子·达生》中说："孔子观于吕梁，县水三千仞，流沫四十里，鼋鼍鱼鳖之所不能游也。"
[十四]中春：春季的第二个月。
[十五]绵蛮：鸟鸣之声。
[十六]蕙草：香草名。又名熏草、零陵香。
[十七]避地：避世隐居。
[十八]徇机巧：顺从于机谋巧诈。
[十九]锥刀间：小刀之间，引申为微薄小利之间。

南宋 刘松年 《山馆读书》

百丈溪新理茆茨读书[一]

浪迹[二]弃人世，还山自幽独[三]。始傍巢由踪[四]，吾其获心曲[五]。
荒庭何所有，老树半空腹[六]。秋蜩[七]鸣北林，暮鸟穿我屋。
栖迟[八]乐遵渚[九]，恬旷[十]寡所欲。开卦[十一]推盈虚[十二]，散帙[十三]改节目[十四]。
养闲[十五]度人事，达命[十六]知止足。不学东国儒[十七]，俟时劳伐辐[十八]。

评

诗写隐居读书生活，潇洒自在，俨然超凡脱俗。内中用字，颇有味道。潘德舆云：“‘傍’字、‘获’字，皆人所不能下。‘荒庭’廿字，苍然古干也。”

[一]茆茨（máo cí）：茅草盖的屋顶，亦指茅屋。
[二]浪迹：放浪形迹。
[三]幽独：独处。
[四]巢由：传说帝尧时代的隐士巢父和许由。
[五]心曲：内心深处。
[六]空腹：此指老树已经空心。
[七]秋蜩（tiáo）：秋蝉。
[八]栖迟：游息。
[九]遵渚：原谓鸿雁循着水中小洲飞翔，此用来形容居于水边自得其乐。
[十]恬旷：淡泊旷达。
[十一]开卦：占卜，卜筮。
[十二]盈虚：盈满或虚空。谓发展变化。
[十三]散帙（zhì）：打开书帙，亦借指读书。帙，包书的布帛。
[十四]改节目：更改书中章节纲目。
[十五]养闲：在闲静中养生。
[十六]达命：乐天知命。
[十七]东国儒：鲁地儒生。
[十八]伐辐：砍树做车轮。谓从事低下之事来等待任用。

南宋 佚名 《观河图》

与永乐诸公泛黄河作[一]

烟深载酒入，但觉暮川虚[二]。
映水见山火[三]，鸣榔[四]闻夜渔。
爱兹山水趣，忽与人世疎。
无暇燃官烛[五]，中流[六]有望舒[七]。

评

诗写夜游黄河时所见之景，烟水迷蒙之时，载酒而入，见山火与水色相映，闻鸣榔夜渔之声，遂得纵情山水之趣，超然物外，陶然忘机。潘德舆谓“可与孟襄阳《宿武阳即事》一律并美”，诚非虚言。

[一]永乐：县名，在今山西永济东南。
[二]暮川：夜下之川。
[三]山火：山中篝火。
[四]鸣榔（láng）：用长木条敲击船舷使作声，用以惊鱼，使入网中。
[五]官烛：公家供给官吏办公用的蜡烛。
[六]中流：河流的中央。
[七]望舒：月亮。

图书在版编目（CIP）数据

河岳英灵集 /（唐）殷璠编选；沈相辉评注；-- 长沙：岳麓书社，
2023.12（2024.5重印）
ISBN 978-7-5538-1944-0

Ⅰ. ①河… Ⅱ. ①殷… ②沈… Ⅲ.①唐诗 - 选集 Ⅳ. ①I222.742

中国版本图书馆CIP数据核字(2023)第174676号

HEYUE YINGLING JI

河岳英灵集

[唐]殷璠 编选 沈相辉 评注

出 版 人 | 崔 灿
出版统筹 | 马美著 蒋 浩
责任编辑 | 周家琛 陈文韬
曾 倩 陶嶒玲
助理编辑 | 夏楚婷
责任校对 | 舒 舍
营销编辑 | 谢一帆 唐 睿 向媛媛
书籍设计 | 罗志义

岳麓书社出版发行
地址 | 长沙市岳麓区爱民路47号
承印 | 长沙鸿发印务实业有限公司

开本 | 890mm × 1240mm 1/32 印张 | 19.5 字数 | 300千字
版次 | 2023年12月第1版 印次 | 2024年5月第2次印刷
书号 | ISBN 978-7-5538-1944-0
定价 | 168.00元

如有印装质量问题，请与本社印务部联系
电话 | 0731-88884129